科塔萨尔短篇小说全集 III

有人在周围走动

〔阿根廷〕胡里奥·科塔萨尔 著

陶玉平 林叶青 译

南海出版公司

新经典文化股份有限公司
www.readinglife.com
出　品

目 录

Contents

有人在周围走动 林叶青 / 译

最后一回合

陶玉平 / 译

西尔维娅

　　一件事如果根本没有开端，而是半路突然冒了出来，没有清晰的轮廓，又消失在另一团云雾的边缘，天知道它该怎样结局呢。但不管怎么说，只能从头说起。不少阿根廷人夏天喜欢到吕贝隆的山间谷地消磨一段日子，我们这些老住户时不时就能听见他们高声喧哗，仿佛空间都变得敞亮了。随大人一起来的还有孩子们，有西尔维娅，有踩得乱七八糟的园子和乱糟糟的午饭，牛排还叉在叉子上，耳光却已经扇在了脸上，一阵惊天动地的号啕大哭，然后是典型意大利式的和解，这就是他们所谓的家庭度假。对我而言，这些都算不上多大的骚扰，因为我在当地本来就因缺少家教而小有名气。栅栏门刚打开一条缝，劳尔和诺拉·梅耶便挤了进来，当然，跟着一起进来的还有他们的朋友哈维尔和玛格达，另外还有几个孩子，其中就有西尔维娅。两个礼拜前我们在劳尔家搞了一回烧烤，这件事是怎么开的头已经说不清，但重要的是西尔维娅，她一头美杜莎般的金发曾经摩挲着我的枕头，可这会儿，我空荡荡的房子里独独剩下了男人，是她促使我拿起笔来写下这些话，心头满是荒唐憧憬和甜言蜜语。无论如何，那天还得算上让·波莱尔，他在奥克西塔尼亚的一所大学里讲授本土文学，还有他太太莉莲和他们的小家伙雷诺德，两年的时间躁动地堆积起他的生命。那天，在劳尔和诺拉家的小花园里聚了多少人啊，宽阔的椴树像镇静剂，孩子们的吵闹声和大人们探讨文学的议论声在树下此起彼落。就在太阳躺进山丘的时候，我带了几瓶酒进了门，劳尔和诺拉早早向我发出了邀请，因为让·波莱尔一直想结识我，没人引见一下他又鼓不起勇气。那几天哈维尔和玛格达也在劳尔家住着，花园变成了苏人和高卢人的战场，两边的武士头上插着羽毛，尖声喊叫，互掷泥块，殊死搏斗。葛拉谢拉和洛丽塔结成了一伙，对付阿尔瓦罗，震耳欲聋的呐喊声中，可怜的雷诺德穿着妈妈精心缝制的灯笼裤，从头至尾摇摆不定，一会儿参加这一派，一会儿又加入另一派，当了个无忧无虑的叛徒，被双方骂得狗血喷头，照顾他的只有西尔维娅。我知道，虽然我一口气说了这么一大堆名字，我依然没办法一下子厘清关系，认清谁是谁的孩子，只记得我胳膊底下夹了几瓶酒，走下车，在几米开外的小树丛里看见"常胜野牛"的束发带露了出来，满脸都是对新冒出来一个"白脸"的种种不信任。那是一场争夺要塞和人质的战斗，战斗围绕一个小小的绿色帐篷进行，那里看起来像是"常胜野牛"的大本营。葛拉谢拉擅离职守，放弃了朝敌方发出致命一击，任由手里黏黏糊糊的军火散落一地，把手上的泥巴全抹在了我脖子上；

紧接着她在我腿上稳稳当当地坐了下来，告诉我劳尔和诺拉都在楼上和其他大人待在一起，一会儿就过来。我就这样听她絮叨一些无关紧要的小事，身旁是花园里激烈的战斗。

葛拉谢拉总是这样，要把一切大事小情都向我解释一番，觉得这是自己义不容辞的责任，她的依据是我人比较傻。就说那天下午吧，波莱尔家的孩子，才两岁大，经常把屎拉到灯笼裤里，刚才他又干出了这事儿，哭得不要不要的，我正想告诉他妈妈，西尔维娅就把他领到水池边上，给他洗屁股，还换了条裤子，莉莲对这事一无所知，因为你们知道的，她总是会大发脾气，再把孩子揍一顿，雷诺德就又要大哭起来，一直烦我们，害得我们没法玩游戏。

"那两个孩子呢，两个大孩子？"

"那两个是哈维尔和玛格达的孩子，你真笨，什么都看不明白。阿尔瓦罗就是常胜野牛，七岁了，比我大两个月，他是我们中间最大的。洛丽塔六岁，已经可以和我们一起玩了，她是常胜野牛的俘虏。我是森林女王，洛丽塔是我的好朋友，我当然得把她救出来，不过我们还是明天再继续玩吧，大人叫我们去洗澡了。阿尔瓦罗脚上划了个口子，西尔维娅给他包上了绷带。放开我，我该走了。"

尽管谁也没有拉住她不放，葛拉谢拉还是一再强调自己的自由。我起身准备和波莱尔夫妇打个招呼，他们同劳尔和诺拉一起从房子里出来，正向这边走来。记不起是谁了——我记得是哈维尔——给大家倒了第一杯茴香酒，随着夜色降临、谈话开始，战斗改变了性质，参战者的年龄也变了，变成了一群刚刚相识的男人们高谈阔论。孩子们都在洗澡，花园里此刻既没有高卢人也没有苏人，波莱尔想知道我为什么没有回到自己的祖国，劳尔和哈维尔脸上浮现出来自同胞的微笑。三个女人正在准备晚餐，说来也奇怪，她们长得还挺像的，诺拉和玛格达走得比较近，因为她们说话都带布宜诺斯艾利斯的口音，而莉莲的西班牙语更像是来自比利牛斯山脉的另一边。我们叫她们过来喝一杯茴香酒，这时我发现莉莲的肤色比诺拉和玛格达要黑一点，但她们还是很像，那种节奏同步般的相像。这会儿我们这边的话题是具体诗，就是在《创造》杂志上发表作品的那一群人。波莱尔和我之间有了一个共同的话题：艾瑞克·杜菲，喝到第二杯的时候哈维尔和玛格达在微笑，其他两对夫妇则有点儿话不投机，分歧是明摆着的，只是因为关系亲近才没有挑明。天色暗了下来，孩子们纷纷露面，一个个都是干干净净、百无聊赖的模样，先出现的是哈维尔家的孩子，阿尔瓦罗执拗，洛丽塔傲慢，他们在争夺几个硬币；接着出现的是葛拉谢拉，她牵着雷诺德，小家伙脸上又成了一副脏兮兮的样子。孩子们聚集在绿色小帐篷近旁；我们则在讨论让－皮埃尔·法耶和菲利普·索莱尔斯，夜色里，烧烤炉的火光在林间若隐若现，金黄色的光影在树干上跳跃，花园显得更加幽深了。我记得就在那个时候我第一次见到了西尔维娅，当时我坐在波莱尔和劳尔之间，大圆桌支在椴树下，围坐在桌旁的还有哈维尔、玛格达和莉莲；诺拉一趟趟地给大家拿来餐具和盘子。很奇怪，没人把西尔维娅介绍给我认识，不过她正当妙龄，也许自己也不想加入进来。我完全能够理解劳尔和诺拉的沉默，显然，西尔维娅正处在不尴不尬的年龄段，比起参加大人的游戏，她更愿意在那群聚在绿帐篷旁边的孩子中间建立自己的威信。西尔维娅的身影有些朦胧，火光把帐篷的一边照得透亮，她就在那里，在雷诺德身旁，正俯下身子，用手绢或碎布替那孩子洗脸。我看见一双光洁的大腿，轻盈而清晰，正如波莱尔刚对我谈起的弗朗西斯·蓬热的风格；小腿、身躯和面庞隐没在阴影中，但一头长发时不时被蹿起的火苗照出闪烁的金色光亮。火光给她的全身覆上了重重的古铜色，大腿在短裙下暴露无遗，很可惜，在年轻一代的法国诗人中，没什么人知道弗朗西斯·蓬热，直到前不久，随着《原样》杂志小组的实践活动，他的大师地位才得到承认；根本没法打听一下西尔维娅是谁，她为什么不和我们在一起，另外，火光是会骗人的，也许她的身体比她的年龄更成熟，出于本能她还是更情愿和那些苏人待在一起。劳尔喜欢让·塔迪厄的诗，于是我们不得不向哈维尔解释此公是何许人也，他又写过哪些东西；诺拉给我端来第三杯茴香酒的时候，我也没法向她打听西尔维娅的事，那时讨论正异常活跃，我说的每一句话波莱尔都深信不疑，如获至宝。我看见有人把小桌子搬到帐篷附近，想必是让孩子们单开一桌；西尔维娅已经不在那里了，留下光影跳跃的帐篷，也许她坐到了远处，或是到树林里散步去了。当时我正不得不对雅克·鲁博的实践到底能达到什么样的程度提出看法，顾不上多想自己为什么对西尔维娅如此上心，西尔维娅突然消失又为什么会让我感到一丝隐隐的不安。一直到我把对鲁博的看法对劳尔和盘托出之后，一闪而过的火光中才又出现了西尔维娅的身影，她一手牵着洛丽塔一手拉着阿尔瓦罗走到了帐篷边，身后还跟着葛拉谢拉和雷诺德，连蹦带跳，还沉醉在苏人的角色中不能自拔。果然不出我们所料，雷诺德摔了个大马趴，哭声惊动了莉莲和波莱尔。这时从孩子群里传来了葛拉谢拉的声音："没事儿，已经没事儿了！"于是当爹妈的回来继续开聊，那副没心没肺的模样无疑表明像这一类苏人式的磕磕碰碰真是家常便饭。此刻的话题是要为泽纳基斯那种碰运气般的创作实践找出点什么含义来，哈维尔对此兴趣甚浓，波莱尔则觉得这太过分了。从玛格达和诺拉肩上望过去，我又远远看见了西尔维娅的身影，她再一次朝雷诺德俯下身去，给他看一件什么玩具，好安慰安慰那孩子。她的双腿和身影暴露在火光下，我看见她的鼻子小巧而略含焦虑，双唇一派古风，仿佛来自某一尊雕像（可波莱尔不是刚问了我基克拉泽斯群岛一尊小雕像的事，说这问题非我莫属，就连哈维尔大谈泽纳基斯也没能把话题变得更有价值吗）。我的心告诉我，如果此刻我想知道点儿什么的话，那一定就是西尔维娅，我想近距离地了解她，不要那变幻莫测的火光，可能的话，把她还原成一个普普通通的羞涩少女，或者至少能确信这个美丽活泼的身影并不单是一场幻象，还千真万确地存在着；我本想把这话对诺拉说，因为我一直很相信她，可诺拉正在布置餐桌，她一面安放餐巾纸，一面还没忘了让劳尔立刻去买一张泽纳基斯的唱片。这时，西尔维娅又不见了，从那边走来了无所不知无所不晓的葛拉谢拉，她像只小羚羊似的，蹦蹦跳跳。我对她笑容依旧，伸出双手抱她坐在我的腿上，听她津津有味地讲述一只毛茸茸的甲虫，只是为了从刚才的谈话中摆脱出来，又不至于让波莱尔觉得我失礼。好不容易能插上嘴的时候，我赶紧低声问她，雷诺德没受什么伤吧。

"你真是个傻瓜，什么事儿也没有。他一天不知道要跌多少跤，他才两岁，你明白不。西尔维娅给他起的包涂过水了。"

“葛拉谢拉，西尔维娅是谁呀？”

她仿佛吃了一惊，看了看我。

“是我们的一个朋友。”

“是这几位先生家的孩子吗？”

“你真是疯了，”葛拉谢拉用一种不容置疑的口吻说，“西尔维娅是我们的朋友。妈妈，西尔维娅是我们的朋友，对吧？”

诺拉舒了口气，把最后一张餐巾纸放在我的盘子边上。

“你干吗不回到那群小孩里去，让费尔南多安静一会儿呢？她要是打开话匣子，和你谈西尔维娅，那可就没完了。”

“为什么呢，诺拉？”

“因为自从他们发明出这么一个西尔维娅来，只要谈起她，我们就头昏脑涨的。”哈维尔说。

“她不是我们发明出来的，”葛拉谢拉说，一面用两只小手紧紧抓住我的脸庞，想把我从大人那边拉转回来，“你去问问洛丽塔或是阿尔瓦罗，就明白了。”

“可西尔维娅究竟是谁呀？”我又问了一遍。

诺拉已经走远了，听不见我的问话，波莱尔又在和哈维尔还有劳尔争论。葛拉谢拉直直盯着我的眼睛，小嘴噘成一只小喇叭，那神情半嘲笑半自以为是，觉得自己无所不知。

“我刚才就和你说过了，傻瓜，她是我们的朋友。她想和我们一起玩的时候，就会来找我们，可是她从来不到印第安人那儿去，她不喜欢去。她是个大孩子了，你明白不，所以她特别照顾雷诺德，这孩子才两岁嘛，还老把屎拉到灯笼裤里头。”

"她是跟波莱尔先生一起来的吗？"我压低嗓音问道，"还是跟哈维尔和玛格达一起来的？"

"她谁也没跟，"葛拉谢拉说道，"你去问问洛丽塔或者阿尔瓦罗吧，一问你就明白了。别去问雷诺德，他太小了，什么事儿也不懂。好了，我该走了。"

劳尔像是自带一副侦听雷达，他突然从咬文嚼字中抽出身来，对我做了个满怀同情的表情。

"诺拉提醒过你的，你要再这么问下去，这帮孩子会拿他们的西尔维娅让你彻底疯掉的。"

"这事要怪就怪阿尔瓦罗，"玛格达插了进来，"我这儿子谎话张嘴就来，他把大家都给带坏了。"

劳尔和玛格达就这么一直看着我，在某一个瞬间，为了让他们告诉我到底是怎么回事，我真该把这句话说出来："我不明白。"或者干脆就说："可西尔维娅明明就在那里，我刚刚看见她。"我现在有的是时间好好想想这件事，我不认为当时是波莱尔一句漫不经心的问话让我打消了说这话的念头。波莱尔问了我一个关于小说《绿房子》的问题，于是我就说开了，说的是什么其实我自己也不知道，反正这样一来我不用再和劳尔还有玛格达接着往下聊。我看见莉莲走到孩子们那边，把他们一个个安顿在桌旁的小凳子或旧木箱上坐好，火光照在他们身上，活脱脱就是埃克多·马洛或狄更斯小说里的插图场景，椴树的枝叶间不时露出一张面孔或一只高高举起的胳膊，传来一阵阵笑声和争论声。我同波莱尔谈论着菲夏，我的思绪仿佛一只记忆的木筏在随波逐流，任凭菲夏这个家伙折腾。诺拉给我送过来一盘肉的时候，我悄悄在她耳边说了句："这帮孩子的事儿我还真搞不太懂。"

"行了行了，你也陷进去了，"诺拉边说边朝大家投去同情的目光，"幸亏再过一会儿他们就去睡觉了，费尔南多，你真是自己找罪受。"

"千万别去搭理那帮小家伙，"劳尔插话道，"一看就知道，你没遇到过这种事，这帮孩子的事儿你别太当真。他们的话你权当是下雨声，左耳朵进右耳朵出，否则你会疯掉的。"

大概就是在那一刻，我错过了进入西尔维娅的世界的机会。我永远也不会明白为什么我觉得那是一场玩笑，是朋友们在拿我寻开心（波莱尔倒不至于，他还在继续他的思路，这会儿已经到了马孔多了）；我又看见了西尔维娅，她在暗影中露出身子，朝着葛拉谢拉和阿尔瓦罗弯下腰来，好像在帮他们切肉，又好像在吃东西。这时莉莲刚好坐回到我们这张桌子来，她的身影挡在了中间，有人给我递过来一杯酒，我再看过去，西尔维娅的身影被炭火映得通明，她的长发顺着一侧的肩头滑下，垂到腰间，融入暗影。她太美了，美到刚才的玩笑话叫我反感，真不像话，我把头埋进盘子里吃了起来，一面侧耳听波莱尔说话，他邀请我去参加大学里的几场讨论会；我对他说我去不了，这要怪西尔维娅，她不自觉地充当了我那帮朋友拿我取笑寻开心的同谋。那天晚上我再也没有看见西尔维娅；当诺拉拿着奶酪和水果走到孩子们桌旁的时候，雷诺德已经快睡着了，诺拉和洛丽塔一块儿给他喂了点儿吃的。我们则谈起了奥内蒂和费里斯贝尔托，为这二位干了一杯又一杯，后来，椴树下重又刮起了一股苏人和恰卢亚人撕拼的战争之风；孩子们被带过来跟我们道晚安的时候，雷诺德被莉莲抱在怀里。

"我的苹果里有虫，"葛拉谢拉兴高采烈地对我说，"晚安，费尔南多，你太坏了。"

"怎么啦，亲爱的？"

"因为你一回也没到我们那张桌子来。"

"可不是吗，请你原谅我。可你们有西尔维娅呀，不是吗？"

"那倒不假，可你还是太坏了。"

"这件事他是放不下了，"劳尔说着看了我一眼，那眼神里满满都是可怜我的样子，"你要吃大亏的，你就等着瞧吧，等他们一觉醒来会拿这个著名的西尔维娅来烦死你的，兄弟，你会后悔的。"

葛拉谢拉用湿湿的嘴唇在我下巴上吻了一下，一股浓浓的酸奶和苹果味儿。又过了好长时间，睡意赶走了一切争论，我邀请他们上我家吃顿晚饭。上星期六晚上快七点的时候，他们来了，开了两辆车。阿尔瓦罗和洛丽塔带来了一只大风筝，说是要放风筝，没一会儿就把我种的菊花毁得一塌糊涂。准备饮料这些事我全交给女士去办了，我明白劳尔一定会去掌管烤肉的事，这事儿谁也挡不住；于是我带波莱尔夫妇和玛格达参观我的家，最后我带他们来到起居室里，面对那幅胡里奥·席尔瓦的油画，我和他们喝了会儿酒，心不在焉地假装听他们讲东讲西；透过大大的窗户，能看见风筝在迎风起舞，还传来了洛丽塔和阿尔瓦罗的叫喊声。最后我看见葛拉谢拉手捧一束三色堇，那十有八九是从我最心爱的花圃里弄来的，天色渐晚，我走到花园里，帮孩子们把风筝放得更高一些。山谷尽头，夜色渐渐笼罩在一处处小丘上，沿着一排排樱桃树和杨树弥漫开来，唯独看不见西尔维娅的身影，阿尔瓦罗放风筝用不着西尔维娅。

"神龙摆尾，多棒啊。"我对阿尔瓦罗说，试着把风筝放出各种花样，一会儿放远，一会儿收近。

"是挺棒的，可你也得小心一点儿，有时候它一头就栽下来了，这几棵杨树长得太高了。"阿尔瓦罗警告我说。

"我放风筝它就从来不掉下来，"洛丽塔说，也许我的在场让她有些吃醋了，"你把线拉得太紧了，你不懂。"

"他可比你知道得多，"阿尔瓦罗迅速和我组成了男人间的联盟，"你干吗不去跟葛拉谢拉玩呢，你没瞧见你在这儿挺碍事儿的吗？"

现在只剩下我们两个人了，我们把线放得长长的。我在等阿尔瓦罗接纳我，并且知道我和他一样能干，能把那个红绿相间的风筝放到高高的、昏暗的空中。

"你们怎么没把西尔维娅带来？"我把风筝线拉了拉，问道。

他斜了我一眼，半是惊奇半是嘲笑，从我手上夺过风筝线，我在他心中的地位微妙地降了几分。

"西尔维娅只有想来的时候才会来。"他一面收线一面说。

"好吧，那就是说她今天没来。"

"你知道什么呀？我跟你说了，她想来的时候自然会来。"

"哦。那为什么你妈妈说西尔维娅这个人是你编出来的呢？"

"瞧，它又在摆尾了，"阿尔瓦罗说，"哥们儿，这是只特别棒的风筝，最棒的风筝。"

"你为什么不回答我的问题呢，阿尔瓦罗？"

"我妈妈总是说西尔维娅是我编出来的,"阿尔瓦罗说道,"欸,那你呢,你为什么不相信她的话?"

我猛地发现葛拉谢拉和洛丽塔来到我的身旁。她们听见了最后那几句话,正死死盯住我。葛拉谢拉在手指间缓缓摇晃着一株紫色的三色堇。

"因为我跟他们不一样,"我说,"我看见过她,你们知道的。"

洛丽塔和阿尔瓦罗久久对视着,葛拉谢拉走到我身旁,把三色堇花放在我的手中。风筝线猛地一紧。阿尔瓦罗松开了线轴,我们眼睁睁看着那风筝消失在夜色中。

"他们都不会信的,因为他们都是傻子,"葛拉谢拉说道,"告诉我你家厕所在哪儿,陪我去尿尿。"

我把她领到外面楼梯口,给她指了厕所的位置,又问她待会儿下楼的时候不会走丢吧。葛拉谢拉走到厕所门口,做了个肯定的表情,冲我微微一笑:"没事儿,你走吧,有西尔维娅陪我呢。"

"哦,那好吧。"我应了声,自己也不知道在跟谁较劲,是荒唐、噩梦,还是脑子里进水了,"那就是说,她最后还是来了。"

"当然了,笨蛋,"葛拉谢拉说,"你没看见她就在那儿吗?"

我的卧室房门大开着,床上赤红的床罩上显现出西尔维娅赤裸的双腿。葛拉谢拉进了厕所,我听见她划上了插销。我走近卧室,看见西尔维娅就躺在我的床上,好似金色美杜莎,一头金发散落在枕头上。我进去后虚掩上身后的房门,不知不觉走上前去,地面坑坑洼洼,又仿佛有鞭子在抽打,汗水从脸上流下来,迷住了我的双眼,啃噬着我的皮肤,我心底腾起一股喧嚣声,时间停滞了,唯有令人无法承受的美。我不知道西尔维娅是不是一丝不挂，此刻的她就像是梦中一株古铜色的杨树，我以为看见了她赤裸着身体，但随后我知道并非如此，我当时准是在想象她衣裳下面的胴体，红色床罩衬托下，从小腿延伸到大腿，侧面勾画出美丽的线条，延伸到臀部那微微凸起的线条，还有暗影中紧致的腰身和坚挺的粉嫩乳房。"西尔维娅，"我只剩下想的力气，一句话也说不出来，"西尔维娅，西尔维娅，可是这究竟……"葛拉谢拉的声音穿透两重门传了进来，仿佛就在我的耳边喊："西尔维娅，快过来找我！"西尔维娅睁开眼睛，在床边坐起身来，她还是穿着前一天晚上那条短裙，上身穿了件低胸衬衣，脚上套了双黑凉鞋。她从我身边经过，看也没看我一眼，打开了房门。我走出去的时候，葛拉谢拉正飞快地跑下楼梯，莉莲抱着雷诺德和她擦肩而过，莉莲正要去厕所取红药水，钟刚敲响七点半。我安慰了几句，又帮助她给孩子抹了点红药水，波莱尔听见孩子的哭叫声，心中有些不安，也跑上楼来，看我不在底下陪他们，他笑着责备了我一句。我们一起下到起居室，又喝了一杯，大家都在谈论格雷厄姆·萨瑟兰的绘画，种种奇谈怪论、理论和热情，最终都和飘散在空中的雪茄烟雾浑然一体了。玛格达和诺拉把孩子们集合到一起，想方设法让这帮小家伙单开一桌；波莱尔给我留了地址，让我把答应给普瓦捷一家杂志写的文章寄给他看看，他告诉我第二天一早他们就要出发，带哈维尔和玛格达参观参观这个地区。"西尔维娅会跟他们一起去的。"我暗自思忖，于是我找出一只盒子，往里装了些擦得亮堂堂的水果，找了个借口来到孩子们的桌旁，在那儿待了一小会儿。想从他们那里打听点儿事情真不容易，他们狼吞虎咽，从我手里一把夺过那些甜食，真无愧苏人和特维尔切人的光荣传统。给洛丽塔擦嘴的时候，不知怎么我又问了她一遍。

"我什么都不知道，"洛丽塔答道，"你还是去问问阿尔瓦罗吧。"

"我又能知道什么，"阿尔瓦罗说，他在犹豫是先吃梨子呢还是先吃无花果，"她想干吗就干吗，说不定这会儿就在那边溜达呢。"

"可是她究竟是跟你们哪位来的呢？"

"她谁也没跟，"葛拉谢拉说着在桌子底下狠狠踢了我一脚，"她刚才还在这儿，这会儿谁知道跑哪儿去了，阿尔瓦罗和洛丽塔要回阿根廷大酒店去，雷诺德自然也要走，你想想，这小不点儿今天下午还生生把一只死马蜂吞进肚子里去了，真恶心。"

"她想干什么就干什么，和我们一样。"说这话的是洛丽塔。

我回到我的餐桌旁，在白兰地的酒气和缭绕的烟雾中晚上的聚会已经接近尾声。哈维尔和玛格达要回布宜诺斯艾利斯去（阿尔瓦罗和洛丽塔要回布宜诺斯艾利斯去），波莱尔夫妇明年可能去意大利（雷诺德明年可能去意大利）。

"这里就剩下我们几个老家伙了。"劳尔说（葛拉谢拉会留下来，可西尔维娅是属于那四个人一伙的，只有那四个人在她才会在，而我知道，那几位是永远不会再来了）。

劳尔和诺拉还没有离开，他们还会在我们这个吕贝隆山谷待些日子，昨天晚上我去拜访他们，我们又在椴树下聊了会儿天。葛拉谢拉送给我一块她刚刚完成的十字绣小台布，我也知道了哈维尔、玛格达还有波莱尔夫妇临走时对我的问候。我们在花园里吃了顿晚饭，葛拉谢拉不肯早早上床睡觉，和我玩了会儿猜谜语的游戏。有那么一小会儿，我们俩单独待在一起，有个谜语的谜底是月亮，葛拉谢拉一时没有猜到，自尊心有点受伤。

"西尔维娅呢？"我问她，一面抚摸着她的头发。

"瞧瞧你，真笨。"葛拉谢拉说，"你以为今天晚上她会专为我而来吗？"

"幸好不会，"诺拉正好从树影底下走了出来，"幸好她没有专门为你而来。我们大家都被这段故事搞得烦透了。"

"是月亮，"葛拉谢拉说，"没见过这么傻的谜语，哥们儿。"

旅行

这事儿大概发生在里奥哈，一个叫作里奥哈的省份里，反正事情发生的时候天色已经不早了，将近黄昏，说起来，先前在一所庄园的院子里，那男人就告诉过他，说这趟旅行会有点儿复杂，可最终他能好好地休息一下。最后他还是决定去，因为有人劝他，说这样能在梅塞德斯过上十五天轻松日子。他的妻子陪他到镇子上买车票，也是有人劝过他，说最好到镇子上的火车站买票，因为这样还能顺便确认发车时间变了没有。他们这些在庄园里住惯了的人，常常会有一种印象：镇子上的时刻表和其他好多东西都变来变去的。有好多次也真的变了。最好还是把车开出来，开到镇子上去，尽管这样一来要想到查维斯赶上最早的一班火车，时间会有点紧。

赶到火车站时已经五点多钟了，他们把车停在尘土飞扬的广场上，周围尽是些马车，还有装载着大包小包、盆盆罐罐的大车。在车上他们没谈太多话，男人只问了句衬衫什么的，女人告诉他箱子早就收拾好了，只需要把证件往公文包里一塞，再装本书就万事大吉了。

"华雷斯知道时刻表，"男人说道，"他给我讲过怎么去梅塞德斯更方便些，他让我到了镇子上再买车票，而且一定要把怎么转车弄清楚了。"

"是的，这话你已经跟我说过了。"女人答道。

"从庄园开车到查维斯至少有六十公里的路。到佩乌尔科的火车好像是九点零几分路过查维斯。"

"你可以把汽车停在站长那儿。"女人说话的口气听不出是在问他还是在教他。

"好的。路过查维斯的这趟火车得后半夜才能到佩乌尔科，不过酒店里带浴室的房间总应该有的，只是能休息的时间不长。下一班火车五点多就要发车，最好现在就问问清楚。接下来到梅塞德斯的路上还得受好长时间的颠簸呢。"

"路挺远，这话不假。"

火车站里没多少人，有几个本地人在售货亭买香烟，或者在月台上傻等。售票处在月台尽头，快到岔道口那里，屋子里支了张脏兮兮的柜台，墙上贴满了广告和地图，屋子最里面有两张写字桌和一台保险柜。一个穿衬衫的男人在柜台接待顾客，有位姑娘在写字桌旁摆弄一台电报机。天已经快黑了，还没有开灯，他们在尽量利用最后一缕从屋子深处的窗户里透进来的暗淡光线。

"现在得赶紧回庄园一趟，"男人说，"行李忘装上车了，还有也不知道汽油够不够。"

"赶紧把火车票买了，咱们就回去。"女人说道，她稍稍落在后面一点。

"没错。让我想想。那我就先到佩乌尔科去。不对不对，我的意思是，先到华雷斯说的那个地方去买票。可我实在记不清是哪儿了。"

"你记不清了。"女人又是似问非问的。

"这些个地名听上去一模一样，"他心烦意乱地笑了笑，"刚到嘴边就忘得干干净净。之后从佩乌尔科到梅塞德斯还要再买一张票。"

"可为什么要买两次票呢。"女人说。

"华雷斯给我说过，有两家公司，所以要两张票才行，可是不管哪个火车站都可以把两张票一起卖给你，所以这还不都是一回事儿吗。这种事只有英国佬才干得出来。"

"现在早就不是英国佬的时代了。"女人说。

一个长得黑黑的小伙子走进了售票处，东张西望。女人走到柜台前，把一只胳膊支在上面，她是个金发女人，满脸倦容，但一头金发光彩照人，衬得她依然美丽。售票员打量着她，可她一言不发，好像在等丈夫过来买票。售票处里谁和谁都不打招呼，里面黑乎乎的，好像也没有打招呼的必要。

"得看看这张地图，"男人说着走到左边那堵墙前面，"你瞧，得这样才行。我们现在是在……"

他的妻子走了过来，看着那根手指在挂着的地图上犹豫不决，不知该在哪儿停下来。

"这里是咱们这个省,"男人说,"我们现在在这一块儿。等等,是这里。不对,还得往南一点儿。我要去那边,朝这个方向,你看见没有。现在我们应该是在这里,我觉得是这里。"

他往后退了一步,看着地图的全貌,注视良久。

"这是咱们这个省,没错吧?"

"看着挺像的,"女人应道,"你说我们现在是在这里。"

"当然是这里。这应该就是那条路。到火车站足足六十公里,华雷斯说过的,火车应该是从那里开过去。我再看不出还有别的地方了。"

"行,那就买票吧。"女人说。

男人又端详了一会儿地图,走到售票员面前。他的妻子跟在他身后,再一次把胳膊支在柜台上,仿佛打算长久地等待下去。小伙子已经和售票员谈完话,过去看墙上的时刻表。电报员桌上亮起一盏蓝莹莹的灯。男人掏出钱包,翻了一会儿,找出几张纸币。

"我要去……"

他转过身来,他的妻子正打量着柜台上的一幅画,那是用红墨水画的像手臂一样的东西,画得很潦草。

"我要去的那个城市叫什么来着?一下子想不起来了。不是最后要去的,是最开头的。我打算开车去的那个。"

女人抬起目光,朝地图那边看去。男人一脸不耐烦,那幅地图太远了,看不出什么名堂来。售票员把双臂往柜台上一支,一言不发地等候着。他戴着副绿色的眼镜,衬衫敞开的地方露出一撮黄毛。

"我记得你说的是阿连德。"女人答道。

"不对，怎么会是阿连德呢。"

"华雷斯给你说怎么走的时候我又没在。"

"华雷斯是给我讲了发车时间还有怎么转车，可我在车上对你重复过一遍呀。"

"根本就没有一个叫阿连德的车站。"售票员说话了。

"没有就对了，"男人说，"我要去的地方叫作……"

女人再次打量那幅红墨水画的手臂，现在她总算弄清楚了，那画的并不是手臂。

"这样，我买一张头等座席的票去……我就知道我该开车去的，那地方在庄园的北面。这么说你是一点也不记得了？"

"二位有的是时间，"售票员说道，"慢慢想。"

"我也没那么多时间了。"男人说，"我这就得开车去……然后要一张从那里到下一站的票，再转一趟车到阿连德。刚才您说了，不会是阿连德。你怎么会想不起来呢？"

他走到女人跟前问她，眼睛里是大为震惊的神情。他差一点儿回到地图那里去找，但想想又没过去，继续等候着，把身体略略朝女人那里倾过去，她正有一搭没一搭地用手指在柜台上划来划去。

"二位有的是时间。"售票员又重复了一遍。

"那么说……"男人说，"那么说，你……"

"是不是叫莫拉瓜什么的。"女人仿佛在问什么人。

男人朝地图看去，可是他看见售票员在一个劲地摇头。

"不是，"男人说，"我们不可能记不起来的，刚才来的路上我们还……"

"这事儿不奇怪,"售票员说,"最好是我们先随便聊点儿别的,突然,那个地名就会像小鸟一样落下来,这话我今天刚给一位到拉玛约去的先生说过。"

"拉玛约,"男人重复了一遍这个地名,"不是,我要去的不是拉玛约。说不定找一张写着站名的表格来看一看就能……"

"那边就有,"售票员说着指了指贴在墙上的时刻表,"可是我得先把话说清楚了,有差不多三百来个站,有好多是小站,还有货运站,但名字总归都是有的,您说呢。"

男人走到时刻表跟前,用手指按住了第一行站名。售票员等待着,从耳朵上取下一支香烟,舔了舔香烟的一头,把烟点着,两眼望着还靠在柜台上的女人。昏暗中,他觉得那女人笑了笑,可是看不太清。

"把灯打开,胡安娜。"售票员喊了一声,女电报员伸手够到墙上的开关,浅黄色的天花板上于是亮起了一盏灯。男人已经划到第二行的中间,他的手指停了下来,回到上方,又向下划去,最后离开了时刻表。真的,那女人现在千真万确是在微笑,灯光下,售票员看得真真切切,不知为什么,他也笑了笑。这时,男人猛地转过身来,回到柜台面前。那个黑黑的小伙子坐在大门口一张凳子上,多出个人,多出一双眼睛,在两张面孔之间,来回地巡视。

"我来不及了,"男人说道,"至少你总该想起点儿什么来吧,我记不住这些名字什么的,你知道的。"

"华雷斯不是把什么都告诉你了吗。"女人答道。

"别再提华雷斯了，我是在问你。"

"说是要坐两趟火车，"女人说，"你先开车到一个火车站，我记得你还说过要把汽车停在站长那儿。"

"这和坐到哪一站没有半点关系。"

"所有的车站都有站长。"售票员说道。

男人看了售票员一眼，可也许根本就没听见他在说什么。他正等着他的妻子想起点儿什么来，一时间，好像一切都取决于那女人了，取决于她能不能记起点儿什么。没多少时间了，还得回庄园去，取上行李，再开车往北走。突然间，疲倦，就像这个他怎么也想不起来的站名一样，成了一种虚无，压在心头却越来越沉。他没看见女人的微笑，只有售票员看见了。他还在等他妻子想起点什么，他一动不动，好像这样就能帮上她，他把双手撑在柜台上，离女人的手指很近很近。女人还在消遣着那幅画着红色小臂的图，不过她现在知道了那并不是一只手臂，来回划动的手也更温柔了。

"您这话说得有道理，"她看着售票员说，"人呀，就是想得越多，忘得越多。可是你呢，会不会……"

女人把嘴唇嘬得圆圆的，就像是想吸点儿什么。

"我大概想起来了，"她说，"在汽车上我们说你要先去……不是阿连德，对吧？那就是听着有点像阿连德的地方。你再想想，会不会是'阿'或者是'哈'什么的。要不然我再想想。"

"不对，不对。华雷斯告诉我的是在哪儿转车最方便……因为还有另一种方法可以到那里，可那样一来就得换三趟火车才行。"

"那太麻烦了，"售票员说了句，"换两次就足够了，先不说会热成什么样子，光是那车厢里积的土就够呛。"

男人脸上露出不耐烦的神情，转过身去，背朝着售票员，站在那人和女人之间。他一侧身看见那小伙子正从长凳那边朝他们张望，于是又转了一下身子，他既不想看见售票员也不想看见那小伙子，只想面对他女人一个人，女人已经把手指从画上抬了起来，正打量着涂了色的指甲。

"我不记得了，"男人把嗓音压得低低的，"我什么都记不起来了，你知道的。可是你应该能记得呀，你再想想。你一定能想起来的。"

女人又一次嘬起双唇，眨了两三次眼。男人攥住女人的手腕，捏得很紧很紧。女人看了看他，眼睛也不眨了。

"拉斯洛玛斯，"女人说，"可能是拉斯洛玛斯。"

"不是，"男人说道，"你不会想不起来的呀。"

"那会不会是拉玛约呢。不可能，我刚才说过了。如果不是阿连德，那就是拉斯洛玛斯。不信我再到地图上去查查。"

攥着她手腕的手松开了，女人揉了揉皮肤上留下的手印，又轻轻吹了吹。男人垂下脑袋，艰难地喘了口气。

"也没有叫拉斯洛玛斯的车站。"售票员说。

男人的头往柜台上垂得更低了，女人越过男人头顶看过去，售票员不慌不忙，仿佛在试探着什么，向她露出一丝难以察觉的微笑。

"佩乌尔科，"男人突然出了声，"我想起来了。就是佩乌尔科，对吧？"

"也许吧，"女人应道，"说不定就是佩乌尔科，可我还是觉得听上去不太像。"

"您要是开车去佩乌尔科的话，那可得开挺长时间呢。"售票员说。

"你没觉得就是佩乌尔科吗？"男人坚持问道。

"我也不知道，"女人说，"刚才你不是想起来了吗，我没太注意。说不定就是佩乌尔科。"

"华雷斯说的就是佩乌尔科，我敢肯定。从庄园到那火车站有六十公里远呢。"

"远远不止，"售票员说道，"您开车到佩乌尔科去划不来。再说就算到那儿了，接下来您又怎么走呢？"

"什么叫接下来我怎么走？"

"我这么对您说是因为佩乌尔科只是个换乘小站，别的什么都没有。有三四间盖得傻乎乎的房子，还有个火车站开的小旅馆。到佩乌尔科去的人都是为了转车。当然了，如果您在那儿有什么生意上的事情，就另当别论了。"

"不可能是那么远的地方，"女人说，"华雷斯给你说过有六十公里的路程，那就不可能是佩乌尔科。"

男人迟疑了片刻没有作答，他用一只手掩住耳朵，好像在倾听内心的声音。售票员两眼不离那女人，等候着。他心里吃不准刚才那女人说话的时候到底对他微笑了没有。

"对，应该就是佩乌尔科，"男人说，"如果说太远的话，那也是因为它是第二站。我得先买票到佩乌尔科，再等下一趟火车。您说了，那是个换乘小站，而且有一家小旅馆。那没错，就是佩乌尔科了。"

"可是那儿离这里不是六十公里远。"售票员说。

"当然不是，"女人直了直腰，声音也抬高了，"佩乌尔科是第二站，可现在的问题是我丈夫记不起来第一站要到哪里了，离这里六十公里远的才是第一站。我记得华雷斯对你说过的。"

"哦，"售票员说，"那就对了，您得先去查维斯，然后坐火车到佩乌尔科去。"

"查维斯，"男人说，"当然了，应该是查维斯。"

"也就是说，从查维斯再到佩乌尔科。"女人似问非问地说。

"要从这边过去，这是唯一的方法。"售票员说。

"你看见了吧，"女人说道，"如果你能肯定第二站确实是佩乌尔科的话……"

"怎么你也不记得了吗。"男人说，"我现在差不多能肯定，不过刚才你说拉斯洛玛斯的时候，我也觉得挺像。"

"我没说拉斯洛玛斯，我说的是阿连德。"

"不会是阿连德，"男人说，"你真的没说过拉斯洛玛斯吗？"

"也有可能吧，我觉得你在汽车上提到过拉斯洛玛斯。"

"没有叫拉斯洛玛斯的车站。"售票员说。

"那我说的一定是阿连德，我也拿不准。照你说的，应该就是查维斯或者佩乌尔科了。那就买一张从查维斯到佩乌尔科的车票吧。"

"没问题，"说着，售票员拉开了一个抽屉，"可是从佩乌尔科接下来……我给您说过的，那儿只是一个换乘的小站。"

男人正在钱包里飞快地翻找，一听见最后那句话，手停在了半空。售票员靠在打开的抽屉侧面，又一次等候着。

"我再买一张从佩乌尔科到莫拉瓜的票。"男人的语气有点迟疑，就像他伸在空中的手里捏着的几张票子。

"从来就没听说过莫拉瓜这个站名。"售票员说道。

"反正差不多是这么个意思吧，"男人说，"你也不记得了吗？"

"不错，好像就是莫拉瓜这么个音。"女人说。

"站名里面带 M 的有好些站呢，"售票员说道，"当然，我说的是从佩乌尔科出发的车。您还记得路上大概要走多长时间吗？"

"整整一个上午，"男人说，"差不多六个钟头吧，也可能用不了那么久。"

售票员看了一眼压在柜台一头的一张地图。

"那就可能是马龙巴，或者是梅塞德斯。"他说，"差不多距离的地方我只看见这两个车站，又或者，会不会是阿莫林巴呢。阿莫林巴站名里有两个 M，也是有可能的。"

"不是的，"男人说道，"这两个都不是的。"

"阿莫林巴是个小镇子，可梅塞德斯和马龙巴都是正经城市。这个地区带 M 的站名再也没有了。如果您要从佩乌尔科乘车的话，只能是这两站中的一个。"

男人看了看女人，手还伸着，慢慢搓了搓手中那几张票子。女人嘬起嘴唇，耸了耸肩。

"我不知道，亲爱的，"她说，"也许就是马龙巴，你说呢。"

"马龙巴，"男人重复了一遍这个地名，"那你觉得就是马龙巴。"

"不是我觉得不觉得的问题。这位先生给你说了，从佩乌尔科过去只有马龙巴和梅塞德斯。也说不定是梅塞德斯，可是……"

"从佩乌尔科上车，只能是到梅塞德斯或者马龙巴。"售票员说。

"你听见了吧。"女人说。

"是梅塞德斯，"男人说，"马龙巴听上去不太像。可是，话又说回来了，梅塞德斯呢……我要去的是世界大酒店，也许您能告诉我它是不是在梅塞德斯。"

"确实是在那儿，"坐在长凳上的小伙子说，"世界大酒店离火车站两个街区。"

女人扫了小伙子一眼。售票员迟疑了片刻才把手指伸进抽屉里，火车票在那儿整整齐齐地排列着。男人面朝柜台俯下身去，仿佛是想把钱递得更方便些，一面又回过头来，看了看那小伙子。

"谢谢，"他说，"多谢了，先生。"

"这是家连锁酒店，"售票员说，"对不起，说起来在马龙巴也有一家世界大酒店，阿莫林巴我不太肯定，说不定也有的。"

"那有什么办法能……"

"您就一个一个试试吧，反正要不是梅塞德斯的话，您从那儿还可以再坐一趟火车到马龙巴去。"

"我觉得梅塞德斯听起来更像一点儿，"男人说，"我也不知道为什么，就是听起来更像一点儿。你觉得呢？"

"我也是，特别是一开头的时候。"

"什么叫一开头的时候？"

"就是那个小伙子跟你说酒店的时候。可要是马龙巴也有一家世界大酒店，那……"

"就是梅塞德斯了，"男人说，"我敢肯定，就是梅塞德斯。"

"那就买票吧。"女人一副无所谓的样子。

"从查维斯到佩乌尔科，再从佩乌尔科到梅塞德斯。"售票员确认道。

女人又打量起柜台上的红色图画，她的半边脸被头发遮住了，售票员看不见她的嘴。她的指甲涂过色，这时正用手慢慢地揉着手腕。

"对，"男人稍稍犹豫了片刻，答道，"从查维斯到佩乌尔科，再从那里到梅塞德斯。"

"那您可得抓紧了，"售票员说着取出一蓝一绿两张小卡片，"到查维斯还有六十公里的路，火车到那里的时间是九点零五分。"

男人把钱放在柜台上，售票员给他找钱的时候，看见女人还在慢慢地揉着手腕。他看不见她是不是在微笑，这本来和他也没多大关系，可他还是想弄明白，在这垂在嘴边的一头金发后面，她是不是在微笑。

"昨天夜里查维斯那边雨可下得不小，"那小伙子又说了话，"您得赶紧了，先生，路上全是泥。"

男人把找的零钱装进了外套兜里。女人伸出两根手指，把头发撩到后面，看了看售票员。她双唇紧闭，好像在吸着什么东西。售票员冲她笑了笑。

"咱们走吧，"男人说，"我时间挺紧的。"

"您要是现在立刻出发，差不多能赶上，"小伙子说，"为预防万一，您最好带上链子，快到查维斯那一段路可不好走。"

男人点了点头，又朝售票员那边挥了挥手，算是问候。他出了大门，女人刚想朝大门走去，大门却自动关上了。

"真有点儿遗憾，翻来覆去，最后他还是弄错了，不是吗？"售票员像是在对小伙子说话。

女人已经走到了门口，又转过头来，看了看他，可灯光几乎照不到她那里。很难确定她笑了还是没笑，而且也没办法知道那大门是她砰的一声关上的，还是因为起了风。这里天一黑总是会起风的。

午睡时分

　　不知会是在何年何月，但总有一回，会有人记起，几乎每天的下午时分，阿黛拉姨妈总是在听一张有领唱有合唱的唱片，记起那张唱片忧伤的调子。一开始是一个女人一个男人在独唱，后来是大合唱，唱的什么没人听得懂。唱片上有个绿色的标牌，那是给大人看的，"Te lucis ante terminum"，"Nunc dimittis"，据罗伦莎姨妈说，那是拉丁文，意思是上帝什么的。那时，宛达又因为听不懂，又因为心情不好，就有点伤感。就如同与小特莱莎一起在她家里放比莉·荷莉黛的唱片时一样伤感，因为小特莱莎的妈妈上班去了，她爸爸要么在忙生意，要么在睡午觉，她们可以自由自在地抽抽烟。可是，听比莉·荷莉戴的唱片会给人带来一种美好的伤感，让人想躺下身来，幸福地痛哭一场。待在小特莱莎的房间里，关上窗户，吞云吐雾，听听比莉·荷莉黛的歌，感觉还真不错。在她自己家里，这种歌是不许唱的，因为比莉·荷莉黛是个黑人，又因为吸毒过量死了。玛丽亚姨妈总逼着她在钢琴面前多待上一个小时，练习各种琶音，埃内斯蒂娜姨妈则大谈特谈现在的年轻人怎么怎么，大厅里到处回响着"Te lucis ante terminum"，阿黛拉姨妈在一个装满了水的玻璃球照耀下缝缝补补，据说那玻璃球聚光（这个词听上去就很美），能帮人看清针脚。幸好到了晚上，宛达是和罗伦莎姨妈睡在一张大床上，那里既没有拉丁文也没有关于香烟和街上小混混的长篇大论，罗伦莎姨妈做完晚祷，把灯一关，会随便聊几句，多半是说说小狗格洛克。快睡着的时候，宛达心里总是很宁静，身边是暖暖的罗伦莎姨妈，她也似乎从家里这种忧伤的气氛中找到了被呵护的感觉。罗伦莎姨妈会轻轻地打着鼾，和小狗格洛克一样，她身上暖暖的，身子稍稍蜷缩着，发出心满意足的鼾声，这也和蜷缩在饭厅地毯上的格洛克一样。

"罗伦莎姨妈，别再让我梦见那个长了只假手的男人了，"做噩梦的那天夜里，宛达这样哀求道，"拜托，罗伦莎姨妈，求求你了。"

后来她对小特莱莎谈起过这事儿，小特莱莎笑了，可并不是存心取笑她，罗伦莎姨妈给她擦眼泪的时候也没有取笑她的意思，而是给了她一杯水，让她慢慢平静下来，帮她驱走那些奇奇怪怪的念头，比如去年夏天脑子里一些杂七杂八的记忆呀，噩梦呀，那个和小特莱莎父亲相册里的男人们长得特别像的人呀，还有那条死胡同，天黑下来的时候，那个穿了一身黑的男人把她堵在里面，慢慢走近她，最后停了下来，注视着她被满月照得亮亮的脸庞。那家伙戴了副金属框的眼镜，圆圆的帽子压得很低，遮住了额头。他朝她举起右边的胳膊，他还长了两片薄薄的嘴唇，刀片似的，最后，一声尖叫或一阵猛跑的脚步声让她离开这个梦境；一杯水、罗伦莎姨妈的安抚，她不会再一次慢慢回到那噩梦中去，接下来便是埃内斯蒂娜姨妈的一杯泻药，一盘淡淡的汤，各种各样的劝告，然后又是家里，又是"Nunc dimittis"，可到了末尾，总会让她去和小特莱莎玩上一会儿，虽说那孩子在她妈妈教育下并不是一个十分可靠的玩伴，还会拿出一些东西给宛达看，可这样总比看着宛达的脸日益憔悴要强吧，反正在一起玩上一会儿也没什么坏处，从前的女孩子们一到午睡的时候，总是在一起学些刺绣或唱唱歌，现在这些年轻人呀。

"她们不光是疯子，还是些傻瓜，"小特莱莎边说边递给她一根从她爸爸那里偷来的香烟，"你都摊上一群什么样的姨妈呀，丫头。她们让你服了一剂泻药？你到底去过了没有？拿着，看看乔拉借给我什么了，整个秋季的时装都在上面了，可你还是先看看林戈的照片吧，难道他不可爱吗，再看看他这张敞开衬衫的，你瞧瞧，这胸毛。"

后来她还想再打听点儿什么，可对宛达来说，继续聊下去有点难，因为她眼前突然又出现了逃命那一幕，她顺着小巷一路狂奔，这已经不是那次做的噩梦了，但又好像是那噩梦的最后一段，她也记不大清，那时她被自己的尖叫声惊醒了。也许在更早些的某个时刻，比方说去年夏天快过去的时候，她真该把这件事讲给小特莱莎听听，但她一句也没提起，怕她到埃内斯蒂娜姨妈面前去拨弄是非，那段时间里小特莱莎还时不时到她家作客，姨妈们常常拿些烤面包片或牛奶做的甜点从她嘴里套话，直到后来她们和她妈妈吵了一架，不想让小特莱莎再到家里来做客了，但是有时候下午家里来了客人，她们想清静一点的时候，还是会准许宛达去小特莱莎家里玩玩的。现在想想，当初还不如把一切都告诉小特莱莎，可事到如今也没必要了，因为噩梦就像那件事一样，或者说不定，那件事已经成了噩梦的一部分，一切都变得和小特莱莎父亲的相册一样，从未真正结束，就像相册上的街道，也会像在噩梦中那样，渐渐消失在远方。

"小特莱莎，把窗户打开点儿，这里边热得很。"

"别犯傻了，回头别让我们家那老太婆发现咱们在抽烟。那个雀斑脸呀，鼻子比老虎都灵，在这个家里做什么事都得小心点儿才行。"

"那就干脆跟她把话挑明了，她总不能拿棍子把你打死吧。"

"你当然可以一走了之，这事儿跟你能有多大关系。你真是个长不大的小女孩。"

可宛达已经不是个没长大的小女孩，虽说小特莱莎还老这么当面数落她，可毕竟次数越来越少了。这还得从那个炎热的下午说起，那天她们聊了好多事情，小特莱莎还把什么都露给她看了，从那以后，虽然生起气来小特莱莎还会叫她长不大的小女孩，可一切都和以前不同了。

"我可不是什么长不大的小女孩。"宛达说着，鼻子里喷出一缕烟。

"好吧，好吧，别这样。你说的有道理，是热得够呛。干脆咱们把衣服脱了，再去弄杯加冰的葡萄酒喝喝。我跟你说，这事儿是你看了我爸爸的相册后梦见的，相册上面可没什么假手之类的，你却梦见了，我总算弄明白是怎么回事了。来看看我这儿发育成什么样了。"

隔着衬衫倒看不出来什么，可一旦裸露出来，就大不一样了。她变成了女人，脸上的神情都不同了。宛达不好意思把裙子脱掉，露出微微隆起的胸脯。小特莱莎的鞋一只飞到床上，另一只滚进沙发底下看不见了。当然了，就像小特莱莎爸爸的相册上那些男人一样，几乎每一页上都有穿黑衣裳的男人，一天下午睡午觉的时候，她爸爸刚走，家里没有别人，和相册上的客厅和房屋一样安静，小特莱莎给她看了那本相册。她们嘻嘻哈哈、推推搡搡地来到楼上，有时候，小特莱莎的爸爸会叫她们到书房喝喝茶，像大家闺秀似的。那些天里，在小特莱莎的房间里抽烟喝酒都不行了，因为那雀斑脸的女人马上就会察觉的。所以她们趁家里没人，嘻嘻哈哈、推推搡搡上了楼，小特莱莎把宛达推倒在蓝色的长沙发上，面不改色地弯下腰来，脱下三角裤，一丝不挂地站在了宛达面前，两人你看着我，我看着你，脸上露出一丝怪怪的笑容，最后还是小特莱莎放声大笑起来，问宛达说她是不是个傻瓜，连那个地方会像林戈的胸脯一样长出毛来都不知道。"可我也是长了的，"宛达这样对她说，"我去年夏天就长出来了。"相册上就是这个样子，所有女人都有，还都很多，每一幅相片上，她们或去或来，有坐着的，有躺在草地上的，还有躺在火车站候车大厅里的（"都是些疯子。"小特莱莎评论道），还有就像她们现在这样你看着我我看着你的，眼睛睁得大大的，总是在满满的月光下，虽然在相片上看不见月亮，但每一张都是在满月下拍摄的，女人们赤身裸体，在大街上、在火车站里走来走去，相遇的时候仿佛互相视而不见，真正一副赤条条、互不牵挂的样子。

有些相片上还会出现男人，他们或是身着黑色西服，或是穿件灰色罩衣，看着女人们来来往往，连帽子也不脱，在一台显微镜下研究一颗颗稀奇古怪的石头。

"你说得不错，"宛达说道，"那家伙长得和相册上那些男人特别像，也戴了顶圆圆的帽子，还戴着眼镜，长得就像他们那个样子，只是有一只手是假手，就像上一回那样，那时候……"

"别再提那只假手的事了！"小特莱莎说，"你打算一下午都这个样子吗？是你先说太热的，最后把衣服脱得光光的却是我。"

"我得去趟厕所。"

"都是泻药闹的！瞧瞧你那些姨妈，都是些什么人呐。快去吧，回来的时候多带点儿冰来，你看看林戈在怎么盯着我呢，这个可爱的小天使。您真是个多情种子，怎么，喜欢这个小肚皮是吗？那您就好好看吧，再揉一揉，对了，就是这样，我要是把相片揉皱了还回去的话，那个乔拉非把我宰了不可。"

宛达在厕所里一待就是好长时间，为的是不要再一趟一趟跑过来，肚子疼，她很讨厌那泻药，也很讨厌后来小特莱莎在蓝色长沙发上看她的眼神，好像她还是个没长大的小女孩，就像上次把那里露给她看，她禁不住脸上变得火烧火燎的。这几个下午，事情变得不一样了，首先，阿黛拉姨妈同意她和小特莱莎在一起待到更晚一点，反正就在家旁边不远，我呢，还得接待玛丽亚学校的校长和秘书，这房子就这么点儿大，你最好是到你朋友那里去玩玩，只是回来的时候要小心，最好直接回家来，别想着和那个小特莱莎在街上疯疯癫癫地胡混，那姑娘我太知道她了，就爱那一套。接着，她们抽着小特莱莎的爸爸忘在写字台抽屉里的香烟，是那种带金黄色过滤嘴的，闻起来怪怪的，最后，小特莱莎就把什么都露给她看了，这事儿是怎么发生的已经记不起来了，当时她们在聊相册的事情，可能是初夏，记得那天下午她们都穿得挺多的，宛达穿了件黄色套头衫，也就是说还没到夏天。末了，她们也不知道说些什么好，只是对视着，傻笑着，就这样她们几乎没怎么交谈，出门来到了大街上，到火车站那边转了转，当然，她们很小心地避开了宛达家那一带，因为埃内斯蒂娜姨妈就算和校长还有秘书待在一起也能察觉到她们的行踪。在火车站的月台上，她们转悠了一会儿，像是在等火车一样，看着一个个火车头隆隆驶过，引得月台一震一震，天空里黑烟弥漫。好像是在回去的路上，她们该分手的时候，小特莱莎仿佛不经意地对她说，那事儿不算什么，别太在意。宛达本来已经打算把这事儿忘在脑后，这一下子脸又变得通红。小特莱莎笑了一阵，又对她说，下午的事情谁都不会知道的，可是她那几个姨妈跟雀斑脸是一样的货色，万一哪天她一不小心，就会被抓住把柄，那就有她好看的了。她们又笑了一阵，可这话不幸应验了，就在院子里只听得见格洛克身上的铁链哗哗作响、炎炎烈日下马蜂发出疯狂的嗡嗡声，就在宛达一心觉得大家都在睡午觉，谁也不会在这时进到她房间里的时候，埃内斯蒂娜姨妈在午睡时间快要结束时从天而降，宛达还没来得及把被单拉到下巴底下，埃内斯蒂娜姨妈就站在了她的床边，二话不说，一把扯去被单，两眼死死盯住她褪到腿肚子那儿的睡裤。小特莱莎那边，尽管雀斑脸坚决不同意，房门还是锁上了，但是玛丽亚姨妈和埃内斯蒂娜姨妈议论了一会儿，说到万一失火，把孩子锁在屋里会被火烧死的，可现在埃内斯蒂娜姨妈和阿黛拉姨妈说的不是这个，她们一言不发，径直走到宛达前。她正打算装出一副什么都不知道的样子，阿黛拉姨妈一把抓住了她的手，拧到身后，埃内斯蒂娜姨妈先给了她一记耳光，紧接着一记接一记的，宛达趴在枕头上，哭叫着辩解，说自己什么坏事也没做，只是觉得有点痒，可这时阿黛拉姨妈已经脱下一只拖鞋，压住她的双腿，照着屁股就是一顿猛抽，他们一面打一面嘴里还说着什么不成器的东西，自然也说到小特莱莎，说现在的年轻人哪，都是些忘恩负义的东西，还说到什么染病呀，钢琴呀，要不要关起来呀，可主要说的还是不成器和染上什么病的事儿，直到最后罗伦莎姨妈被哭叫声从床上惊醒，突然间，一切都沉寂下来，只剩下罗伦莎姨妈痛苦地看着她，既没有安慰她也没有抚摸她，只是像往常一样给她倒了一杯水，保护她不受黑衣男人的侵犯，在她耳边一遍又一遍地说，一定能睡个好觉的，不会再做噩梦了。

"你这是杂烩菜吃得太多了，我看见了。杂烩菜跟柑橘一样，晚上吃多了不好消化。好了，都过去了，睡吧，有我在呢，你不会再做噩梦了。"

"你在等什么呢？脱个衣服都这么磨磨蹭蹭的。又要去上厕所吗？你可真是个乖宝宝，你那几个姨妈全都是些疯婆子。"

"倒也没热到非得把衣服都脱光的地步。"那天下午宛达一边脱裙子一边说道。

"是你先说天热的。把冰递给我，再拿几只杯子来，还剩点儿甜葡萄酒，可那雀斑脸昨天盯着酒瓶看了老半天，而且脸色不对。

我看得出来，她脸色不对。她倒没说什么，可就是沉着脸，她清楚我什么都知道。幸亏老头子一心只想生意上的事情，又喝得醉醺醺的。真的，你已经长出毛来了，长得不多，你还是像个小丫头。你要是能发誓不告诉别人的话，我再给你看一件书房里的东西。"

小特莱莎是偶然间发现那本相册的，书柜上了锁，那是你爸爸藏科学书籍的地方，说是不适合你这个年龄看，真蠢，书柜门都没锁好，有几本词典，还有一本书书脊朝里，肯定是不想让人看见是什么书，还有些书里尽是些人体解剖的插图，一点也不像学校里的书，这里的书插图都是完完整整的。可是她一抽出那本相册，马上就对解剖图没了兴趣。那相册就像是一本连环画，只不过有点怪怪的，可惜底下标的都是法语，她只能零零星星看懂几个单词。"la sérénité est sur le point de basculer"，sérénité 的意思是宁静，可 basculer 天知道是什么意思，真是个怪词，bas 是长袜，她见过雀斑脸的迪奥牌长袜，可是接下来的 culer，culer 的长袜到底是什么意思，插图上的女人要么赤身露体，要么就穿了件衬裙，外面套件长袍，没一个穿长筒袜的，也说不定 culer 有别的意思，小特莱莎把相册递给她看的时候，宛达也是这么想的，她们一起笑疯了，两人被单独留在家里的那些午睡时分，真是快乐啊。

"天还没热到非要把衣服都脱光的地步，"宛达说，"你干吗这么夸张？不错，是我说的，可我要说的不是这个意思。"

"那就是说你不想和这些插图里的女人一样了？"小特莱莎在长沙发上伸直了腰身，挖苦道，"看着我，告诉我，我是不是和那个女人一模一样，就是那幅到处摆着水晶的东西，还远远能看见有个小个子男人顺着街道走过来的画。快把三角裤脱了，傻瓜，你没觉得你太煞风景了吗。"

"我记不得那张插图了，"宛达的手指插在三角裤的松紧带上犹豫着，"哦，对了，我想起来了，那天花板上还有盏灯，远处挂了幅蓝颜色的画，上面画的是满月。整个都是蓝色的，不错。"

天知道看相册的那天下午她们为什么在那张插图上耽搁了那么长时间，其实还有另外几张更刺激，更奇异的，比方说画着 Orphée 的那张，字典上说 Orphée 就是俄耳甫斯，他是音乐之父，下到地狱去过，可插图上并没有画地狱，只画了条街道，街道上有些红砖砌成的房子，有点像噩梦开始时的那条街，虽然在梦中那条街后来变成了小巷，出现那个长了只假手的男人。就在这条红砖瓦房的街道上，走来了赤条条的俄耳甫斯，小特莱莎立刻把画给宛达看了，可宛达第一眼看去以为又是个不穿衣服的女人，小特莱莎哈哈大笑，用手指头指点着画，这时宛达才看清了，是个很年轻的男人，千真万确是个男人，她们一起看着，研究着俄耳甫斯，而且疑惑花园里那个背对她们的女人是谁，她又为什么只露个背影，只穿了件衬裙，拉链还开了一半，好像在花园里散步就得穿成这样似的。

"这是个装饰，不是拉链，"宛达发现，"猛一看有点像，可仔细瞧瞧，只是一道褶子，长得跟拉链似的。让人看不明白的是俄耳甫斯干吗要从大街上走过来，还不穿衣服，那女人又为什么在花园的墙后面，露个背影，真是太奇怪了。瞧瞧俄耳甫斯这身体，白白净净的，再瞧他这屁股，真像女人。当然，如果没有那个的话。"

"我们再找一幅能更近一点儿看看他的画，"小特莱莎说，"你看见过男人吗？"

"没有，你想什么呢，"宛达答道，"我知道他们长得什么样，可是你怎么想起来问我看没看见过。他们那儿和小男孩差不多，只是稍微大一点儿，不是吗？又有点儿像格洛克，可格洛克是条狗，不一样的。"

"乔拉说过，他们发起情来，那里能长到三倍大，那时候就能有了。"

"是要生孩子吗？有了是这个意思，还是别的什么意思？"

"你真是个傻瓜，小丫头。再看看下一张吧，差不多还是那条街道，可这里有两个没穿衣服的女人。这个倒霉蛋，干吗画这么些女人？你看，这两个女人看上去互相并不认识，擦肩而过，各走各的路，准是两个疯女人，大街上赤身露体的，还没人管、没人说闲话，这种事儿是在哪儿都不可能发生的。再看看这一张，这回是一个男人，可是穿着衣裳呢，在一所房子里藏着，只能看见他的脸和一只手。还有这个穿着树枝树叶的女人，要我说，她们全是些疯女人。"

"你不会再做那些梦了，"罗伦莎姨妈一面抚摸着她一面说道，"睡吧，你放心，不会再做那样的梦了。"

"是的，你已经长出毛来了，长得不多，"小特莱莎这样对她说过，"有点怪，你还是个小丫头呢。给我把烟点上，过来。"

"我不，我不，"宛达边说边挣扎，"你干吗？我不愿意，放开我。"

"你真是个蠢货。看好了，我这就教给你。我又没对你做什么，别乱动，马上就好。"

晚上，姨妈们没让她亲吻就打发她上床睡觉。吃晚饭的时候，一切也和图画上画的一样，静悄悄的。只有罗伦莎姨妈时不时看她一眼，给她添菜加饭，下午的时候她曾远远听见阿黛拉姨妈放唱片的声音，飘过来的每一句话都仿佛是在指责她，"Te lucis ante terminus"，她已经打定主意自杀，想想罗伦莎姨妈见到她死去、大家后悔不已的场景，她就觉得痛哭一场也没什么坏处。她打算从楼顶平台往楼下花园纵身一跳，或者用埃内斯蒂娜姨妈的吉列刀片划开自己的静脉，之所以还没那么做，是因为她得先给小特莱莎写封诀别信，告诉她自己已经宽恕她了，然后再写一封信给教地理的女教师，她曾经送给宛达一本装订得整整齐齐的地图集。幸好埃内斯蒂娜姨妈和阿黛拉姨妈还不知道她和小特莱莎到火车站去看过火车，下午还在一起抽烟喝酒，特别是那天下午，她从小特莱莎家往回走的时候，没按大人们给她规定的路线，而是绕着整个街区转了一大圈，这时那个穿黑衣裳的男人走到她身边，问她几点了，和噩梦里一模一样，又或许这事就是发生在梦中吧，哦，亲爱的上帝呀，就在小巷口，那条小巷不通，尽头是一堵墙，上面长满了爬山虎，她当时也没察觉到什么（所以说也有可能是在梦里发生的），没察觉那男人起先一只手藏在黑外衣口袋里，后来才慢慢抽了出来，嘴里还问她几点钟了。那只手粉粉的，像是用蜡做成的，手指头硬邦邦，似握非握的模样，先是深深藏在外衣口袋里，接着一点一点抽了出来，这时宛达早已拔腿就跑，远远离开了巷口，可她后来根本记不起来自己是怎么飞跑着逃离那个想把她堵在巷子里的男人的，就像出现了一片真空似的，心里只剩下对那只假手和那两片薄薄的嘴唇的恐惧，过去、未来，她全然没了概念，直到罗伦莎姨妈端来一杯水让她喝下去，梦里是没有什么过去和未来的，最糟糕的是她还没办法告诉罗伦莎姨妈，告诉她这不像做梦那样简单，因为连她自己也拿不准，而且她也很怕别人知道这件事。一切都混成了一团，还有小特莱莎那件事，她唯一能确定的就是罗伦莎姨妈和她一起依偎在床上，把她搂在怀里，说她一定会踏踏实实睡上一觉的，罗伦莎姨妈就这样一面抚摸着她的头发，一面安慰她。

"你真的喜欢？"小特莱莎问道，"其实还可以这么来一下，你瞧。"

"别，别，求求你了。"宛达央告着。

"可是，真的，这样更爽，双倍的爽，乔拉就这么干过，我也干过，你会喜欢的，你别自己骗自己了，只要你想，在这儿躺下来，你自己来，你就知道了。"

"睡吧，亲爱的。"罗伦莎姨妈曾经这样说过，"睡着了你就会发现你不会再做那样的梦了。"

可这回轮到小特莱莎眼睛半睁半闭地靠在那里，好像她在教会了宛达之后一下子筋疲力尽了，这时候的她像极了蓝色长沙发上的那个金发女郎，只是她更年轻些，肤色也更黑些。这时的宛达正想着插图里的另一个女人，在那间玻璃房子里，明明天花板上亮着灯，那女人还是目不转睛地盯着一根点燃的蜡烛，街道上的路灯，还有那个男人，都仿佛进到了房间里，成了房间的一部分，好像插图上他们一直就在那里。只不过最奇怪的还是那幅叫作"彤格雷斯街边女郎"的插图，街边女郎是个法语词，就是妓女的意思，小特莱莎气喘吁吁的，好像把那一套教给宛达之后真的没了一丝气力，宛达看着她，就像又看见了插图上那些彤格雷斯街边女郎一样。彤格雷斯这个词开头是大写，应该是个地名吧，那些女郎互相搂搂抱抱的，身上披着红色或者蓝色的长袍，长袍底下什么都不穿，有一个还把乳房露在外面，在另一个女郎身上摸来摸去的，两个人都戴了顶黑色贝雷帽，长长的金发披散着，摸着摸着手指就顺着后背往下摸去，就像那天小特莱莎做过的一样。那个穿灰罩衣的秃顶男人长得特别像冯塔纳大夫，有一回埃内斯蒂娜姨妈带她去看大夫，大夫和埃内斯蒂娜姨妈说了几句悄悄话之后，便让宛达把衣服脱了，那时她十三岁，身体已经开始发育，所以才要埃内斯蒂娜姨妈陪她去的，但也有可能不光是因为这个，因为大夫笑了起来，宛达听见他对埃内斯蒂娜姨妈说，这种事儿没什么要紧的，别搞得真有那么回事儿似的，大夫用听诊器给她听了听，又看了看她的眼睛，他也穿了件和插图上一样的罩衣，只不过是白色的。接着大夫让她躺在小床上，摸了摸她的下身，埃内斯蒂娜姨妈人倒是在屋里待着，可她跑到窗户那边不知道看什么去了，其实根本看不见大街，因为窗户上装的是磨砂玻璃。最后冯塔纳大夫把她叫了过来，说没什么可担心的，宛达穿衣裳的时候，大夫开了张处方，都是些治气管炎的补药和糖浆。夜里她做的噩梦也有点儿像这个样子，因为一开始那个穿黑衣裳的男人也是和蔼可亲的，笑盈盈的，就像冯塔纳大夫一样，只是想问问几点钟了，可后面紧接着就出现了那条小巷，和那天下午她围着街区转那一大圈的时候很像很像。事到如今，她没有别的法子了，只有自杀一条路可走，要么用吉列刀片，要么从顶层平台上跳下去，当然，还得先把给女教师和小特莱莎的诀别信写好。

"你真是个蠢货，"小特莱莎这样说过，"你先是蠢得连房门都没关，然后又连掩饰一下都不会。我可有言在先，要是你那几个姨妈把这件事儿告诉雀斑脸，她们肯定会把屎盆子扣在我头上的，我就会立马被送到寄宿学校去，我老爸早就警告过我的。"

"再喝一小口，"罗伦莎姨妈说，"现在你就能一觉睡到大天亮，什么梦也不会做的。"

最糟心的是，还没法把这事告诉罗伦莎姨妈，向她解释解释为什么埃内斯蒂娜姨妈和阿黛拉姨妈揍她的那天下午她要从家里逃出去，一条街一条街地逛着，自己也不知道该干些什么，一面在心里恨不得立刻就自行了断，扑倒在一列火车车轮下，一面还往四下里张望，因为那个男人说不定就在附近，一旦她走到没人的地方，那人就会走上前来问她几点钟了。也说不定插图上那些光屁股女人就在附近某条街道上走着，因为她们也是从家里逃出来的，她们也很害怕遇见那些穿灰色罩衣或是黑色外套的男人，他们和小巷里那个男人是一样的，不同的是插图上有好多女人，这里却只有她孤零零地在街上走着，所幸她没有像那些女人一样光着身子，也没有哪个女人用一件红颜色的长袍来把她裹起来，或是像小特莱莎和冯塔纳大夫那样让她躺下身来。

"比莉·荷莉黛是个黑人姑娘，老吸毒，就死掉了，"小特莱莎说道，"她老有幻觉什么的。"

"幻觉是什么？"

"我也不知道，反正挺可怕的，大喊大叫，还蹦蹦跳跳的。你知道吗？其实你说得很对，天热得要死。咱们最好把衣服都脱了。"

"倒也没热到非得把衣服都脱光的地步。"宛达是这样回答的。

"你这是杂烩菜吃得太多了,"罗伦莎姨妈说,"杂烩菜跟柑橘一样,晚上吃多了不好消化。"

"其实还可以这么来一下,你瞧。"小特莱莎这样说。

天晓得为什么她记得最牢的就是这幅插图,图上有一条窄窄的小街,小街一侧长了不少树,另一侧的人行道上近处有一扇大门,最奇怪的是,小街正中央放了张小桌子,桌子上还有盏点亮的灯,要知道这是大白天呀。"别再提那只假手的事了,"小特莱莎是这样说的,"你打算一下午就这个样子吗?是你先说太热的,最后把衣服脱得光光的却是我。"插图上的她身穿一件深色曳地长袍,朝远处走去,而在近处的大门口站着小特莱莎,注视着小桌和桌上的灯,她一点也没有发现,就在街道的尽头,那个黑衣男人一动也不动,正在街边守候着宛达。"可这并不是我们俩,"宛达想,"是那几个没穿衣服在大街上走着的成年女人,不是我们俩,这就像是在噩梦里一样,你以为自己在那儿,其实并不在,罗伦莎姨妈不会让我继续做这种梦的。"她真希望能向罗伦莎姨妈求救,把她从这条街道上解救出去,不要让她扑倒在火车轮下,也不要再让插图上那个守候在街道尽头的黑衣男人出现了,特别是现在,她正围着街区兜圈子("直接回家来,别想在大街上疯疯癫癫地胡混。"这话是阿黛拉姨妈说的),黑衣男人走上前来,问她几点了,又慢慢把她堵在那条没有窗户的巷子里,一步一步地,她被挤到那堵长满了爬山虎的墙前,她像在噩梦中一样不会喊叫,不会哀告,也不会保护自己,可即使是在噩梦里,也还会有一线生机,因为有罗伦莎姨妈在,有了她的安慰，有了她的抚摸，再喝上一口清凉清凉的水，什么都会消失的。上一次那个下午，她被堵在小巷里的时候，也出现过一线生机，那时，宛达拔腿就跑，头也不回，一直跑回家中，插上了门闩，又把格洛克叫过来看住大门，因为她无法把真相都告诉罗伦莎姨妈。此刻，一切都和先前一样，只是小巷里再也没有哪怕一丝的缝隙，想逃却无路可逃，想醒又醒不过来，黑衣男人把她堵在了墙根，不会有罗伦莎姨妈的抚慰了，天色已晚，她孤零零一个人，眼前是那个总问她几点了的男人，他向墙跟前走来，把手从口袋里掏了出来，宛达已经紧紧贴在爬山虎上，男人离宛达越来越近了，黑衣男人这次不再问几点了，一只蜡黄蜡黄的手用什么东西撩开衬裙顶住了宛达，男人在她耳边说，别乱动，也别哭，咱们来做一回小特莱莎教过你的事情。

八面体

陶玉平／译

哭泣中的莉莲娜

幸好请的是拉莫斯大夫，不是别人。和拉莫斯一直是有约在先的，我知道，等到那个时刻真的到来，他会给我说的，或者就算不告诉我全部真相，至少他也会想办法让我明白。十五年的交情了，晚上一起打扑克，周末一起到乡下去消遣，这样的事一定让这可怜的人很为难；可事情就是这样，到了该说真话实话的时候，它会比那些在诊所里常说的谎话有用得多。谎话常常被蒙上了一层粉红的色彩，就像那些药片，或是一滴一滴注入我静脉里的粉红药水。

三四天了，其实他不用对我说什么，我也明白他会留意着，不让我陷入那种痛苦的弥留。让一条狗慢慢地死去，这又是何苦呢。我可以相信他，最后那几粒药片一定仍然是绿色或红色，但里面一定另有玄机，那是我已经预先向拉莫斯衷心感谢过的永恒梦境。那时候，拉莫斯会站在床脚望着我，怅然若失，因为真相已经把他掏空了，可怜的老家伙。什么都别告诉莉莲娜，别让她再多流不必要的眼泪，你觉得呢。哦，还有阿尔弗雷多，对他可以和盘托出，好让他早点安排，在工作之余腾出时间去照顾莉莲娜和妈妈。兄弟，劳驾告诉护士，我写东西的时候，让她少来烦我，能让我忘掉疼痛的只有写写东西了，当然，还有你那出类拔萃的医术。哦，还有件事，我想要咖啡的时候，请给我送一杯过来，这个诊所办什么事都太认真。

说真的，写点儿什么有时能让我宁静下来，可能正是因为这样，那些知道死期已近的人才会留下那么多信件，谁知道呢。有些事情你一想到它，嗓子眼儿里就会哽咽起来甚至让你泪如雨下。可是当你想的是怎样把它们写下来，反倒觉得挺好笑的。我仿佛成了另一个人，透过文字看见我自己。不管是什么，只要写下来，我就能去思考它，这也算是职业癖好的变形吧，要不就是在我的脑膜之间有什么东西开始软化了。只有莉莲娜来的时候我才会暂时停下笔来，对别人我可没那么客气了，他们不是不让我多说话吗，那我就光听他们说，什么天气冷不冷，尼克松会不会击败麦戈文，我手上的铅笔不停，由着他们说东道西，最后连阿尔弗雷多都觉察到有点不对劲，对我说，您写您的，就当他人没在这里，他有日报，还可以再待一会儿。我妻子受到的当然不会是这种待遇，我听她说话，冲她微笑，心里就好受一点；我接受她一次又一次温润的亲吻，只是他们每天都要给我刮胡子，这有点烦人，胡子茬会扎痛她的嘴唇的，我的小可怜。我必须要说，莉莲娜的勇敢对我是最好的安慰，倘若哪一天在她的眼睛里我成了一个死人，那我将失去剩余的最后一点力量，而全靠着这点力量，我才能和她谈上几句话，回吻她几次，也才能在她离开之后继续写下去，开始新一轮打针吃药、宽慰话语的循环。从来没有谁敢对我的笔记本说半个不字，我知道我完全可以把它藏在枕头底下或是床头柜里，这是我的自由，但我就把它放在那儿，当然必然放在那儿，因为拉莫斯大夫，这个可怜的家伙，就指望这个转移一下注意力呢。

也就是说，不是星期一就是星期二了。到星期三、星期四，我就会在拱顶墓穴里占上一小块地方。大夏天的，恰卡利塔会热得像个大火炉，孩子们会受不了的。我看见宾乔穿着双排扣的西装，那垫肩每次都会让阿科斯塔大笑不止；至于阿科斯塔本人，虽然并不心甘情愿，但也还是会穿得一本正经，像他这种在乡下住惯了的人，系上领带、穿上西服来送我一程，这可是件了不起的大事。还有小费尔南多，也是一身标准的三件套；当然还有拉莫斯，他会一直陪我到最后。阿尔弗雷多会搂着莉莲娜和妈妈，陪着她们哭泣。这一切都会是真心真意的，我知道他们都十分爱我，我的离去将会给他们留下多么大的缺失。他们不会像我们去参加胖子特雷萨的葬礼那样，那次是因为同属一个党派非去不可，还正好赶上大家都有假期，于是我们匆匆忙忙安慰了家属几句，就各自踏上了归程，回到日复一日的生活和遗忘之中。当然，他们会饿得眼冒金星，尤其是阿科斯塔，要论起吃东西，没有谁能赛得过他。他们会难受，也会咒骂一番，太荒唐了，还这么年轻，事业正顺风顺水，怎么就死了；可还有一种反应是我们大家都心知肚明的，那就是赶紧钻进地铁或者汽车里，回去冲个澡，饥肠辘辘却又心怀内疚地大吃一顿。经过几天几宿的守灵，被灵堂里的鲜花熏着，一根接一根地抽着烟，在人行道上转来转去，如此这般折腾之后，有谁能拒绝大吃一顿呢。在这样的时刻，这也算是一种补偿吧，我就从来不曾拒绝过，要不然就会显得有些假模假式的。我喜欢想象小费尔南多、宾乔和阿科斯塔结伴一起去吃烤肉，他们一定会一起去的，因为那次给胖子特雷萨送葬之后，我们就一起去过，好朋友们必须在一起多待一会儿，就着牛羊杂碎，喝上一升葡萄酒。真他妈的，好像这事儿就发生在我眼前似的，肯定会是小费尔南多第一个开始说些逗乐的话，虽然他立即就后悔了，想就着半根香肠把笑话再吞回肚子里去，但为时已晚。阿科斯塔斜觑了他一眼，宾乔却放声大笑起来，这种事儿是他想忍也忍不住的。阿科斯塔是个老好人，他会自言自语一番，说在一群好朋友面前何必装正经，于是也哈哈大笑起来，然后点上一根烟。他们会长久地谈论我，每个人都会记起好多好多的事情，那些让我们四个人一步步走到一起的生活，尽管会有空洞，总有些不曾分享的片断，时不时会在阿科斯塔或宾乔的脑海里冒出来，这么多年了，口角和友谊交织在一起，这才叫哥们儿。吃完午饭要分手会很不好受，因为这就意味着下一件事要卷土重来：各回各家，等着最后去送葬。阿尔弗雷多的情况有些不一样，并非他不算我们的好朋友，恰恰相反，他要负责照顾莉莲娜和妈妈，这件事只有他才能做，无论是阿科斯塔还是别的什么人都代替不了。生活就是这样，在众多朋友之中创造出一些别样的联系，所有的人都是到家里来，可阿尔弗雷多不一样，他带来的亲近感总是让我觉得舒服。他高高兴兴地和妈妈谈论花草和药方，一谈就是很久；他也特别愿意带波乔到动物园或马戏团去玩；每次妈妈不大舒服，身边总能有这么一个老小伙陪着，外加带来一包小糕点，陪着打打牌什么的；他和莉莲娜在一起的时候，虽说有点羞怯，但能明明白白地看出，他是完全可靠的。他这样一个朋友中的好朋友，这两天却不得不把泪水吞进肚子里，也许他会把波乔送到他的乡间别墅去，然后立即返回这里，陪妈妈和莉莲娜到最后一刻。不管怎么说，他得成为这个家里的男人，忍受一切烦心事，办这场丧事就算是个开头吧。这事儿还得趁老头子在墨西哥或者巴拿马的时候才能办成，谁知道老头子会不会非要准时赶到，过来顶着恰卡利塔十一点钟的大太阳，可怜的老头子。我相信大家也不会让妈妈去的，所以说，到时候陪莉莲娜去的人只能是阿尔弗雷多，他陪着莉莲娜，挽着她的胳膊，感觉得到她全身都在颤抖，和他的身体抖在了一起。他嘴里嘟囔的大约就是我对胖子特雷萨的老婆唠叨过的那些话，无用又必需的说辞，谈不上是安慰，也不是撒谎，甚至不是连贯的句子。主要是他人在那里，这就足够了。

对他们来说最难的也是回去之后。在此之前还有各种仪式和各色鲜花，还能用手扶着那带手柄、金光灿灿的玩意儿，走到拱顶墓穴面前停下来，专门从事这一行的人会把事情办得漂漂亮亮的。可接下来就该钻进返回的汽车，特别是到了家，再一次踏进家门，心里清楚这一天就此停顿下来了，不会再有电话打进来，也不再有医院那些事儿，再也听不见拉莫斯安慰莉莲娜的话语，阿尔弗雷多会煮上咖啡，告诉莉莲娜说波乔在乡下的别墅里玩得很开心，他喜欢骑小矮马，和工人的孩子们一起玩。妈妈和莉莲娜当然应该有人照顾，阿尔弗雷多太熟悉这座房子了，他肯定会守在我书房的沙发上，有一次我们抱小费尔南多到那张沙发上躺过，大家玩开了扑克牌，他便成了牺牲品，真是件从来没听说过的蠢事，这还没算上外加的那五杯白兰地。莉莲娜会一连好几个星期独自一个人睡觉，说不定会有累得挺不住的时候，阿尔弗雷多不会忘记给莉莲娜也给妈妈送上些镇静剂。祖莱玛姑姑会给大家沏些菊花茶和椴花茶，阿尔弗雷多会认认真真地把家里的大门关好，然后往沙发上一倒，点燃一根香烟，在妈妈面前他可不敢抽烟，怕引起她咳嗽。就这样，在屋里万籁俱寂之后，莉莲娜终于能慢慢地睡着了。

说到底，这样也有这样的好处，莉莲娜和妈妈不至于太孤单，当然还有一种更可怕的孤独，那就是各路的远亲都跑到正在办丧事的家里来；祖莱玛姑姑一直住在顶楼，阿尔弗雷多也一直和我们住在一起，只是难以觉察到他的存在而已，他是那种自备家门钥匙的朋友。在最初几个小时里，在乱哄哄的拥抱和抚慰中，逝者不可挽回的离去还显得不那么令人难受；再说还有阿尔弗雷多负责把人劝开，拉莫斯会来待上一小会儿，看望妈妈和莉莲娜，帮助她们入睡，给祖莱玛姑姑留些药片。有一阵，黑漆漆的屋子里一片静寂，整个街区也很安静，隐约传来教堂的钟声和远处的汽笛声。想一想事情能发展成这样也是件不错的事儿，不用多长时间，莉莲娜就会沉沉进入无梦的睡眠，像猫一样慢慢地把身体舒展开来，一只手伸到被泪水和花露水打湿的枕头底下，另一只手孩子气地掩在嘴边。想象她的模样让我很开心，莉莲娜睡着了，莉莲娜终于走出了一条黑暗的隧道，模糊地觉得今天就要结束，成为昨日，窗帘缝隙透出这一道闪闪发亮的光线再也不会是先前一直撞击着她胸膛的那道光线。而祖莱玛姑姑一面把箱箱柜柜打开，抽出许多以衣服和头巾为形状的黑颜色，在床上堆成一堆，一面放声大哭，那是她对命里注定终要到来的事情最后的无奈抗议。现在，比任何人都来得更早的是窗户上透出的光亮，早过那些梦境中凌乱的记忆，它们只有在昏昏沉沉的睡意中才能找到立足之地。只剩她一个人的时候，当她确信在这张床上、在这间卧室里、在重新开始的一天里，自己确实是一个人的时候，莉莲娜才会抱着枕头失声痛哭，不会有人来安慰她，她痛痛快快地哭，而还要过上许久许久，半睡半醒地躺在皱皱巴巴的床单上，她那空荡荡的白天才会被各种各样的东西重新填满：煮咖啡的香气，拉开窗帘的声音，祖莱玛姑姑的说话声，还有波乔从庄园里打来的电话，向她报告向日葵和马儿的消息，说他费了好大劲才钓上来一条鲇鱼，还说他手上扎了根木刺，但不要紧，堂·康特雷拉斯给他上了些药，那玩意儿对这一类的小毛病最有效了。起居室里，阿尔弗雷多看着报纸，正在等她，告诉她说妈妈夜里睡得很香、拉莫斯十二点会到家里来，还建议她下午去看看波乔，要是太阳不毒的话可以步行到乡下的别墅去，哪天下午甚至可以带妈妈一起去，乡下的空气对她的身体有好处，说不定还可以在那边过个周末，大家一起，波乔一定开心得不得了。她接受没接受都不要紧，大家都在等待着上午发生的事和流过的时间给出答案。吃午饭的时候她异常沉静，议论了几句纺织工人罢工，多要了一杯咖啡，接了一通电话。老公公从国外发来了电报，街角那儿撞了车，撞得不轻，有尖叫声和警察的哨子声传来，外面，城市就在那里。两点半了，和妈妈还有阿尔弗雷多去乡下的别墅，孩子手上还扎了根木刺，这些小孩子呀，真不知道会闯出什么祸来，阿尔弗雷多一面开着车，一面设法宽慰她，说对付这类事，堂康特雷拉斯比医生还靠得住。到拉莫斯·梅西亚大街的时候，太阳像一团沸腾的糖浆，落到大山背后去了。下午五点，正是喝马黛茶的时间，波乔拎着他那条鲇鱼，鱼已经有点味儿了，但很大、很漂亮。妈妈，把它从小河里钓上来可费劲了，这家伙差点儿把渔线都咬断了，我发誓，你瞧瞧它这满嘴的牙齿。一切就像是在翻看一本相册或是看一场电影，影像和话语依次浮现，将虚空填满。太太，您该尝尝卡门烤的肉，又好消化又好吃，再来点蔬菜色拉，齐活，别的什么都不用吃了，天这么热，吃少点有好处，把杀虫剂拿过来，到了这个钟点，蚊子可不会少。阿尔弗雷多静静待在一边，和波乔一起，他的手正轻拍着波乔，你这家伙真是钓鱼冠军，可有一回有人告诉我，说有个家伙钓上来过一条四斤重的鲇鱼。这屋檐底下真不错，妈妈想睡一会儿的话，可以在摇椅上打个盹儿，堂康特雷拉斯说得不错，你的手已经好了，来给我们露一手，看看你是怎么骑小花斑马的，快瞧呀，妈妈，瞧我骑得多快，你明天干吗不跟我们一起去钓鱼呢，我教你，你会看明白的，星期五，阳光高照，还有鲇鱼，波乔和堂康特雷拉斯的孩子在比赛骑马，中午来一顿杂烩菜，妈妈慢慢地帮着剥玉米，一面还不时劝劝卡门那个咳嗽咳得不行的女儿，然后在空空荡荡的房间里睡个午觉，四下里都是夏天的气息，暗暗的，床单有点粗糙，屋檐下天色一点一点暗了下来，人们生起火驱赶蚊虫，阿尔弗雷多就在附近，不显山不显水的，这就是他照顾波乔的方式，一切都那么舒服，就连他恰到好处打破寂静的方式也让人那么惬意，伸手给你递过一杯汽水、一块手绢，或是打开收音机，让大家听听新闻，什么罢工呀，尼克松呀，一切都在意料之中，这地方多棒。

　　周末过完的时候，波乔手上那根木刺只留下一处几乎看不出来的小疤。为了躲开炎热的天气，星期一一大早他们就返回了布宜诺斯艾利斯，阿尔弗雷多把大家送回家便去接我的岳父，拉莫斯也到埃塞萨机场去了。在这种相聚的时刻总是少不了小费尔南多，因为家里多一些伙伴总是不错的；阿科斯塔九点钟带女儿过来，小姑娘可以和波乔一起在楼上祖莱玛姑姑那层玩耍。一切都在慢慢地缓和下来、回到过去，只不过稍微有点不一样罢了，莉莲娜正努力克制不要想自己的事情，而多去想想几位老人家，阿尔弗雷多和阿科斯塔陪他们坐在一起，小费尔南多打着盆，跑来跑去地帮着莉莲娜，又去劝老爷子，说这么远的一趟旅行下来，最好先去歇一会儿，等大家一个接一个离开了，只剩下阿尔弗雷多和祖莱玛姑姑，屋里一下子安静了，莉莲娜一直绷得紧紧的，吃了一片药，让人领她上了床，然后仿佛最终放下了什么心事，说睡就睡着了。上午，波乔脚上趿拉着老爷子的大拖鞋，在起居室里跑个不停，第一个打来电话的不是克洛蒂尔德就是拉莫斯，妈妈一面抱怨着天气太热或者空气太潮，一面和祖莱玛姑姑说做午饭的事情，六点钟，来的是阿尔弗雷多，有时也会是宾乔和他妹妹，又或者是阿科斯塔，让波乔和他女儿玩上一会儿。制药厂的同事们打电话给莉莲娜，说该回去上班了，不要总把自己关在屋里，哪怕是为了他们呢，他们少了莉莲娜这个化学家可不行，可以先来上半天，别的事情等精神好一些再说。

头一次是阿尔弗雷多送她去的，莉莲娜不想开车；后来她不想总麻烦别人，便自己开车，有时候下午带波乔去动物园玩，或是去看场电影。制药厂那边，大家都对她能伸出援手研制新的疫苗感激不尽，疫情正在沿海地区露出苗头，大家都工作到很晚，心甘情愿，一场和时间赛跑的事业。发二十箱注射液到罗萨里奥去，莉莲娜，我们成功了，太棒了，伙计。夏天就这样忙忙碌碌地过去了，波乔开了学，阿尔弗雷多抱怨个不停，现在给小孩子教算术的教法完全变了，这孩子提的每一个问题都让我头大，老家伙们又都沉迷在多米诺骨牌里，我们上学的时候可不是这样，阿尔弗雷多，老师教我们把字写得端端正正的，您再瞧瞧这孩子写的字，这可怎么是好啊。他希望得到什么人哪怕是无声的支持，便朝深深陷在沙发里翻看报纸的莉莲娜望去，看见她微微一笑，显而易见是在无声地支持那帮老家伙。她远远地朝他笑了笑，笑得像个小女孩。这是她头一次露出真正的、发自内心的笑容，就像波乔在学校里有了进步后他们带他去看马戏、吃冰激凌，或者到港口去散步时一样。严寒降临了，阿尔弗雷多来家里的次数少了许多，因为有些工会上的事情要处理，他得去各个省里跑跑，有时候阿科斯塔会带他女儿过来，星期天来的不是宾乔就是小费尔南多，这都没什么要紧，大家都有好多事情要做，天越来越短了，莉莲娜从制药厂回来得很晚，还要给被小数和亚马孙河流域搞得晕头转向的波乔施以援手。末了，阿尔弗雷多总会给老人们带来点小礼物，夜晚围坐在火炉旁，低声议论着国家大事，谈谈妈妈的身体状况，一种不需要用言语表达的宁静。阿尔弗雷多会用手扶着莉莲娜的胳膊，你太累了，脸色也不大好，她会露出感激的微笑，摇摇头，哪天我们去乡下的别墅吧，这种冷天不会持续一辈子的，什么也不会持续一辈子的，但莉莲娜缓缓抽出胳膊，从茶几上找到一根香烟，嘴里嘟囔了一句没什么意思的话，他们的目光有一种异样的接触，他的手又一次抚摸着她的胳膊，头挨着头，久久没说一句话，只在脸颊上轻轻地一吻。

　　不需要说什么，事情就是这样，不需要再说什么。他倾过身子，为她点燃香烟，香烟在她手指间颤抖着，他一言不发，只是等候着，也许他也知道不需要再说什么，知道莉莲娜会努力把烟吞进肚子里去，然后再伴着一声呻吟把烟吐出来，知道她马上就要哽咽起来，仿佛处在另一重时间里，她没有把脸颊和阿尔弗雷多的脸颊分开，没有拒绝，无声地哭泣着，现在只是为了他哭泣，为了他会明白的原因。无须嘟囔那些人所共知的事情，哭泣中的莉莲娜是个结局，过了这个坎儿，她也就能开始一种全新的生活。如果能让她镇定下来，如果让她回到过去那种平静生活里去可以很简单，简单得像找个笔记本把这件事用文字写下、把每一秒钟冻结起来、把时间用一幅幅小小的图画固定下来，以此打发漫长得无边无际的下午时分，如果可以这样也就罢了。可是夜晚总要来临，一起到来的还有拉莫斯，他看了看那些刚刚完成的分析报告，脸上是难以置信的表情，又来摸我的脉搏。猛地，他像是变了个人似的，再也无法强装镇静了。他一把扯去我身上的被单，看着赤身露体的我，又摸了摸我身体的一侧，对护士下了个令人费解的命令，一脸迟疑与惊异地确认着什么。我远远看过去，心里甚至觉得有点好玩，我知道这是不可能的，拉莫斯一定搞错了，这不是事实，事实是另一个样子的，是我并不想隐瞒自己设下的期限，至于拉莫斯的笑容，他摸到我的身体时那副不敢相信的神情，他那种荒唐的希望，这话说出来绝对不会有人相信的，老伙计，而我呢，我正努力让自己承认，说不定事情原本就是如此，您要是看见拉莫斯如何挺直了身躯，大笑起来，用一种我昏昏沉沉之中从来没听见过的嗓音发布着指令，您就会明白的，我正一点一点说服自己，只等护士一离开，我就会央求他，让他再等一等，至少等到白天再把这一切告诉莉莲娜，等到她从梦境里被拉扯出来，把睡梦中紧紧搂着她的胳膊拉开，在那场梦里，她第一次不再感到如此孤单。

亦步亦趋

　　一篇有点令人厌烦的新闻报道，与其说是一种文风的习作，还不如说是习作的文风，这是一个好比说叫亨利·詹姆斯的人写的，他是那种可能在二十年代的布宜诺斯艾利斯或是拉普拉塔随便哪家院子里喝着马黛茶的人。

　　四十岁那年，豪尔赫·弗拉加决定研究诗人克劳迪奥·罗梅洛的生平和著作。

　　起因是一次在咖啡馆里的闲聊，当时弗拉加和朋友们又一次说到，他们认为罗梅洛这个人身上有些不确定因素。他写过三本书，每本都有一批对他敬羡不已的书迷，在世纪初的几年里，也曾给他带来了昙花一现的名声。罗梅洛的形象和他的作品被混淆得难解难分，没有什么系统性的评论，甚至连个令人满意的肖像都没有。除了同时期的杂志上几篇非常审慎的赞美文章，还有圣菲市一个主张"思想不够抒情来凑"的热心教师写过的一本书，再没有什么人想着去研究这位诗人的生平或著作。两三件轶事，几张看也看不清的照片，剩下只有茶会上的传闻与不知何人编写的文选上的溢美之词。可是弗拉加不无惊奇地注意到，仍然有不少人以不亚于读卡列戈或者阿方西娜·斯托尔尼的热情，读着罗梅洛的诗句。他自己是在上高中的时候发现这些诗的，虽说笔调有些庸俗，形象又被那些吹捧者弄得面目模糊，这个拉普拉塔诗人的诗篇还是如同阿尔玛弗埃特或者卡洛斯·德拉普阿的诗篇一样，成为他青年时代某种具有决定意义的体验。只是到了晚一些时候，当他已经成为一位文学批评家和散文家之后，他才想到去认真思考罗梅洛的作品，而且立刻发现人们对他知之甚少、知之甚浅。和世纪初其他优秀诗人的诗句相比，罗梅洛的诗出众之处在于它有一种独特的品质，它较少装腔作势，这使得它立即赢得了年轻一族的信任，他们对夸张的比喻和又臭又长的描写早已心生厌倦。每当弗拉加和他的学生或者朋友们谈起罗梅洛的诗篇的时候，总会暗自思忖，这些诗在关键之处总是朦朦胧胧，主题也闪烁其词，说到底，给它带来如此声望的难道就是它的神秘感吗。钦佩之情最容易从无知中产生，想到这一点，弗拉加不免心生恼怒；归根结底，克劳迪奥·罗梅洛的诗足够高深，哪怕是一番追本溯源的探究，也不至于让它失色。时常有人举行咖啡聚会，其间总少不了一通对罗梅洛似是而非的赞扬，每次从这一类聚会出来，他都觉得自己有责任认真研究一下这位诗人。同时他又觉得，要研究就不能像其他人所做的那样，光从语言学或是文体学角度写几篇文章了事。从一开始他就想要给这位诗人写一部最高级的传记：人物、家乡、著作，三位一体；只是因为时代久远，迷雾重重，想把这件事做成看似毫无可能。先得做一大堆卡片，再归纳分类，而且虽然说起来有些荒诞，还是得把诗人和指责过他的人联系在一起，唯有这样的接触才能还罗梅洛的作品以本来面目。

　　弗拉加开始他的研究之日，正是他在生活中遇到麻烦之时。他在学术上的几项成就使他当上了大学的副教授，也得到了一小群读者和学生的尊敬。可与此同时，因为官僚政治方面的原因，他最近一直在争取的通过官方渠道去欧洲某个大图书馆工作的如意算盘却落了空。他出版的著作并没有成为进入部委的敲门砖，然而另有几位当红的小说家和占据着文学版面的评论家都捷足先登了。弗拉加没有回避这样一个现实的动机：要是他对罗梅洛的研究真的做出了什么成果，他那点小问题就会迎刃而解。他并没有多大的野心，但是眼睁睁地看着自己被同时代那些抄抄写写的人抛在身后，心里难免愤怒。当年的克劳迪奥·罗梅洛也曾发过同样的牢骚，说在某些高贵沙龙里，有人只不过写诗的韵脚押得巧妙一些就当上了外交官，而他却屡遭拒绝。

　　为了写这本书，他花了两年半时间，搜集各种资料。这件事说难也不算难，可做起来非常繁琐，有时还很烦人。他跑过佩尔加米诺、圣克鲁斯和门多萨，和图书馆工作人员与档案管理员保持书信往来，翻阅了不少报纸杂志的合订本、各种文本的复印件，还对那个时代的各种文学流派做了不少横向比较。大约在一九五四年年底，写书所需要的主要素材都已搜集完毕，也都按照价值做出了评估，只是书还没有写出一个字来。

九月里的一个晚上，往黑色的卡片盒里插进一张新卡片之后，他问自己，是不是已经可以开工了。障碍是会有的，这他一点也不担心。恰恰相反，担心的是这个领域他已经烂熟于胸，起步会不会太过轻松了。资料都在那里，他那一代阿根廷人的脑子里已经不可能再挖掘出什么更重要的东西来。许多看起来不为人知的消息和事件他都搜集在手，这对于完善克劳迪奥·罗梅洛和他的诗作的形象大有好处。唯一的问题就是不要在分析重点、高潮线和整体结构上出什么差错。

"可是这种形象对我而言是足够清晰的吗？"望着烧得红红的烟头，弗拉加这样问自己，"罗梅洛和我有这么多相似的地方，我们对美学和诗学的某些观点有着同样的偏好，这对于传记作家的选题而言是致命伤，这样会不会使我陷进泥潭，写出来的东西其实成了经过伪装的自传呢？"

他可以回答这个问题：自己并不具备什么创作才能。他不是个诗人，只是个诗歌爱好者，他的本领在于发表些评论，自娱自乐。其实只要足够警惕，在沉浸于这位诗人的作品之中的时候保持一点警觉，就完全可以避免此类不该犯的错误。他对克劳迪奥·罗梅洛有好感、沉醉于他作品的魅力，这都不必使他心存顾虑。这就好比那些好的照相机一样，总得进行一些必要的校正，才能让目标正好落在取景框当中，而不会让摄影师的影子落在他的脚面上。

此刻，第一页白纸就放在他面前，它像一扇门，或迟或早他得打开，他又一次扪心自问，自己确实能写出他设想中的那部作品吗。一本传记，或是一篇评论，一旦呈现给那些把读一本书当成看场电影或是读一本安德烈·莫洛亚①的读者群，是很容易落入俗套的。问题在于你不能牺牲掉一大批无名大众消费者，他的社会主义好友们口中的"人民"，而只是去迎合一小群博学的同事。你得找到一个合适的切入点，写出既让大家热心阅读又不落入畅销书窠臼的书来，既赢得学术界的尊重，又激起漫步于街道上的人们的热情，后者所想的只是星期六晚上靠在摇椅里时能有点可供消遣的东西。

差不多到了浮士德签订契约的钟点了。天快亮了，烟卷已快燃尽，举着葡萄酒杯的手有点迟疑。葡萄美酒，时间的一只手套。克劳迪奥在什么地方这样写过的。

"为什么不呢，"弗拉加自问自答，一边又点燃了一根香烟，"我对他已经这么了解，如果仅仅写成一篇论文，发行个三百册，那简直太愚蠢了。这样的东西换成华雷斯或者里卡尔迪也一样写得出。可他们谁也不知道一丁点儿有关苏珊娜·马尔克斯的事情。"

布拉加多有一位调解员是克劳迪奥一位过世好友的弟弟，他提供的一条线索让他找对了方向。拉普拉塔市的户籍登记员没花多长时间就帮他找到了一个地址，在皮拉尔镇。苏珊娜·马尔克斯的女儿是个三十岁左右的女人，个子不高，长相甜美。一开始她什么都

---

① 安德烈·莫洛亚（André Maurois，1885 – 1967），法国小说家、传记作家，特别擅长文人传记，其传记作品情节生动，有小说情趣。

不愿意说，说是要照看生意（一个水果铺子）；后来她终于让弗拉加进了客厅、坐在一张落满灰尘的椅子上、向她提问题。开始的时候，她只是看着他，并不回答；然后，她低低地哭了一小会儿，又用手绢擦了擦眼睛，谈起了她可怜的妈妈。要想让她明白其实自己对克劳迪奥·罗梅洛和苏珊娜之间的关系已经略有所闻，还真令弗拉加犯了难，可最终他对自己说，一个诗人的爱情是值得领一张结婚证的，他把这个意思非常含蓄地说了出来。于是，道路铺平，目的达到，过了没几分钟，他看见她朝自己走来，衷心地信服、甚至可以说是感动。片刻后，他手里就有了一张罗梅洛非同寻常的照片，是以前从未公布过的；还有另一张，稍小一点，颜色已经发黄，照片上，诗人身边有位娇小玲珑的女子，面容像她的女儿一样甜美。

"我还保留着一些信件，"拉克尔·马尔克斯说，"如果您觉得有用的话。您不是说要写一本关于他的书吗……"

她从乐谱柜里翻出一大堆纸，在里面找了好半天，最后把三封信递到弗拉加面前。弗拉加确认了这些都是罗梅洛的亲笔信，没有看，直接把信收了起来。谈到这会儿他已经明白，拉克尔并不是诗人的女儿。他第一次暗示的时候，看见她低下了头，半晌没说话，好像在思考什么。后来她解释说，她妈妈后来嫁给了巴尔卡塞的一个军人（"那是方吉奥①的故乡。"她说，仿佛是想证明她说的是实话），只是在她八岁的时候，他们俩都去世了。她对妈妈记得很清楚，可是对爸爸却没多少记忆。只记得他是一个很严厉的人。

---

① 胡安·曼努埃尔·方吉奥（Juan Manuel Fangio，1911－1995），阿根廷赛车手，五次获得世界冠军。

弗拉加回到布宜诺斯艾利斯，读克劳迪奥·罗梅洛写给苏珊娜的三封信的时候，那一场拼图游戏的最后几片仿佛突然被嵌入了应有的位置，揭示出一种从未有人想到的拼法，那是与诗人同代的那些无知和古板之辈从来不曾想到的。一九一七年，罗梅洛发表了一组献给伊蕾内·帕斯的诗，其中就有那首著名的《献给你双重意义的名字的颂歌》，评论界认为这是阿根廷史上从未有过的、最美的爱情诗。然而，就在这部诗集问世一年之前，另一个女人已经收到了三封信件，它们再明确不过地界定了罗梅洛最美的诗歌风格：激情中带着洒脱，仿佛一个人既是行动的动力又是行动的主体，既是独唱者又在唱和声。在读到那几封信之前，对这一类的爱情书简弗拉加始终抱一种怀疑态度，他觉得那就像是相对而放的镜子，照出来孤零零的、化石似的影像，只对彼此才有意义。然而，在这三封信的每一段文字里，他都发现了罗梅洛的整个世界一再重现，他的爱情观是那样丰富、那样饱满。他对苏珊娜·马尔克斯热烈的爱意不但没有使他与世界割裂开来，反而让人从每一行字句里都悸动地感受到一种更为博大的真实，他心爱的女人越发显得高大，正适合、也必须拥有一种拼尽全部生命而绽放的诗篇。

　　故事本身很简单。在拉普拉塔城一家昏暗的文学沙龙里，罗梅洛结识了苏珊娜。他们最初相识时，诗人正处在人生最悖晦的时候，他为数不多的传记作者要么对此不做任何解释，要么就把这归结于他染上痨病的最初症状，两年之后，这种病就会送他一命归阴。苏珊娜此后的故事不得而知，这倒也和她模糊不清的形象、和老照片上那双受了惊吓般直直盯着镜头的大眼睛颇为吻合。她是师范学校的老师，没有什么职务，是一对家境清贫的老夫妻的独生女，没有什么朋友对她有兴趣，他们俩一起从拉普拉塔城的各种文学沙龙中消失，丝毫没引起其他人的注意。那时有许多事情吸引着公众的眼球：欧洲战事最悲惨的阶段、新的社会议题、文坛上新的呐喊声。弗拉加十分庆幸自己能听见那位调解员的一句无心之言，顺着这条线索，他找到了布尔萨科那座阴森森的房子，就是在这座房子里，罗梅洛和苏珊娜共同度过了将近两年的时光，拉克尔·马尔克斯放心交给他的那几封信就是在这段时间结束的时候写下的。第一封信是在拉普拉塔写的，提到了此前的一封信里讲到的、要和苏珊娜结婚的事情。诗人坦承自己染了重病，一想到要娶的太太会变成照料他的看护，他心中就有抵触。第二封信写得令人钦佩，激情让位给了道德，一种让人几乎难以承受的纯粹，仿佛罗梅洛努力在他的情人身上唤醒某种和他类似的清醒，既然离别已经不可避免，那就减少一些痛苦吧。信里有一句话可作总结："谁也没必要了解我们的生活。我用沉默还你自由之身。你自由了，也将永久属于我。假如我们真的结了婚，每次你手持花束，来到我的房间，我都会觉得自己是杀害你的刽子手。"他又硬朗朗地加了一句："我不想对着你咳嗽，也不想让你替我擦拭汗水。你认识的是另一具身体，我送你的是另一束玫瑰。我需要自己一个人度过长夜，我不会让你看见我流泪的。"第三封信写得心平气和，好像苏珊娜已经开始接受诗人的牺牲。信中有一处这样写道："你坚持说是我让你迷迷糊糊，是我把意志强加给你……可我的意志是你的未来，让我播下这些种子吧，它们能给这场愚蠢的死亡带来些许安慰。"

　　根据弗拉加列出的年表，就是从这一刻起，克劳迪奥·罗梅洛的生活进入了一个单调的阶段，一连数日把自己幽闭在父母家中。没有任何证据能够证明诗人和苏珊娜·马尔克斯后来又见过面，可同样也不能证明他们没见过面。然而，罗梅洛最终放弃这一段感情，而苏珊娜在自由和陪伴病人之中选择了自由，对此最好的证明是，在罗梅洛此后的诗歌天空里，冉冉升起了一颗耀眼的新星。就在这些通信往来一年之后，布宜诺斯艾利斯的一家杂志发表了《献给你双重意义的名字的颂歌》，那是献给伊蕾内·帕斯的。罗梅洛的病情似乎稳定了下来，他在好几处沙龙里朗读过这首诗，这首诗一下子给他带来了荣耀，好像他此前的作品都一直在为这一刻暗中铺垫一般。和拜伦一样，他可以说一觉醒来就发现自己已经名扬天下；这话他也真没少对别人说。可事与愿违，诗人对伊蕾内·帕斯的一番激情并没有得到回应，当时一帮文人雅士根据诸多世俗的细节做出了互相矛盾的叙述和判断，诗人的名声一落千丈，他不得不再次躲回父母家中，远远离开了朋友和仰慕者。他的最后一本诗集就是在这段时间出版的。几个月后，他在大街上突然咯血；又过了三个星期，罗梅洛去世了。一小群作家参加了他的葬礼，但从葬礼上的祷告词和当时的新闻报道来看，很显然，伊蕾内·帕斯所属的那个阶层并没有人出席葬礼，连一句在这种情况下通常该有的应景的话也没有说。

　　弗拉加能够想象，罗梅洛对伊蕾内·帕斯的激情会使拉普拉塔和布宜诺斯艾利斯的贵族阶层既开心又害怕。关于伊蕾内，他没能得出清晰的印象。她二十岁时的照片透露出了她的美貌，可其他的就只能靠报纸上社会版面的消息了。她是帕斯家族传统的忠实继承者，她对罗梅洛的态度不难想象。她应该是在某次茶会上认识他的，父母经常为她举行这样的茶会，为的是会会当代那些所谓的"艺术家"和"诗人"，"所谓"两个字无疑是要被强调的。如果说那首《颂歌》使她开心不已，如果说一开始那可钦可佩的表白如一道闪电映照出了她踏平一切障碍的决心，知道这份情意的也只会是罗梅洛本人，何况即使他自己恐怕也根本没多大把握。对这一点弗拉加心中有数，他知道问题并不简单，而且已经没多大意义了。克劳迪奥·罗梅洛心里太清楚了，他的一片痴情终将不会得到任何回应。遥不可及的距离、各种各样的障碍、伊蕾内受到的来自家庭和自身的双重绑架，这种门第之见使她从一开始就高不可攀。《颂歌》笔调之美是毫无疑问的，它远远超越了一般意义上爱情诗歌的形象。罗梅洛把自己称为"匍匐在你流淌着蜜糖的双脚下的伊卡洛斯"（这个形象后来遭到《面孔与面具》周刊一位吹毛求疵的评论家一再的讽刺挖苦），这首诗的全部意义也在于此，纵身一跃，一个永远无法实现的追求，而且正因为其无法实现，才显得愈加美丽。他想驾驭诗的翅膀，向着太阳做一次无望的飞行，可太阳终会将他烤焦，使他坠入万劫不复的深渊。就连诗人的最终退出和沉寂都正像是一场坠落，他为了一个力不能及的梦想鼓足勇气想离开大地，却是凄惨地重新回归。

　　"是了，"弗拉加想着，给自己又倒了一杯葡萄酒，"一切都对得上，严丝合缝。现在该把它写下来了。"

《一位阿根廷诗人的人生》的成就远远超过了作者和出版商的想象。在最初几个星期的评论中，《理性报》上刊登的一篇出人意料的文章使得布宜诺斯艾利斯人一改小心谨慎、磨磨蹭蹭的习惯，选择了一个难以拒绝的鲜明立场。《南方报》《国民报》以及各省份最了不起的报纸都加入了这个时髦话题，人们茶余饭后都在谈论这件事。还爆发了两场激烈论战（一个是关于达里奥对罗梅洛的影响，另一个是关于年表顺序的问题），这愈发激起了公众的兴趣。《人生》的第一版两个月之内就售罄；第二版，一个半月。受形势所迫，当然还有利益的驱使，弗拉加同意把它改编成戏剧和广播剧。事情发展到了这一步，由一本书产生的兴趣和新闻发展到了如此的高度，人们已经在猜想这本书会得到什么样的奖项；的确，就仿佛是为了纠正某种不公，不等通知的电话到来，也不等乱糟糟的祝贺声响起，两个朋友抢先一步把他获得国家大奖的消息告诉了他。弗拉加开心之余，想起了一件事：把诺贝尔奖授给纪德，也没能耽误他那天晚上去看一场费南代尔主演的电影。也许正是因为这个，他把自己一个人关在一个朋友家中，躲开了第一波群体热情的浪潮，他觉得这样挺好玩儿的。他这种宁静的心态就连帮助他藏身的同谋都觉得有点过分，甚至有点虚伪。然而在这些日子里，弗拉加也不是没有操心的事儿。他始终无法解释为什么在自己身上萌出了一种寻求孤独的想法。他已经成了公众人物，他的形象通过照片和广播传遍了每一个乡镇，他成了外省的交际圈里谈论的话题，还登上了外国媒体。他获得了国家大奖，这并非意外之喜，反倒更像是一种补偿。果然，后面的事情接踵而来，说来这还正是他写《人生》这本书的动力。他没有弄错：一个星期后，外交部部长在家中接见了他（"我们当外交官的人都知道，好作家是不把官方当回事儿的"），向他提供一份到欧洲某个国家出任文化参赞的差事。一切都像做梦一样，弗拉加不得不做出了很大努力，才完完全全地习惯了在荣誉的阶梯上不断攀登前行。一步接着一步，从最初的书评开始，到出版商笑容可掬的面孔和一次又一次的拥抱，再到各种各样的学会和社团的邀请函，他已经上升到一个平台，在那里，只需稍稍欠欠身子，就能让上流社会随便哪家沙龙洗耳恭听，象征性地把它置于自己的掌控之下，嘴里一口一口吃着鹅肝，还不耽误讨论讨论狄兰·托马斯的诗歌，仔仔细细地观察这些沙龙，连那些文学庇护人最近买了条什么样的白领带、穿了件什么样的皮草大衣都了解得一清二楚。从更远处，或者说更近处观察——这得看从什么角度、抱什么样的心态来看这个问题了——他还能看见随波逐流的碌碌大众一股脑儿买杂志、看电视、听广播，那是一群不问青红皂白随意购买的人，是买一台洗衣机还是买一本小说，买的是八十立方英尺还是三百一十八页全都一回事，他们只知道买，现在就买，买回家里，家里老婆孩子都眼巴巴地等着，因为邻居家早就买了，再则也可能是因为听见时尚评论家又一次在"世界广播电台"节目中称赞它。这本书现在也进入了那种"必买必读"的书目之中，这令他大为惊异。要知道，多少年来研究克劳迪奥·罗梅洛的生平和著作只不过是一小群知识分子的特殊癖好，换句话说，几乎没人对这事感兴趣。然而当他一次又一次地经历那些他觉得应该一个人静下来、仔细想想到底发生了什么事的时刻（这一周里他得和电影制片商签合同了），最初的惊喜开始被一种莫名其妙的不安所取代。一切都应该像是通往荣耀的阶梯上的一级级台阶，除非到了那终将到来的某一天，就像走上花园里的拱桥，最后一阶上升，紧接着就是第一阶下降。再荣耀的道路最终也通向众人的厌倦，那时，人们就会掉头寻找新的激情。当他把自己关起来准备国家大奖授奖仪式上的演讲词的时候，几周以来令人头晕目眩的遭遇都凝聚成了一种带些讽刺意味的满足感，一种对他成功的补偿。但一种莫名其妙的焦虑和担忧时不时涌上心头，被放大了，冲淡他的满足感，当然，以他此刻那平衡的心态和感觉，他是绝不会让这些想法抬头的。他认为，好好准备一下演讲稿，他就会重新找到工作的激情，因此他决定到奥菲利亚·费尔南德斯的乡间别墅去写这篇讲稿，在那里他起码可以清静些。夏天快要过去了，花园里已经有了些许秋色。他很喜欢待在门廊里，一面欣赏着景色，一面抚摸着小狗、跟奥菲利亚聊聊天。弗拉加的写作素材都放在一楼一个房间里。他打开卡片盒的盖子，漫不经心地用手扒拉着，就像钢琴家在弹一支曲子的前奏。他告诉自己，一切都很正常，在文学上取得如此巨大的成功，有一些事落入俗套是难免的，尽管如此，《人生》的成功仍不失为一种正义之举，不失为对民族和祖国的敬意。他现在可以坐下来写演讲稿，接受大奖，然后准备动身去欧洲。日期和数目字、各种签约和晚餐请柬，在他的脑海里交织在一起。奥菲利亚一会儿就会带上一瓶雪利酒进来，她会悄悄地、全神贯注地走到他身旁，关注他的工作。是的，一切都很正常。远处传来一只凤头麦鸡的叫声，现在只需要铺开一张纸，调好灯光，点上一支雪茄。

他始终弄不清这启示是在那一刻还是在后来降临的，那时他刚同奥菲利亚做完爱，两个人仰面躺在床上抽着烟，看着窗外一颗绿莹莹的星星。侵扰，如果必须给这种事情一个叫法的话（其实怎么称呼它或者它本质上到底是什么都无关紧要），侵扰应该是在他写下演讲稿第一句话的时候发生的。第一句话他写得极快，然后突然就停了下来，就像是一阵风吹过，把其中的意义扫荡得干干净净。接下来是长久的沉寂，但也许他从工作室下来的时候早有预感，沉甸甸地压着他，像头疼或是感冒初起一样。就这样，在一个无法确定的时刻，用一种难以捉摸的方式，那种说不清道不明的沉重感、那阵黑风，终于成形：《人生》纯属虚构，克劳迪奥·罗梅洛的故事和他所写的东西没有丝毫关系。没有理由，也没有证据，但一切都是假的。几年的辛苦，核对资料，追寻线索，剔除多余的人物：一切都是假的。克劳迪奥·罗梅罗并没有为苏珊娜·马尔克斯做出什么牺牲，没有以让她放弃爱情为代价还她自由之身，他也没有去做匍匐在伊蕾内·帕斯流着蜜糖的脚下的伊卡洛斯。弗拉加就像是在水下潜泳，回不到水面上，水流冲击着他的耳膜，发出巨大的声响，他知道了真相。可折磨还没有结束。在这一切背后，在更深的水里，在泥浆和垃圾之间，还有真相：这些他从一开始就全都知道。再点一根烟，想想会不会是神经衰弱，亲吻黑暗中奥菲利亚的双唇，都无济于事。也不必去做一番推断，说是不是他书中的主人公被推上神坛到太过分的程度，他才一时间产生了这种幻觉，说他一定是太过投入才有些抵触。他感觉得到奥菲利亚的手在抚摸自己的胸膛，感觉得到她一阵阵温暖的气息。不知怎么，他就睡着了。

早上，他看了看打开的卡片盒和那些纸片，它们看上去比昨天夜里更陌生。楼下，奥菲利亚正在给火车站打电话，打听怎么转车。到达皮拉尔镇已经是十一点半，他直接去了水果铺子。苏珊娜的女儿对他的态度有点怪怪的，半是气恼半是巴结，就像条刚被踢了一脚的狗。弗拉加请求奥菲利亚给他五分钟，他走进了那满是尘土的房间，又在那张垫着白色坐垫的椅子上坐了下来。无须多费口舌，因为苏珊娜的女儿擦了会儿眼泪，低着头，腰弯得越来越往前，承认了一切。

"是的，先生，就是这样的。是的，先生。"

"那您一开始为什么不告诉我实话呢？"

一开始为什么没告诉他实话，这件事解释起来颇费周折。她妈妈强迫她发过誓，有些事无论如何都不能说，再后来她嫁给了那个巴尔卡塞的准尉，那样一来……后来当人们大谈特谈写罗梅洛的那本书的时候，她也曾想给他写封信，因为……

她茫然看着他，大颗大颗的泪珠滑落到嘴边。

"您又是怎么知道的呢？"最后她这么问道。

"这您就不用操心了，"弗拉加答道，"纸是包不住火的。"

"可您在书里写的完全是两样的。这本书我读过，您看。我有您这本书，我知道。"

"书里写的是两样的，可这责任在您。罗梅洛给您母亲写的信不止这几封。您给我的那几封都是对您有利的，有利于维护罗梅洛的形象，当然也有利于维护您母亲的形象。我需要剩下的那些，现在就要。给我吧。"

"剩下的只有一封,"拉克尔·马尔克斯说,"可妈妈让我发过誓的,先生。"

"她把这封信保存下来没有烧掉,那只能说明它也没那么重要。把信给我,我付钱。"

"弗拉加先生,我把这封信给您可不是为了钱……"

"拿着,"弗拉加的话有些粗暴,"靠卖瓜果可挣不到这么多钱。"

看她在乐谱盒子里翻动纸张的时候,弗拉加心中暗想,他说得好像自己现在才明白,其实他从第一次来探访拉克尔·马尔克斯那天起就早已知道(可能程度上会有点不一样,可他的确早就知道)。知道了真相倒也没有让他太过吃惊,此刻他反倒可以回过头来问一问自己,比如为何他把第一次造访苏珊娜女儿的时间压缩得那么紧,又为何把罗梅洛那三封信当成是仅有的三封,没有再坚持一下,也没有提出给点什么回报,更没有去深挖拉克尔知道但却没有说出来的东西。"真荒唐,"他想,"当时我不可能知道因为罗梅洛的原因苏珊娜最终成了个妓女。"可为什么自己当时故意压缩了和拉克尔谈话的时间,得到了几张照片和三封信就心满意足了呢。"这就对了,我是事先就知道这一切的,天知道是怎么回事,我当时就知道了真相,写书的时候我心里一清二楚,说不定许多读者心里也都清楚,评论界也明白是怎么回事,一切都是个弥天大谎,我们每一个人都深陷其中……"错误人人有份,他的份并不多,这是最容易的解决办法了。但这又是一个谎言:有错的人只有一个,那就是他。

读这封信其实只是把文字与已有的印象叠加在一起,那些印象是弗拉加从另一个角度早已知晓的，就算有过疑虑，这封信也能做有力的证明。逻辑是不容辩驳的，面具一旦摘下，一个几近凶残的克劳迪奥·罗梅洛就从字里行间露出了真实面孔。在他生命的最后岁月里，他把苏珊娜拖进了这种肮脏的行当，他在两段文字中毫不掩饰地提到了这点，给她留下了永久的沉默、冷漠和仇恨，并用讽刺挖苦和威胁恫吓种种手段把她推向深渊，这是他用整整两年时间一步一步精心准备的堕落深渊。这个人在两星期前兴致勃勃地写下这样的话："我需要自己一个人度过长夜，我不会让你看见我流泪的。"结束的那段话暗含下流的低级趣味会产生什么样的效果，像他这样一个心术不正的人应该是能预见到的。另外就是一些劝告和各种挖苦话；如果苏珊娜胆敢再一次见他，他在轻浮的告别中还夹杂了赤裸裸的威胁。现在已经没有什么能让弗拉加吃惊了，可他还是久久倚靠在火车的车窗上，手里拿着那封信，仿佛在他的内心有什么东西正竭力从一场难以忍受的漫长噩梦中惊醒。"接下来的事情就好解释了。"他听见自己思索的声音。接下来的事情就是伊蕾内·帕斯，《献给你双重意义的名字的颂歌》，克劳迪奥·罗梅洛的惨败。没有证据，也没有理由，然而弗拉加有把握确信，而且这种把握远不是一封信或一篇证言所能涵盖得了的。罗梅洛生命最后两年里的每一天，都在另一个人的记忆中——如果一定要把这叫作记忆的话——排列出来了。这个人坐在从皮拉尔镇开出的火车上，在其他乘客眼中，应该就是个喝苦艾酒喝高了的先生吧。下午四点，弗拉加下火车的时候，天上下起了雨。载他去乡间别墅的马车上有点冷，还有一股臭皮子味儿。伊蕾内·帕斯那高傲的头颅里得隐藏着多少智慧呀，她那个世界得有多么久远的贵族传统才能使她毫不犹豫地拒绝呀。罗梅洛可以让一个可怜的女人着迷，但他绝没有长出像他在诗中所说的伊卡洛斯的翅膀。甚至都不用伊蕾内亲自出马，她的母亲或是她的兄弟姐妹们立刻就看透了这个野心勃勃的家伙居心不良，像这样的暴发户往往稍一得意便忘了自己的出身，必要的时候甚至会把对方抹消得干干净净（这种犯罪已经有个名字，叫作师范学院的苏珊娜·马尔克斯）。他们需要的只是一个微笑，拒绝一次邀请，回到庄园，用一用金钱这个利器，再有几个依令行事的男仆就足够了。像参加诗人葬礼这样的事情他们就犯不着操心了。

奥菲利亚在门廊上等候着。弗拉加对她说，自己得马上开始干活。他嘴上叼了根烟卷，双肩软软耷拉着，筋疲力尽地把头一天晚上已经开了个头的纸页摊在面前。他告诉自己：这件事再没有旁人知道。一切都和写《人生》以前一样，秘诀仍然掌握在他的手中。他微微一笑，开始写自己的演讲稿。过了许久他才发现，他在路上把罗梅洛的那封信给弄丢了。

时至今日，任何人都可以在布宜诺斯艾利斯各家报馆的档案里读到有关国家大奖颁发仪式的评论。在那天的仪式上，豪尔赫·弗拉加存心引起了各方大佬的不安和愤怒，他在演讲席上就诗人克劳迪奥·罗梅洛的生平发表了一通胡言乱语。一位评论家说，抛开其他不说，弗拉加给人的印象是有点不正常（这是一种委婉的说法，真意不言而喻），因为有好几次他讲话的口吻都仿佛他就是罗梅洛本人；虽然他都立即予以纠正，但片刻之后，他就会再一次表现得荒唐离谱。还有一位记者指出，当时弗拉加手上拿着不多的几张纸，上面涂改得乱七八糟，而且他在整个演讲过程中几乎没有去看，好像他自己也不知道要讲些什么，有些话他还没说出口，便自顾自地加以肯定或是否定。偌大的演讲厅里，人们本来是打算给他鼓掌喝彩的，他反倒在人群中引发了越来越大、到最后竟让观众忍无可忍的愤怒。一位编辑还披露说，在演讲快要结束、大部分人都在起哄声中纷纷退场时，弗拉加和霍维亚诺斯博士之间爆发了激烈的争论。这位编辑心情沉重地指出，霍维亚诺斯博士暗示道，这些亵渎了克劳迪奥·罗梅洛神圣回忆的言论是鲁莽无礼的，发言者必须展示确凿的证据，然而，演讲人只是耸了耸肩，又以手加额，仿佛在说那些证据只是出自他的想象。末了，他久久望着空中，一动不动，对吵吵嚷嚷地退场的人群无动于衷，对一小撮年轻人和寻开心的人挑衅性的掌声喝彩声也无动于衷，后一种人看起来是觉得这场异乎寻常的国家大奖授奖仪式特别有意思。

　　两个小时之后，弗拉加回到乡间别墅，奥菲利亚递给他一张长长的来电记录单，上面有外交部，还有他一个从不来往的兄弟。他心不在焉地看了一眼名单，有几个下面划了线，还有几个名字都写错了。那张纸从他手里滑落下来，落在了地毯上。他没去捡那名单，而是径自上了楼，朝他的工作室走去。

　　过了好久，奥菲利亚听见他在工作室里踱步的声音。她上床躺下，尽量不去想这件事情。弗拉加踱过来踱过去，脚步声有一两次停了下来，好像站在写字台前查什么东西。一个小时后，她听见脚步声下了楼，走到卧室门前。无须睁开双眼，她感觉到一个躯体在她身旁仰面躺下来。一只手，冰凉冰凉的，握住了她的手。黑暗中，奥菲利亚吻了吻他的脸颊。

"我唯一弄不懂的,"弗拉加开了口,仿佛不是在同她说话,"就是为什么我等了那么长时间才明白,其实这件事我从一开始就知道得一清二楚。只有蠢人才说我是在故弄玄虚。我根本不是这样的人。起码在一个星期之前我还不是。"

"你要是能睡上一小觉。"奥菲利亚这样对他说。

"不,我得先把事情弄清楚。事情一共有两件:一个是我弄不懂的地方,一个是明天会怎么样、从今天下午开始会怎么样。我算是毁了,你明白,谁都不会原谅我的。我先是把一个偶像放进他们怀里,然后又把它炸得粉身碎骨。这事儿办得太蠢了,罗梅洛还会是二十年代最佳诗歌的作者。可偶像的两只脚不可能是用泥巴捏成的,到明天,我那帮可敬可佩的同行还会有诸如此类的一堆废话等着我呢。"

"可既然你一直认为你的责任就是讲出真相……"

"我不是认为,奥菲利亚。我这样做出来了,就这么回事。又或许是某个人替我这样做了。那个夜晚之后,突然间,我别无选择。那是我唯一能做的。"

"你当时不要那么着急就好了,"奥菲利亚怯生生地说道,"这么一下子当着……"

她本想说"当着部长的面",话虽然没说出口,弗拉加却已经听得明明白白。他微微一笑,轻轻摸了摸她的手。慢慢地,像潮水开始退却的时刻,有些东西,虽然依旧不太清晰,却正在渐渐确切起来。奥菲利亚久久地陷入痛苦的沉默,在这寂静中,他双眼圆睁,注视着漆黑的夜。他永远也弄不明白为什么这样一件世人皆知的事情自己却没能事先察觉，而他仍在否认其实自己也是个混蛋，和罗梅洛一样的混蛋。想把这些写成一本书，这念头本身就包含了种种目的：报复社会，投机取巧，要夺回被其他那些更加投机取巧的家伙剥夺了的应有荣誉。表面上看，《人生》无懈可击，它收集到了一切可能收集得到的素材，这使它有资格在书店的橱窗里占有一席之地。它每一个阶段的成功都经过章章节节、字字句句的精心准备。循序渐进当中，他将这些成就或讥诮或超然地逐一接受，其实也不过是若干卑鄙无耻的面具中的一种。在《人生》的封皮下面，已经暗藏了电台广播、电视宣传、电影吹嘘、国家大奖、到欧洲去担任外交使节，外加金钱和各种款待。只是谁也没有料到，有什么东西静静等待着，直到最后一刻猛然出手，使这台精心准备的机器崩溃。到底是什么情况，想之无益，感到恐惧或是觉得自己被鬼神附体也没有任何用处。

"我跟这个家伙毫无关系，"弗拉加双目紧闭，一遍遍地重复着，"我不知道出什么事了，奥菲利亚，可我确实跟这个家伙毫无关系。"

他能感觉到她在静静地流泪。

"可这样一来事情就更糟糕了。就好比是你皮肤下面有个地方长了个疮，开始好长时间看着什么事也没有，突然有一天它爆发出来，溅你一身脓血。每当我要做出选择，对那个家伙的行为举止做出判断的时候，我总是做出了相反的选择，也就是那家伙活着的时候一直想留给别人的印象。他一生的经历、他写的那些信、特别是他生命的最后一年，死亡逐渐逼得他没了退路现出原形的时候，随便哪个人都不难从中得出正确的结论，可我却让他替我做出了选择。我是自欺欺人，不愿意承认事实，因为那个时候，奥菲利亚，那个时候罗梅洛就不是我需要的那副样子了，也不是他自己需要的样子，为了这个故事，为了……"

他没再说下去，可他的思绪还在有条不紊地继续成形。此刻他真真切切地觉得自己和克劳迪奥·罗梅洛简直成了一个人，而且绝非因为什么超自然的力量。他们俩是一场闹剧中的两兄弟，靠谎言闪电般暴发起家，又在闪电中轰然倒地。弗拉加的感觉简单明了：这世上要是有什么人最像他，那只能是克劳迪奥·罗梅洛，而无论是昨天的还是明天的罗梅洛，也只能是他弗拉加。一切就像他在那个遥远的九月里担心过的那样，他写下的其实就是一本经过巧妙伪装的自传。他心中暗自发笑，不由得想起写字台里还藏了把手枪。

还有件事情他一直也没有明白。奥菲利亚那句话到底是在那个时候说的，还是后来才讲？"你今天对他们说出了真相，这才是最要紧的。"这一点他倒没有想到，也没来得及去回味一下当他面对众人侃侃而谈的奇妙一刻，那一张张原本或是源自钦佩、或是出于礼节的微笑面孔，一点一点地都变得眉头紧锁，露出轻蔑的神情，并且挥舞着手臂发出抗议。然而，在已经发生的这一切中，最要紧最实在的还不仅于此。他打破了种种假象，甩开了那些操纵这些假象的贪得无厌的家伙，他取得了货真价实的胜利，这一光荣时刻是谁也无法剥夺的。俯下身来抚摸奥菲利亚的秀发时，他觉得这女人仿佛成了苏珊娜·马尔克斯，在他的抚摸下，她得到了拯救，被挽留在他的身旁，而与此同时，什么国家大奖、欧洲任职、荣誉加身，都化身成了伊蕾内·帕斯。只要他还不甘心完全堕落成罗梅洛那样一个冒牌英雄，在书本上在广播剧里上蹿下跳，他就必须不为所动，避之唯恐不及。

夜色慢慢地降临，天空满是汹涌的繁星，失眠与无尽的孤寂之中，又有新的烦恼袭来。天一亮，就会有无数的电话打来，还有当天的报纸，出了这么大的事情，正适合整版的新闻。有那么一瞬间他在想，什么都完了；可他转念一想，这念头太愚蠢了，只要稍稍想开一点，变通一点，他就可以大获全胜。一切就要看在接下来的几个小时里怎么召开发布会了。只要他愿意，取消颁奖也好，外交部收回任命也好，都可以变成新闻，他的事迹会被翻译成各种文字，他也会一举名扬天下。当然，他也可以就这样一直躺在床上，闭门谢客，一连几个月把自己关在乡下的别墅里，继续埋头于先前的语言学研究，只联系最亲近的朋友。六个月之后，他就会被人遗忘，在名声榜上被某位愚蠢至极的记者替换下来。这两条路一样简单，一样明确。一切只取决于他怎样拿主意。其实主意早已拿定，但他还在漫无目的地思索，难以决断，不断为自己的选择找各种理由，直到曙光映亮窗扉，映亮熟睡中奥菲利亚的秀发，花园里的海红豆树映在窗上，先是一团朦胧，然后慢慢清晰，就像是某种未来渐渐凝结成当下，一点点坚实起来，成了日常的模样，被认同，被加强，定型在晨曦中。

口袋里找到的手稿

　　现在我把这些东西写下来。对其他人而言，这或许像是轮盘赌或赛马会，可我寻求的并非金钱。不知道从什么时候开始，我有一种感觉，我决定，地铁车窗上的某一块玻璃会给我带来答案，让我找到幸福。在这里，在地下穿行的时候，时间是线路图上一站一站描绘出来、规定下来的路程，一切显得那么决绝，毫无变通的余地。我用到决绝这两个字，是为了更好地理解（自从我投身到这一场游戏当中，有太多太多的东西需要去理解）自己心中暗含的期望，期望遇到一次擦肩而过的交集，说不定它就在车窗某一块玻璃的反射之中。车厢里疲倦的人群上上下下，即便知道自己的所思所想，也未必能察觉到自己心中这种决绝，此外，在这种交通工具上，在车厢里的某一处地方，上车下车的站点谁先谁后，也是早有定数，谁也没法料定你会和谁一起下车，是我先下呢，还是那个夹了一卷纸的瘦子，那个一身绿衣服的老太太会不会一直坐到终点站，那几个男孩会不会马上就要下车，他们要下车是肯定的，因为他们已经收拾起本子尺子，打打闹闹地走到了车厢门口，而在那边，在车厢的一角，好不容易空出一个座位，一位姑娘刚刚坐了下来，看起来还要坐好多站，另外一个姑娘就完全无法预测了，安娜是完全无法预测的，她坐在靠窗的座位上，腰挺得笔直，我从艾蒂安·马塞尔站上车时她就在车上了。这时，一个黑人空出了她对面的座位，谁都没有注意，我趁机溜了过去，越过坐在靠外面那两个乘客的膝盖，在安娜对面坐了下来。本来我来坐地铁就是为了再赌一把运气的，于是我立刻开始在车窗玻璃里寻找玛格莉特的侧影，我猜想她一定长得很漂亮，我喜欢她那一头黑发，喜欢她那一缕头发斜搭在额头的样子。

要说玛格莉特或是安娜这些名字是我后来加上去，为的是在写这篇东西的时候能把她们区别开来，那不是实话。名字都是由游戏瞬间定好的，我的意思是，车窗倒影里的那个姑娘绝不能被叫作安娜，同样，坐在我对面的那个姑娘也不能被叫作玛格莉特。此刻，她看也不看我一眼，眼神涣散在虚空，满满地都是厌烦，周围所有的人也都一样，眼神盯在某个地方，但绝不是身边的众人，除了那些孩子，他们聚精会神地看着，直到大人来得及教会他们要从人群的缝隙中看东西，要似看非看，要带着一种有教养的天真，摆出一副事不关己的样子，避免感情的交集，每个人都封闭在自己的气泡里，排成一排，把自己用括号括起来，在别人的膝盖和胳膊肘之间竭力保持最起码的自由间隙，用一张《法兰西晚报》或一本平装书把自己隐藏起来，但总会有像安娜一样的人，似看非看，目光填满了我的面孔与那位聚精会神读着《费加罗报》的男人之间中性的、愚蠢的距离。如果说我能预感到一点儿什么，那就是安娜迟早会把无所事事的目光转向车窗，那时，玛格莉特就会看见我的影子，目光与目光交会，在漆黑的隧道里，车窗像一层稀薄的水银，她身上的紫色长毛绒大衣飘拂着，她的面孔仿佛来自另一个层面，摘去了车厢里惨白灯光给人们涂上的白灰似的可怕面具，特别是，哦，玛格莉特，这你是否认不了的，人们可以真真切切地注视玻璃中的另一张脸，因为像这样的目光交集，是不会遭到怪罪的，玻璃里我的影子并不是坐在安娜对面的这个男人，地铁车厢里坐着的安娜也不应该这样直勾勾地看什么，此外，看着我影子的并不是安娜，而是玛格莉特，安娜此时已经迅速把目光从坐在她对面的这个男人身上移开，因为这样盯着一个人看总归不太雅观。玛格莉特的目光像只小鸟一样落在安娜眼睛上的时候，她转向了车窗玻璃那边，这时她一定看到了我的影子，我的影子正等候在那里，露出浅浅的笑容，这笑容里没有丝毫的傲慢，也不含任何的期待。这样大约持续有一秒钟，也许更久，因为我感觉玛格莉特察觉到了这个微笑，而安娜显示出些许不快，尽管她只是微微低下了头，似有似无地查看着她红色皮手袋上的拉链。虽说玛格莉特这时已经不再看着我，但我能做的最妥当的事就是保持笑脸，因为从某种意义上说，安娜的表情已经显示出她的不快，这我是一直都知道的，这时她也好，玛格莉特也好，是不是在看我都无所谓了，她们俩全神贯注地端详着的是红色皮手袋上的拉链。

不管是宝拉（是奥菲利亚）还是其他随便哪个女人，也不管她是在端详一条拉链、一个扣子，还是一本杂志上的一道折痕，反正这就像是一口井，在这口井里，希望和恐惧交织在一起，像致命的蜘蛛抽搐成一团；还是在这口井里，时间成了第二颗心脏，它跳动着，伴随着人们赌一把运气的冲动。从这一刻起，每一个地铁站都成了未来这场戏剧中的一幕，这场游戏的性质早已决定了这一点；玛格莉特的目光和我的微笑，再加上安娜在一瞬间退缩回去打量自己手袋上的拉链，这一切仿佛开启了一种仪式，先前这一类的仪式也曾有过，在这里，一切理性的思索判断都毫无用处，最好的办法就是碰运气。想把这种办法解释清楚也并非难事，但倘若你想这样去赌上一把，那就好比是蒙上眼睛去打架，又像是置身于一团颤颤巍巍的胶状悬浮中，每一条路线都不可预测，织成树状的线路图。手里只要有一张巴黎地铁路线图，在那一幅蒙德里安式的构架图上，红的、黄的、蓝的、黑的，各式各样的线把一个广阔的有限空间里在地下延伸的条条伪肢标得一清二楚；这个树状线路图一天二十四小时里有二十个小时是鲜活的，它生机勃勃，目标明确，到夏特雷站下车，从沃吉拉站上车，在奥德翁站换车到拉莫特－皮凯站，两百种，三百种，天知道会有多少种组合，让一个预先编码的细胞从树的一头进入再从另一头冒出，从老佛爷百货大厦出站，把一包毛巾或是一盏灯送到盖－吕萨克大街的某一处三层。

　　就像那些有怪癖的人一样，我的游戏规则很简单，美丽之中带着一股傻气，还有点不讲理。既然我喜欢一个女人，既然我喜欢的女人就坐在我对面靠车窗的位置，既然在车窗里她的影子和我的影子目光交织着，既然我在车窗里的影子微微一笑扰乱了她的影子的心情，不用去管她的影子是开心还是不开心，既然玛格莉特看见了我的微笑而安娜低下了头去专注地打量她红色手袋上的拉链，那就是说，这场游戏开始了。至于我的微笑是不是被人注意，有没有得到回应，抑或根本没人理会，这一点儿都不要紧，有个人值得你对她微微一笑，她记住了这个微笑，这场仪式的最初阶段到这一步也就足够了。井下的一场战斗就这样开始，胃里面蜘蛛在伺机而动，一站接着一站，像一只晃过来晃过去的钟摆。我记起来了，自己是怎么会想起这一天的：现在是玛格莉特和安娜，一个星期以前出现过的是宝拉和奥菲利亚，那个金黄头发的小女孩是在一个糟糕透顶的车站下的车：蒙帕纳斯－比耶维纽，臭气熏天的七头蛇怪①，到那里十有八九是会失败的。我本来是要换车到万沃门那一站，可刚走到第一段过道我就发现，宝拉（奥菲利亚）要走的是通往伊西镇方向的过道。毫无办法，我只能站在过道口最后一次目送她渐行渐远，在台阶那里消失了。这就是我的游戏规则，先是一次在车窗玻璃里的微笑，接下来我有权追随一位女子，满怀希望，指望她的换乘路线和我出门前事先设定好的线路正好一致；接下来——到现在为止始终如此——眼睁睁地看着她走向另一条过道，不能随她而去，而是强迫自己回到上面的世界，钻进一家咖啡馆，继续过自己周而复始的日子，直到我心中的渴求重新复苏，寻求下一次的机会，女子，车窗玻璃，被接受或是根本无人理会的微笑，换乘地铁，总有一天

①指这一站是四条线路交汇的换乘站，有七种可能的路线。

这一切都天衣无缝地吻合，那时我终将有权利走近她，开口对她说出第一句话。这句话沉淀了太久太久，并且在井底一群抽搐成一团的蜘蛛间千回百转，变得又黏又稠。

现在，地铁驶进了圣叙尔比斯教堂站，我身边那个人站起身来，打算下车，对面，安娜也是一个人坐在那里，已经不再看她的手袋，有那么一两回，她的目光漫不经心地从我身上扫过，游移在车厢四周一张又一张的温泉度假村广告上。车窗里，玛格莉特没有再看我一眼，可这恰恰证明了我们有过接触交流，暴露了她的心思；安娜也许是有点儿腼腆，又或者是觉得，让那张脸的影子又对玛格莉特微微一笑，这事儿有点荒唐。此外，车到圣叙尔比斯教堂这一站是件很有意义的事情，因为接下来到终点站奥尔良门还剩下八站，这八站里只有三站有换乘线路，只有当安娜在这三站当中的某一站下车，我才有可能和她路线一致。地铁驶进圣普拉西德站开始刹车的时候，我一遍又一遍地注视着玛格莉特，寻找着她的目光，这时安娜的双眼还在柔柔地观看着车厢里的东西，仿佛她心中有数，知道玛格莉特不会再看我一眼，那个影子想冲她微笑纯属白费心机。

她并没有在圣普拉西德站下车，没等地铁停下来，我就猜到了。乘客们总会有些准备动作的，特别是女人，她们会紧张起来，检查自己随身的包包，把大衣裹紧点儿，站起来的时候会左右观察一下，列车减速的那一瞬间人的身体都会变得迟钝，容易磕磕碰碰，得注意别碰到左右两边的膝盖。安娜在漫不经心地一遍遍观看着地铁站里的广告，在站台灯光的映照下，玛格莉特的面孔模糊起来，我没法知道她是不是又在看我；到处是炫目的霓虹灯和照片制成的广告，人群出出进进，想必车窗里我的影像也一定是看不清的。倘若安娜在蒙纳帕斯－比耶维纽站下了车，我的机会就微乎其微了。我怎么会不记得那一天宝拉（那一天奥菲利亚）的事呢，那一站有四条换乘线，再擅长预测的人到了那儿都会一筹莫展。不过，碰见宝拉（碰见奥菲利亚）的那天，莫名其妙地，我就觉得我们的线路一定会一致的，直到最后一刻，我都一直跟在她身后三米远的地方，她一头金发，慢悠悠地走着，身上的衣服是那种树叶枯黄后的颜色，当她转向右面的岔路时，我觉得好像有一阵乱鞭抽在我脸上。所以，现在玛格莉特可千万别下车，这可恶的一幕不要再一次在蒙帕纳斯－比耶菲纽发生；一想起那一天的宝拉（那一天的奥菲利亚），井底的那群蜘蛛便会把我寄托在安娜（寄托在玛格莉特）身上的那一丝希望咬得粉碎。可是又有谁能反对我们赖以生存的这种天真质朴的本质呢，几乎立刻我就告诉自己说，也许安娜（也许玛格莉特）不会在蒙纳帕斯－比耶维纽站下车，也许她不会在中间那几个站下车，因为那样一来我就没什么理由去跟踪她了；安娜（玛格莉特）可千万别在蒙帕纳斯－比耶维纽站下车（她果然没下）；她也千万别在瓦温站下车，她真的就没下；那么她会不会在拉斯帕伊站下呢，那可是最后两个有可能的车站中的第一站；她也没下车。这时我知道了，能让我跟踪她的只剩下一站了，剩下最后那三站都无关紧要。我再一次在车窗玻璃中寻找玛格莉特的目光，我一动不动，默默地呼唤着她的名字，我觉得这样的呼唤能到达她的耳边，就像一声鸟鸣、一阵海浪，我又向她发出微笑，这微笑安娜不可能觉察不到，玛格莉特也必然会有所感觉，尽管她此刻并没有看着我的影像。这时列车已经驶进了丹费尔－罗什洛站，在隧道口昏暗的灯光下，我的影像仿佛被暴风雨袭打着，忽隐忽现。兴许是第一下刹车使安娜腿上的红色手袋晃动了一下；也可能仅仅是因为坐车坐烦了，她伸手撩开了滑到额头上的一绺头发。就在列车在站台慢慢停下来的三四秒钟时间里，蜘蛛把它们的利爪刺进了井壁，又一次从内心里击垮了我。安娜干净利落地站起身来，她的背影夹在另外两个乘客之间，车窗外灯火通明，人群涌动，什么也看不清，这时我还傻傻地在玻璃上寻找玛格莉特的面孔。我也不知道是怎么下的车，只知道自己像个被动的影子一样跟随在那个下到站台的女人身后，这才猛然惊醒，下面该怎么办呢，这是最后的二选一，一旦决定便再无更改的余地。

在我看来，这事很明白，安娜（玛格莉特）要么是在走她每天都走的路线，要么是在走一条偶然决定的路线，而我呢，我在登上这列地铁之前就决定好了，只要有人进入这场游戏，而且是在丹费尔－罗什洛站下车，我的换车线路就一定是明星－民族方向，同样，倘若安娜（倘若玛格莉特）是在夏特雷站下车，那就只有当她去换乘文森－讷伊方向时我才可以尾随她而去。在这最后的关头，如果安娜（如果玛格莉特）去换乘索镇线，或者是干脆出了地铁站，那这场游戏就没法玩儿了；这个站可不像别的站，它没有那么多走不完的通道，只需几层台阶就可以迅速抵达各自的命运，在交通工具里，大家也把它们称作"目的地"[①]，我一点都不敢怠慢。我看见她

---

①西班牙语中的"destino"既有"命运"也有"目的地"的含意。

在人群中移动着，红色的手袋像钟摆一样晃动，她抬起了头，寻找路标，迟疑了片刻，最后向左边拐了过去。可左手边是通向大街的出口呀。

我也不知道怎么解释这件事情，那群蜘蛛撕咬得太厉害了。最初的那一分钟，我并不是失去了诚信，我只是机械地跟着她，打算最后接受这样的结局，至于她，上去之后爱往哪儿走往哪儿走吧。走到台阶一半处，我突然明白了，不能就这样算了，唯一能把那些蜘蛛干掉的办法就是干脆别去管那些游戏规则。安娜（玛格莉特）踏上对我来说是某种禁区的台阶的那一刹那，我全身都在痉挛；此刻这痉挛突然消失了，变成了疲倦无力、昏昏欲睡，我像傀儡一样身不由己慢慢地登上了台阶，我不想去费什么脑筋，只知道我还能继续看见她，看见那只红色手袋朝着上面的大街走去，看见每走一步她那黑色的秀发便在肩头跳动一下，这就足够了。天已经黑了下来，风冷得刺骨，一阵阵风雨刮过来，有雪花在飘。我知道我走到她身边的时候，安娜（玛格莉特）一点儿都没有害怕，我对她说："既然我们曾经相遇，不能就这样分手了。"

片刻之后，在咖啡馆里，玛格莉特的影子已经退去，让位给了现实的扎诺酒和谈话，只剩下安娜一个人的时候，她对我说，她一点儿都不明白我的话是什么意思。她说她叫玛丽－克劳德，说我在车窗玻璃里对她微笑使她很不舒服，有一阵她甚至想站起身来，换一个座位，她也并没有看见我跟在她的身后。然后，有些矛盾地，她直视着我的双眼，啜了口扎诺酒，毫不在意地微微一笑，说在大街上她没有什么好害怕的，她对我在大街上的跟踪迅速地释怀了。

此时的一切都显得那么顺当，像潮水一点一点上涨，又像在岸边长满白杨树的小河上随波逐流。我当然不能把什么都告诉她，她会认为我是个精神病，要么是有什么怪癖；我也不能对她说，其实她真这么想也没错，只不过不完全是她想象的那样，有些事儿得从人生另外一些角度来理解才行。我和她聊起她那一绺头发，她的红色手袋，她看那些温泉度假村广告时的样子，对她说，我对她的微笑并非唐璜式的挑逗，也不是因为无聊，而是对她的一种欣赏，是献给她一束她还没有的花，是对她发出一个信号，表示她让我欢喜，能坐在她对面让我心情愉快，于是，再来根香烟，再加一杯扎诺酒吧。我们谈话的语气始终平和，像是相识已久，互相注视却绝不互相伤害。我觉得玛丽－克劳德允许我来到这里，和她待在一起，换做玛格莉特，只要不带过多的成见，说什么"如果有人在大街上和你搭讪、送你糖果，或是想带你去看电影，你绝不要理睬他"，她也一定会在玻璃里回应我的微笑的。到后来，玛丽－克劳德已经毫不介意我之前对玛格莉特的微笑，在大街上也好，在咖啡馆里也好，她认为那完全是一种好心好意的微笑，换句话说，在下面的地铁里那个陌生人对玛格莉特的微笑并非有什么得寸进尺的念头，而我和她攀谈的方式虽说有点荒唐，看来也是唯一可以理解的办法，也是唯一说得出口的理由，能让她回答说"可以"，说我们可以去找一家咖啡馆喝上一杯。

我记不起对她说了哪些自己的事情，也许是除了这场游戏之外的一切，可这样一来能谈的内容就会太过单薄。有时谈着谈着我们会相视一笑，也记不清是谁先开了一个玩笑，我们又发现我们都喜欢同一个牌子的香烟，都喜欢凯瑟琳·德纳芙，她允许我把她一直送到她家大门口，很随和地向我伸出手告别，并且同意下星期二同一时间还在那家咖啡馆见面。我打了辆出租车回到自己的街区，第一次这样沉浸在自我里，仿佛沉浸在另一个神奇的国度，我一次又一次告诉自己，这样做就对了，回味着玛丽－克劳德，回味着丹费尔－罗什洛站的里里外外，我紧闭着眼皮，努力把那一头乌黑的秀发、把她开口说话之前总是先歪一歪头的模样、把她莞尔一笑的样子都牢牢记在脑海里。我们赴约都很守时，聊聊电影，聊聊工作，也聊到各自意识形态上的差异，她对我还是一如既往地认可，就仿佛不需要任何理由，也无须提出什么疑问，眼下这种状态就使她十分满意；她甚至好像根本没有察觉，像她这样，随便哪个低能儿都会把她当成那种傻乎乎的、很容易得手的女人。她肯定也注意到在咖啡馆里我并没有故意去和她挤在同一条凳子上，在弗洛瓦德沃大街上我也没有为了表示亲密而伸出胳膊去搂她的肩头，并且明知她几乎就算是一个人独居（四楼的公寓里还住着她一个妹妹，但很少在家）也没有提出来陪她一起上楼。如果说还有什么事情是无法猜测到的，那就是我那群蜘蛛了，我和它们也曾有过三四次遭遇，但他们都老老实实地待在井底，没有张嘴撕咬，只是等候着，等我发现，就好像我从来就不知道它们的存在一样。我依然每个星期二都到那家咖啡馆去，要么在心里想象着玛丽－克劳德早就到了，要么就是看她迈着轻巧的步伐走进来，蜘蛛们早已醒来，她黝黑的身影有一种无邪的力量能与之对抗，她只要向我伸出温暖的小手，晃动着额头的那一绺头发，她便有了力量保护游戏规则不被破坏，唯有她能这么做。有几回，她似乎也有所察觉，一言不发地看着我，等候着什么；可这是不可能的，因为我为这场休战所付出的努力是不会被看出来的，我不想承认，即便有玛丽－克劳德在场，蜘蛛们总还是会一点一点重新现身，这一点玛丽－克劳德不会明白，她只会一言不发地看着我，等候着什么。那么就喝喝酒，抽抽烟，和她聊聊天，好好珍惜这段没有蜘蛛袭扰的时光，了解了解她的平凡生活，她每天都在做什么，她那个上学的妹妹又如何如何，她对什么东西敏感，一面念念不忘她额头的那绺黑发，心头涌起对她的种种欲望，仿佛这就是一种结局，仿佛真的走到了人生最后一班地铁的最后一站，原本我应该坐在那条长凳上和她亲吻，我本应该吮吸到玛丽－克劳德的第一口蜜汁，然后两个人相拥到她家中，登上楼梯，把禁锢着我们的这么多衣裳和这么长的等候摆脱得一干二净，然而，此刻在我的椅子和她那条长凳之间，有那口井在。

于是我把一切都告诉了她。到现在我都记得公共墓地里的那堵矮墙，记得玛丽－克劳德倚靠在矮墙上，听我讲话，而我则把脸深深埋进她大衣暖暖的绒里子，谁知道我说的每一句话她是不是都能听清、都能听懂；我反正把什么都告诉了她，包括这场游戏的每一个细节，一次次碰见宝拉们（碰见奥菲利亚们）消失在某条通道时的绝望心情，以及每一次的结局中都会出现的蜘蛛。她哭了，我感觉得到她紧贴着我的身体在颤抖，但她仍把我拥在怀里，她把身体倚靠在亡者的矮墙上支撑着我。她什么都没问我，她也不想知道这一切究竟是为了什么，又是从什么时候开始的，她根本没想去和一架机器作对，一架一个人用全部生命违背着自己的意愿也违背着这个城市的意愿构建起来的机器，只有哭泣声，仿佛发自一只受到伤害的小兽，对游戏的胜利、对井底狂舞的蜘蛛做出无力的抗争。

在她家大门口，我对她说并不是一切都完了，我们能不能合理合法地在一起，决定权在我们两个人手上。现在她既然知道了这场游戏的规则，这也许对我们更为有利，因为我们需要做的只有一件事，那就是你找到我，我找到你。她对我说，她可以请上两个礼拜的假，再带一本书，到地铁里，带书的目的是为了在那个地下世界里抵抗潮气，日子也会过得轻松点。她会从一条线换到另一条线，一面读读书看看广告，一面等着我。我们不愿意去考虑那些不可能发生的事件，比如我们说不定会在某一列地铁上巧遇；然而仅仅这样做还不够，这一次，不能再破坏事先定好的规矩了。我要求她什么都别去想，随地铁把自己带到什么地方去，而且在我寻找她的这两个礼拜里千万别哭。不用多说，她已经完全明白了，如果期限到了，我们还没能遇见，或者是虽然互相看见了身影，却又被两条不同的通道相隔，那就不用再回那家咖啡馆去，也不用再来她家大门口了。一盏路灯柔柔的昏黄灯光向高处照去，照亮了通往大街的阶梯，照亮了玛丽－克劳德的模样，她在自己的公寓房里家具之间，全身赤裸，睡得很香。我吻了吻她的头发，抚摸了一下她的小手，她没有回吻我的嘴唇，就离去了，我目送着她的背影，沿着一层又一层阶梯向上走去，终于看不见了；我走回家中，心里空空荡荡的，蜘蛛也不见了，我已经做好了准备，迎接新的等待；现在它们不能把我怎么样，游戏将像从前发生过的好多次一样重新开始，但这次只是玛丽－克劳德一个人星期一早上从皇冠站下车，晚上从马克斯·多莫瓦站上来，星期二从克里米亚站下，星期三从腓力二世站下，一丝不苟地按游戏规则进行，一共十五站，其中四站有换乘线路，而在这四站当中的第一站，她是知道的，我会去乘坐从塞弗尔桥开往蒙特勒伊门的线路，在她的第二站，我会去换乘克利希开往王妃门的线路，每条线路的选择都没有什么特别的道理，因为这件事本身就没什么道理可讲，玛丽－克劳德很可能会从她家附近乘坐地铁，比如丹费尔－罗什洛或柯维萨站，那么她就会在巴斯德站换车，往法居耶方向去。蒙德里安式的路线图，枯树枝一般的分叉伸向四面八方，各种各样的诱惑，红的，蓝的，白的，带斑点的，完全随机；星期四，星期五，星期六。我随便找一个站台，看见地铁驶来，七节或八节车厢，任我观察，车越来越慢，我跑到车尾，登上一节车厢，玛丽－克劳德没在上面，我在下一站下车，等下一趟地铁，坐到第一个换乘站，重找一条线路，看着列车驶来，车上还是不见玛丽－克劳德，我会放过一趟或是两趟地铁，坐上第三趟，一直坐到终点站，然后返回某个车站，从那儿又可以换另外一条线，然后暗下决心，再坐一次，而且一定要坐第四趟地铁，暂停寻找，上去吃点儿东西，吃完立即再下来，抽上一根苦涩的香烟，找个长凳坐下来，静候第二趟或者第五趟地铁。从星期一到星期四，蜘蛛们没有来找我麻烦，因为我还在等待，因为我坐在绿径站的长凳上，在等待，拿着个小本子，有一只手在上面写了点什么，发明了一些时间，不像眼下这个时间表匆匆把我推向星期六，到那时也许一切便结束了，我将一个人回到地面，蜘蛛们纷纷醒来，挥起它们的螯足，乱撕乱咬，逼迫我开始下一场游戏，那时会有别的玛丽－克劳德，别的宝拉。就这样，开始了又失败，失败了再开始，像个恶性肿瘤循环往复。可今天刚刚星期四，这里是绿径地铁站，外面，夜幕降临，还有许多时间展开想象，因此后来那场景出现时，我并不觉得有什么可大惊小怪：在第二趟地铁里，第四节车厢，玛丽－克劳德就坐在车窗旁边的位子上，她看见了我，挺直了身体，发出一声只有我能听得见的呼唤，这呼唤声如此贴近，我飞奔而去，纵身一跃，跳上满载着乘客的车厢，在满脸怒容的乘客间推搡着，一面嘴里不断地道歉（其实谁也没指望我能道歉，也没人接受），最后，在人腿、雨伞和大包小包之间，我挤到了坐在双人座位上的玛丽－克劳德面前，她穿了身灰色大衣，靠车窗坐着，列车启动时猛地一晃，那一绺黑色秀发随之一摇，她放在双腿上的两只手也微微一颤，这就像是发出了一种呼唤，它无须挑明，却暗示着下面要发生点什么。我们互相之间不需要交谈，在玛丽－克劳德与我之间横着一堵人脸和雨伞筑成的墙，冷漠而多疑，隔着这堵墙，真的也没什么可交谈的。剩下来还有三站可以换乘，玛丽－克劳德必须在这三站中选一站，然后穿过站台，走进一条通道，或是找到一道阶梯出站——那就和我的初衷完全背道而驰了。但这一回我绝不会去破坏规矩。地铁驶进了巴士底站，玛丽－克劳德还在那里没动，人们上上下下，她身边的座位空了出来，但我没有走过去，我不能坐在那里，我不能在她的身旁像她一样浑身颤抖着。下面的两站是赖德律－洛兰站和菲德比－沙利尼站，这两站无法换乘，玛丽－克劳德知道我是不能跟随她的，她一动没动，这样一来游戏就只能在勒伊－狄德罗站或者多梅尼站进行了，地铁驶进勒伊－狄德罗站时，我移开了目光，我不想让她知道，不想暗示她这一站不是的。地铁开动的时候，我看见她没下车，也就是说，我们还有最后一线希望，多梅尼站只有一条线可以换乘，另一条就是走出地铁去到大街上，非白即黑，非此即彼。我们互相看了一眼，玛丽－克劳德仰起脸，正视着我，我紧紧抓住座位上方的扶手，正如她能看见的，我一定脸色惨白，就和我此刻看见玛丽－克劳德没有一丝血色的脸庞一样。她紧紧抱着红色手袋，她马上就要做出第一个动作，站起身来。列车驶进了多梅尼站。

夏天

　　黄昏时，弗洛伦修带着小女孩来到了小茅屋，小路上坑坑洼洼，到处都是散落的石块，这样的路只有马里亚诺和祖尔玛才会有勇气开着吉普车驶过。祖尔玛给他们开了门，弗洛伦修心想她的一双眼睛怎么像刚切完洋葱似的。马里亚诺从另一个房间走了过来，对他们说了声"快进来"，可弗洛伦修只是想让他们代为照看一下小女孩，到第二天早上就行，因为他有点急事要去趟海边，村子里也没有别人能帮得上忙。没问题，祖尔玛对他说，你把她留在这儿好了，我们在这下面再支张床就行了。进来喝上一杯吧，马里亚诺再一次邀请道，统共要不了五分钟时间。可弗洛伦修的车子就停在村子的广场上，他马上就得走。他向他们道了谢，又吻了吻小女儿，女孩已经发现小凳子上放着一摞杂志。门关上之后，祖尔玛和马里亚诺你看看我，我看看你，一脸的疑惑，仿佛这事情发生得太突然了。马里亚诺耸了耸肩，又回到他的作坊，他正在那里给一只旧圈椅上胶；祖尔玛问女孩肚子饿不饿，让她先看一会儿杂志，说储藏室里有个皮球，还有个逮蝴蝶的网子。女孩说了声谢谢，就开始看杂志，祖尔玛从一旁观察了一会儿，一面准备着晚饭要吃的洋蓟，她想，可以让这小女孩自己玩一会儿。

这里是南方，天已经黑得越来越早了。还有一个月，他们就要回到首都去过另一种冬天的生活，但无论怎么看，其实过的还是一样的日子，说是在一起吧，却又好像相隔千里，互相客客气气的，遵循着夫妻间那一套烦琐细致、约定俗成的礼仪，就比如现在，马里亚诺需要一个炉子熬胶，于是祖尔玛从炉子上取下煮土豆的锅，说她可以回头再煮；马里亚诺道了声谢，说他也是因为圈椅马上就要修好了，最好是一次把胶上好，当然，就不得不先把胶熬一熬。小女孩在那间又当厨房又当餐厅的大屋里翻看杂志，马里亚诺从储物间里给她找了几块糖果。该到外面的小花园里去喝上一杯了，顺便欣赏欣赏暮色中的群山。那条小路上从来就没什么人行走，村子里最近的人家也在高高的山梁上；他们的房前，山坡一直向下，延伸到山谷最深处，黑乎乎的，看不清了。你先喝着，我马上就来，祖尔玛说道。一切都有条不紊，每件事情都有它固定的时间，每段时间都有它要做的事情，除了那个小女孩，她突然到来，稍稍打乱了他们的计划。给她一个小板凳，再给她一杯牛奶，摸摸她的头发，夸夸她，这孩子真乖。他们抽着烟，一群燕子在茅屋上空盘旋，一切都是这样周而复始，严丝合缝，圈椅上的胶快要干了，上好了胶它就会跟明天一样新，虽说明天也不会有任何新的东西。如果说这天下午有点儿什么微不足道的小变化，那就是来了这个小女孩；有时候也会有邮递员过来，带来一封信，把他们从孤独中唤醒，是给马里亚诺的也好，给祖尔玛的也好，谁收到信就会收起来，一句多余的话都不会说。就这样日复一日，一眼能看到头，像演戏一样，过上一个月，然后吉普车就会装得满满当当的，把他们送回首都的公寓里，再回到以前的生活中去，要说那儿有什么不同，也仅仅是形式上略有差别而已，祖尔玛有自己的圈子，马里亚诺总是和他那些画画的朋友们在一起，到了下午，她去逛商店，晚上马里亚诺总是泡在咖啡馆里，各人忙各人的事情，当然也总会有聚在一起的时候，门上的合页也会有开有合的嘛，不过那更像是在完成一种仪式。早上他们还是会互相接个吻，有些无伤大雅的事情也会一起做一做，就比如现在，马里亚诺问祖尔玛要不要再来一杯酒，祖尔玛嘴里答应着，目光却迷失在远方被染上一层淡淡的紫色的山峦。

　　孩子，你想吃点儿什么。我随便吃什么都行，太太。说不定她不爱吃洋蓟，马里亚诺说。我爱吃，女孩答道，放点儿油放点儿醋，不要放太多盐，太咸了蜇得慌。他们都笑了起来，打算给这孩子做点儿特别的葱和醋的调料。再来个水煮蛋怎么样。带上个小勺子，小女孩补了句。不要放太多盐，太咸了蜇得慌，马里亚诺开了个玩笑。盐蜇人蜇得厉害，小女孩又说道，我给我的布娃娃喂菜泥就从来不放盐，我今天没把她带来，因为爸爸有急事儿，没让我带。今天晚上天气一定不错，祖尔玛想着想着说出声来，你瞧，北边的天空多亮堂呀。不错，不会太热的，马里亚诺一边说着，一边把几只圈椅搬到下面客厅里，又把朝着山谷的落地窗那边几盏灯全都打开。同时他也机械地打开了收音机，尼克松要到北京去了，你怎么看。这年头真是没什么信仰可言了，祖尔玛说完，两人一起哈哈大笑。小女孩认真看着杂志，看到连环画还在页码上做了些记号，仿佛是打算再看一遍。

马里亚诺在楼上房间里喷杀虫剂，祖尔玛边切洋葱边跟着收音机哼着一支流行曲，在杀虫剂和洋葱的气味中，夜色降临。晚饭吃到一半，小女孩正吃着自己那份水煮蛋，就打起了瞌睡，他们逗着她，哄她吃完。马里亚诺早就给她在厨房里最边上那个角落支了张折叠床，上面还铺了充气床垫，心想这样一来如果他们俩还要在楼下的客厅里待上一会儿，听听音乐或是看看书，也不至于吵着她。吃完桃子，小女孩说她困了。亲爱的，去睡吧，祖尔玛说，你知道的，要是想尿尿的话，得到楼上去，我们会把楼梯的灯打开。小女孩吻了他们的脸颊，已经困得不行了，可在躺下之前，她挑了本杂志塞在枕头底下。真不敢相信，马里亚诺说，这世界真是越来越让人看不懂了，我还以为这世界上的人都跟咱们一样呢。兴许也没那么大区别，祖尔玛边收拾桌上的东西边说，你不是也有自己那套花样吗，花露水总是放在左边，刮胡刀放在右边，至于我嘛，咱们就不说了吧。可我那不是花样，马里亚诺想，是对死亡和虚无的一种回应，定格万物，定格时间，制定仪式，编织故事，来对付这千疮百孔、污迹斑斑的混乱世界。这些话他没有说出声来，他跟祖尔玛之间越来越没什么话可谈了，祖尔玛也一样，没有和他交换看法的需求。把咖啡壶带上去，杯子我已经放在壁炉跟前了。看看糖罐里还有没有糖，储物间里还有一包。开瓶器我没找见，这瓶酒看着还不错，你觉得呢。对，颜色真漂亮。你上去的时候，把我放在小柜子上的香烟带上去。这酒真的不错。天太热了，你不觉得吗。确实热，热得让人有点难受，别开窗户，会飞进来一大群蛾子和蚊子的。

祖尔玛第一次听见那声音时，马里亚诺正在一摞唱片里翻找一张贝多芬的奏鸣曲，今年夏天他还没听过。他的手停在了半空，朝祖尔玛看去。那声音像是在外面花园的石头台阶上，可这个时候有谁会到小屋来呢，夜里从来就没有人来过。他到厨房把灯打开，照亮了花园里离屋子最近的这一块，什么也没看见，他又把灯关上了。是条找东西吃的狗吧，祖尔玛说。这声音有点儿怪，像打响鼻的声音，马里亚诺说。这时，落地窗边显出一个巨大的白影，祖尔玛发出一声压抑的尖叫。马里亚诺正背对着窗户，等他转过身来，玻璃上只映着客厅里挂的画和家具的影子。他还没来得及发问，那响鼻声又在北面的墙根响起，那是一声压得低低的嘶叫，倒有点像祖尔玛的惊叫声。祖尔玛用双手掩住了嘴，紧贴在墙边，两只眼睛死死盯住大窗户。是一匹马，马里亚诺说这话时自己都不相信，听声音像是匹马，我听见马蹄的声音了，它在花园里跑呢。先是鬃毛，接着是厚厚的仿佛在流血的嘴唇，一个巨大的白色脑袋贴在了窗户上。那马扫了他们一眼，白色的影子便从右边消失了，他们又一次听见马蹄的声音，突然石头阶梯那边没了声响，接着又是嘶叫声、奔跑声。可是这一带根本没有马呀，马里亚诺说，发现自己已经不由自主地抄起了酒瓶，这时又把它放回了凳子上。它想进来，祖尔玛说这话时还紧紧贴在后墙上。怎么会呢，别犯傻了，这家伙一定是从这山谷里的哪家小庄园跑出来的，看见有亮光，就跑过来了。我跟你说了，它想进来，这马得了疯病，想进来。据我所知，马是不会得疯病的，马里亚诺说，我觉得它已经走了，我到上面的窗户那儿去看看。别，别，你就待在这儿别走，我还能听见它，就在露台的台阶那边，正在踩那些花草，它会回来的，要是它把玻璃撞碎了闯进来怎么办。别犯傻了，什么撞玻璃不撞玻璃的，马里亚诺说这话的时候也没多大底气，说不定我们把灯关了它就走了。我不知道，不知道，祖尔玛顺着墙滑下去，坐在了小凳上，我听见它在叫，就在楼上。他们听见马蹄声顺着阶梯走了下来，听见门口响起了愤怒的喘气声，马里亚诺感觉到有什么东西蹭来蹭去，挤迫着大门，祖尔玛歇斯底里地尖叫着，跑到他的身旁。他轻轻推开了她，把手伸向电灯开关；昏暗中（厨房的灯还亮着，小女孩在那里睡着），嘶叫声、马蹄声更响了，可这会儿马已经不在大门口了，能听见它在花园里跑来跑去。马里亚诺三步两步跑过去关上厨房的灯，看也没看一眼小女孩睡觉的那个角落，回来后他把还在抽抽搭搭的祖尔玛搂进怀里，抚摸着她的头发她的脸，要她别出声，这样才能听得更清楚些。落地窗那边，马头在大大的窗户上蹭着，没怎么用力，黑暗中，那个白色的影子仿佛透明。他们感觉得到那马在朝里面看，像是在找什么东西，那马现在应该看不见他们，可它还在那里，嘶叫着，打着响鼻，时不时还猛地抖动一下。祖尔玛的身体从马里亚诺怀里溜了下去，马里亚诺扶着她再一次在小凳上靠墙坐好。你别动，也别出声，你瞧，它马上就会走掉的。它想进来，祖尔玛有气无力地说道，我知道它想进来，万一它把窗户挤破了，把玻璃踢碎了，那该怎么办。嘘，马里亚诺说，别出声了，好不好。它会进来的，祖尔玛还在低声唠叨。可惜我手里没杆猎枪，马里亚诺，否则我会给它脑袋里打进去五颗子弹，这个婊子养的。它已经不在那儿了，祖尔玛突然站起身来说道，我听见它跑到上面去了，要是它发现露台的门，会从那儿进来的。楼上的门关得好好的，别害怕，你想想看，黑灯瞎火的，它不会跑进房子里来的，跑进来它根本动弹不得，它没那么傻。哦，就是的，祖尔玛说，它就是想进到屋里来，它会把我们挤扁在墙上的，它就是想进来。嘘，马里亚诺说。其实这也是他担心的，他的后背早已被冷汗湿透，除了等待，他无计可施。马蹄声又在阶梯的石板上响起，接着，四下里突然一片沉寂。远处蛐蛐在鸣叫，高处的胡桃树上传来了鸟叫声。

灯熄灭着，夜色的光亮从落地窗透进来，淡淡的，马里亚诺斟满一杯酒，递到祖尔玛唇边，尽管她牙齿在杯壁上碰得叮当乱响，酒也洒得衬衣上到处都是，他还是把酒给她灌了下去；接着他攥住瓶颈，自己长长地喝了一大口，又来到厨房看看小女孩。真不可思议，小女孩睡得格外香甜，两只手插在枕头下面，就像是在捧着那本宝贝杂志。她什么都没听见，厨房里就像是没有人在一样。客厅里，祖尔玛的哭声伴随着喘不过气来的抽噎，一声声几近尖声叫喊。都过去了，都过去了，马里亚诺在她面前坐了下来，轻轻地摇晃着她，不过是虚惊一场。它还会再回来的，祖尔玛两眼死死盯住落地窗。不会的，它已经跑远了，肯定是从山下哪个马群里跑出来的。马才不会这样呢，祖尔玛还在坚持，没有哪匹马会这样想要进到人家里面。我得说这件事有点蹊跷，马里亚诺回答，要不然我们出去看一下，我这儿有手电筒呢。可祖尔玛死死靠在墙上，打开门出去看看的想法让她一下子沉重起来，那白色的影子说不定就在附近树底下等着，随时会扑上来呢。你看，如果我们不搞清楚它究竟是走了还是没走，这一夜谁都别想睡觉了，马里亚诺说。我们再给它一点时间，你先去睡，我给你倒点儿镇静药，这回可是加了量的，小可怜，这可是你自己讨来的。

　　虽然态度一点儿也不积极，祖尔玛最终还是同意了。他们没开灯，走到楼梯前，马里亚诺用手指了指睡得正酣的小女孩，可祖尔玛几乎没看她一眼就磕磕绊绊地上了楼梯。走到卧室门口的时候，马里亚诺不得不扶着她，因为她差一点儿就撞在门框上了。他们从开在屋檐上方的窗户看了看石头砌成的阶梯，再看看花园里最高的那层露台。已经走了，你看，马里亚诺说着，替祖尔玛整了整枕头，看着她面无表情地脱了衣服，她的两眼始终盯着窗户。他让她把药水喝了下去，又在她的脖子和两只手上搽了些古龙水，把被单轻轻拉到她肩膀那里，祖尔玛已经闭上了眼睛，浑身抖个不停。他给她擦干脸颊上的泪水，又等了一会儿才下楼去找手电筒。他一只手握住熄灭的手电筒，另一只手拎了把斧头，一点一点打开了客厅的门，走到楼下的阳台上，从那里可以看见整个房屋的东面。这天的夜晚和夏天里的每一个夜晚一模一样，远处有蛐蛐在叫，间或传来一两声蛙鸣。不用手电筒，马里亚诺就能看见丁香花丛已经被踩得乱七八糟，三色堇花坛上留下了巨大的马蹄印，阶梯下的花盆也被打翻，看来这真的不是一场幻觉。当然，不是幻觉最好。他打算天亮以后和弗洛伦修一起到山谷里各家小庄园去了解一下，这事儿不能轻易就算完。进屋之前，他把花盆扶好，又走到最近的几棵树那里，听了半晌蛐蛐和青蛙的鸣叫声。等他朝房屋看去时，只见祖尔玛站在卧室窗前，全身赤裸，一动不动。

小女孩睡在那里，姿势都没变过。马里亚诺轻手轻脚上了楼，站在祖尔玛身边抽着烟。你瞧，那家伙已经走掉了，我们总算可以踏踏实实睡觉了，有什么事明天再说。他慢慢把她扶上床，脱掉衣服在她身边躺了下来，仰面朝天，嘴里还叼着烟。睡吧，没事儿了，虚惊一场。他抚摸着她的头发，手指滑到了她的肩头、她的胸脯。祖尔玛一言不发，翻了个身，背对着他；这也和夏天里的每一个夜晚一模一样。

今天这觉恐怕会睡得不易，可马里亚诺刚把香烟掐灭，就酣然入睡了；窗户大开着，肯定会有不少蚊子飞进来，然而倦意比蚊子来得更快，他连梦都没来得及做，脑子里一片空白，直到被一种莫名的恐惧，祖尔玛掐在他肩膀上的手指，以及她粗粗的喘息声惊醒。下意识地，他已经在聆听夜晚的声音，蛐蛐的鸣叫声加重了寂静。睡吧，祖尔玛，什么事儿都没有，你一定是做了个梦。他一心想让她接受这个说法，让她重新背朝他躺下身来，因为这会儿她突然把手抽走，坐起来，全身僵直，眼睛盯住关得好好的房门。他和祖尔玛一起坐起身来，没法阻止她打开房门，走到楼梯口，他一面紧随着她，一面还在隐隐约约地问自己，要不要猛一巴掌把她打醒，扛回床上去，终结这疏离的状态。下到楼梯一半时，祖尔玛扶着栏杆停住了脚步。你知道那女孩为什么会在那里吗？祖尔玛说话的声音好像她还没有从噩梦中醒来。女孩？这时他们又下了两级楼梯，快到向厨房拐弯的地方了。祖尔玛，别闹了。她的嗓子劈了，像是用假嗓子在说话，她在那儿待着就是想让那家伙进到屋里来，我跟你说她会把它放进来的。祖尔玛，别逼我做出蠢事来。她的声音提高了八度，好像很得意，你瞧，不相信你就瞧瞧，床是空的，杂志也扔在了地下。马里亚诺猛地冲到祖尔玛前面，一个箭步跳过去，打开了灯。女孩瞅着他们俩，身上穿了件粉红色的睡衣，靠着通向客厅的门，睡眼惺忪。这会儿你从床上爬起来干什么，马里亚诺一边问一边抄起一块布围在腰间。小女孩看着赤身裸体的祖尔玛，因为困，也有点害羞，仿佛要哭出声来，想再回到床上去。我是起来尿尿的，她解释道。我们跟你说过尿尿要到楼上去，你这是到花园里去了吗。女孩两只小手怪怪地插在睡衣口袋里，眼看就要哭出声来。没什么，回你的床上睡觉去吧，马里亚诺说，摸了摸女孩的头发，帮她盖好被子，又帮她把杂志放回枕头底下。女孩翻了个身，把脸冲着墙，把一个手指头含到嘴里，给自己宽宽心。上楼去吧，马里亚诺发话了，你看看，什么事都没有，别像个梦游的人似的杵在那里了。他看见她朝着客厅大门那里迈了两步，赶紧插到她的前面，什么都好着呢，真见鬼。可你没发现她刚才把大门打开了吗，祖尔玛说话的声音有点不像她了。别再说蠢话了，你自己去看看门是不是开着，你要不想去就让我过去看看。马里亚诺用手紧紧握住了她还在抖个不停的胳膊。你立马到楼上去，他一面把她推到楼梯跟前，顺便还往小女孩那边扫了一眼，小女孩一动不动，应该是睡着了。刚登上第一层楼梯，祖尔玛就发出一声尖叫，想挣脱开逃走，可楼梯很窄，马里亚诺的身体在后面把她向前顶，围在腰上的那块布松开了，掉在楼梯脚下，马里亚诺扶住她的双肩，连推带搡，把她弄到了楼上，再推进卧室里，在身后关上了门。她会把它放进来的，祖尔玛还在说个不停，大门开着呢，它会进来的。躺下躺下，马里亚诺对她说。我跟你说大门开着呢。没关系，马里亚诺说，它要是想进来就让它进来吧，现在它进来也好不进来也好，跟我有屁关系。祖尔玛的双手胡乱躲闪着，被他一把抓住，就势仰面推到床上，两人倒在了一起，祖尔玛哭哭啼啼地哀求着，那个沉重的躯体越来越紧地箍着她，压得她动弹不得，嘴挨着嘴，一边是泪水，一边是下流话，发了疯似的，逼迫着她就范。我不要，不要，我再也不要了，我不要，但说什么都来不及了，她的气力，她的骄傲，终于在这个压倒一切的重量面前屈服，她被带回到已经回不去的过去，带回到那些没有信件也没有马匹的夏天。后来——这会儿天快亮了——马里亚诺一声不吭地穿上衣服，下到厨房里。女孩还睡着，嘴里含着手指头，客厅的大门敞开着。祖尔玛没说错，是小女孩开的门，然而马并没有进到屋里来。难道说它真的进来过，马里亚诺点起第一根香烟，眺望着起伏的山峦那淡蓝色的边缘，难道说这回祖尔玛都说对了，那马真的进到过屋里，可她又是怎么知道的呢，他们根本没听见什么响动，再说了，屋里哪儿哪儿都整整齐齐的，挂钟上指的也是早上的时间，再过一会儿，弗洛伦修就会来把小女孩带走；也许快到十二点的时候，邮递员也会来的，他会远远地就吹着口哨，把信件放在花园的小桌上，不管是给他的还是给祖尔玛的，他们都会各自取走，一言不发，接下来就该一块儿商量中午饭吃什么好了。

就在那里，但究竟是哪儿，又是怎么

勒内·马格里特有这样一幅画，

占据画布中央的是一只烟斗。

画的下方是这幅画的标题：这不是一只烟斗。

致喜欢我的故事的帕科。

（《动物寓言集》献词，1951）

这并不取决于意志

是他，突然在这里了：现在（在我开始写下之前，我开始
写作的原因），昨天，或者明天，没有任何先兆，他在，或是
不在；甚至于他到底来没来我也说不准，他没有来，也没有走；

他就是纯粹的现在，出现或者不出现在这肮脏的现在，全是过去的回音和未来的责任

　　正在阅读这篇文章的人，你身上就从来没有发生过这样的事吗？它从一个梦境开始，又在许多梦境中一再出现，最终却不是一个梦，或者说，不仅仅是一个梦。有个什么东西就在那里，但究竟是哪儿，又是怎么……有些东西在梦里出现过，当然那只是一个梦，可后来它又在那里出现了，只是方式会变化，比方说会变得软软的，到处都是孔洞，可当你刷牙的时候，它就在那里，你吐出牙膏的时候，你把脸浸到冷水里去的时候，都能看到它，它就附在洗脸池的池底，它也有变小的时候，附在你的睡衣里，或者在你煮咖啡的时候藏在你的舌根下，它就在那里，但究竟是哪儿，又是怎么……它随着清晨一起到来，清晨虽说很清静，也会有白天里的杂音混入，我们会打开收音机，因为我们已经醒来，已经起床，世界还得继续前行。见鬼，真见鬼，怎么可能呢，那过去了的都是什么，在梦中我们又是什么，可这都不是一回事，它过一阵儿就会重来，它就在那里，但究竟是哪儿，又是怎么……那里到底是哪里？既然是我在写，房间还是同一个房间，身旁的床也还是同一张床，床单上还有我睡过的印子，为什么今天晚上又遇见帕科？你就没有碰见过我这样的事吗？有那么个人，死了三十年了，在一个烈日当空的正午，我们和玩掷棒的朋友们一起，和帕科的兄弟们一起，扛着他的棺材，明明已经把他埋进了恰卡利塔的墓园。

他脸小小的，有些苍白，结结实实的，是那种常玩巴斯克球的人的身材，两眼水灵灵的，一头金发，用发蜡梳成偏分，灰色的外套，黑色的便鞋，几乎总是系一条蓝色领带，有的时候也只穿一件长袖衬衣，或是一件绒里的白睡袍（那是他在里瓦达维亚大街的家里等我时的装束，每次他都竭力站起身来，不想让我看出他已经病得不轻，然后在床边坐下来，披着那件白色睡袍，向我讨根香烟，那是他被禁止抽的东西）

我知道，现在这些东西是不应该写的，这一定是白天想出来的另一种办法，用来结束梦境里那些若有若无的事情。我现在要去干活了，在日内瓦的大会上我要去和各种各样的翻译以及校对打交道，我要在那里待上四个星期，我会读智利的消息，这是另一场噩梦，读完之后任你用什么样的牙膏也无法清除嘴里那股恶臭。在里瓦达维亚大街的家里，就是我刚刚陪帕科的那个家里，我为什么刚从床上爬起来就一头扑向那台打字机，那架机器现在已经什么用都没有了。现在我已经醒了，而且我知道，从那个十月的早晨到现在已经过去了三十一年，骨灰龛上那个墓穴，几束可怜巴巴的花，埋葬帕科的时候几乎没有什么人送花，我们很介意，很恼火。这样和你说吧，我们介意的不是那三十一年，更困难的是怎么把那场梦境变成文字写出来，梦里残存下来的正不断向此岸清晰的世界靠拢，变成用话语杀人的利刃，这就是我正在写的东西，这中间有一个空洞，一旦被写成文字，它就再也不是那边的东西了，但究竟是哪儿，又是怎么……如果说我还在继续，那也是因为我停不下来，因为很多时候我知道帕科还活着，或者说他快要死了，只不过那方式和我们活着或者要死去的方式大不一样，如果我把他的事情写下来，至少我便可以与那些难以把握的事物斗争，有些情节早已脆弱不堪，我必须用文字指点出它们一处处的空洞，有些情节就像是一根细线，它处处束缚着我，在厕所，在烤面包的时候，在我点燃第一根香烟的时候，它就在那里，可究竟是哪儿，又是怎么……重复，复述，魔力的配方，说真的，正在读着我的文章的你有时候会不会努力用一首小诗拉住正在逝去的东西，比方说蠢蠢地反复吟唱一首儿时的歌谣，小蜘蛛，上门来，小蜘蛛，上门来，会不会闭上眼睛，重现那正在一点点消失的梦境，心里抗拒着，小蜘蛛，又耸耸肩，上门来，送早报的人敲响了大门，你老婆上下打量你一番，笑了笑，对你说，小佩德罗，你眼睛里面结蜘蛛网了，你会想，这话说得太有道理了，小蜘蛛，上门来，结蜘蛛网。

我梦见阿尔弗雷多，或是别的死人的时候，他们都有不止一种形象，随时间而变，随生活场景而变。有时我梦见阿尔弗雷多开着他的黑色福特车，有时他玩扑克牌，和祖莱玛结婚，或者是和我一道从马里亚诺·阿科斯塔师范学校出去，到第十一街的珍珠酒吧喝上一杯苦艾酒，我梦见他的未来，最终，过去，他人生中任何一年的任何一天，可帕科就不同了，帕科始终是他的房子、他的铁架子床、他的白绒布睡袍里赤裸而冷冰的一部分。偶尔在酒吧碰见他，也总是上下一身灰衣服，系条蓝领带，毫无表情的面孔像副永远戴着的可怕面具，沉默着，

一身疲倦，无法复原

　　我不想继续浪费时间了。我写下来是因为我知道，虽然我也说不清楚我究竟知道些什么，我很难把最主要的那部分区别开来，把梦境和帕科区别开来，但我知道我必须把它写下来，倘若有一天，或者就是现在，我抓住了某些遥远的东西。我知道，我总梦见帕科是逻辑使然，是因为死人不会在大街上走来走去，在日内瓦的酒店和他在里瓦达维亚大街上的家之间，在里瓦达维亚的家和死了三十一年的他之间，隔着汪洋大海和漫漫岁月。因此，很明显，只要我一睡着，帕科就活着（为了接近这一点，也为了争得一席之地，我得使出多少毫无用处的惊人手段才能把这话说出口呀）。这就是所谓的梦。每过一段时间，可能是几个星期，甚至是几年，我会又一次地知道，在我睡觉的时候，他还活着，而且即将死去。做梦梦见他，看见他还活着，这事儿没什么稀奇的，世界上多少人在梦中遇到过同样的事情，我有几次就梦见我的祖母还活着，还在梦里遇见过活的阿尔弗雷多，他是帕科的一个朋友，比他先去世。是人都会梦见死去的人还活着，我把这些东西写下来，并不是因为这个；我写是因为我知道，虽然我甚至说不清我究竟知道些什么。你看，每次我梦见阿尔弗雷多，早上一刷牙事情就过去了。会留下一丝忧伤，记起陈年往事，但接下来一天的工作里就不会再有阿尔弗雷多了。帕科就大不相同，他好像随我一道醒来，有能耐把夜里那一连串鲜活的事情立即消溶干净，继续存活下来，活到梦醒之后，把梦里的种种幻想一一消除，一直陪你冲完澡读完早报，这本事就不是阿尔弗雷多或其他什么人在大白天里能够拥有的了。他一点儿都不会在意我此刻想起来他的弟弟克劳迪奥曾经来找过我，说他病得很重，也不会在意接下来会发生些什么，会不会像所有的梦一样消失干净，在我的记忆中这些事情虽已模糊不清，却依然实实在在，像是身体留在床单上的印子。我当时能知晓的无非就是，做梦只不过是某种不同的一部分，某种叠加，某种范围转换，这种表达未必正确，但要是我想进入它，想身在其中，就同样必须叠加或违背惯常的表达。泛泛而谈吧，就像我此刻感觉到的一样，帕科还活着，尽管他很快就要死去，如果说我知道点儿什么的话，我知道这件事里没有任何超自然的成分。我对有没有鬼魂有自己的看法，可帕科并不是鬼魂，他是一个人，仍是他直到三十一年前一直都是的那个人，是我的同学，我最要好的朋友。他不必一次又一次地出现在我的身边，从做第一个梦开始，我就知道他还活着，至于是在梦的那头还是这头，都不要紧。重要的是，我又一次被悲伤击倒，就像在里瓦达维亚大街的那些夜晚，我眼见他在疾病面前一步步退却，疾病从他的内脏开始，一点一点蚕食着他，一次完美的折磨，不慌不忙地把他消磨殆尽。每个梦见他的夜晚都是一模一样的，只是同一主题的变奏。这样的重现是骗不了我的，我现在得知的这些东西其实是从一开始就知道的，要从五十年代的巴黎算起，离他在布宜诺斯艾利斯死去才过去十五年时间。不错，在那个年代，我一直很注意保持身体健康，连刷牙都特别小心。帕科，那时我推开了你，但我身上有种什么东西在告诉我，说你和阿尔弗雷多不一样，也和我认识的其他死人不一样，你没在那里。在梦的面前，人可能变成混蛋或懦夫，也许就因为这个你才回来，不是为了寻什么仇家，而是回来证明给我看，说这一切都是徒劳的，你还活着，只是病得很厉害，快要死了，说不定哪天夜里克劳迪奥就会回到梦里找我，趴在我肩膀上哭上一鼻子，说帕科病了，我们能做点儿什么不，帕科病得可不轻。

　　他一脸的尘土，好长时间没晒过太阳的样子，恐怕连第十一街咖啡馆的镜子都没照过，他过着大学生那种夜游神生活，三角脸上没一丝血色，天蓝色的眼睛水盈盈的，嘴唇因为发高烧起了皮，身上有股肾炎病人甜丝丝的气味。他的笑容很虚弱，说话声音小得不能再小，每说一句话都要停下来喘上半天气，说不出来的时候就用表情或是用一个嘲讽的鬼脸代替

　　你看见了吧，我说的知道了的就是指这个，只是样子变了好多。时空假想、N维空间让我厌烦，更不要说那些神秘主义的黑话、星际生命和古斯塔夫·梅林克①了。我不会出去寻找什么，因为我有自知之明，知道自己缺少幻想的本事，说得好听点儿，没有本事进入新的领域。我只能待在这里，做好准备，帕科，把梦中我们又一次共同经历的那些事情写下来。如果有什么我能帮到你的地方，那就是让你知道你不仅在我的梦里，还在那里，但究竟是哪儿，又是怎么……我只知道在那里你还活着，只是有点受罪。关于这个那里到底是哪里，我无可奉告，只知道不管是在梦里还是醒来之后，它都

---

①古斯塔夫·梅林克（Gustav Meyrink，1968-1932），奥地利作家，代表作《傀儡》。

在那里，一个无法把握的地方；因为我每次看见你的时候，都是在睡梦之中，无法思考，而我思考的时候，又都是醒着，只能思考；形象和思考不可兼得，只能在那里，可究竟是哪儿，又是怎么……

　　重新读一遍就意味着要低下头来，再点上一根烟，扪心自问，在这台打字机上敲敲打打究竟有什么意义，又是为了谁，请告诉我，有谁能不耸耸肩，把这些玩意儿飞快地塞进某个格子里，贴上一个标签，然后就转到下一件事情，下一个故事

　　而且，帕科，这到底是为什么呢。这一点我要把它留到最后再写，这是最难写的部分，是一场叛乱，一种对发生在你身上的事情的憎恶。你想象一下，我从不相信你会在地狱里，如果我们能就此谈谈心，那我们俩一定会觉得这想法很滑稽。可这里面总该有个原因，不是吗，你应该问问自己，为什么你还活着，既然你一定会死去，既然克劳迪奥还会再来找我，既然刚才我还想顺着里瓦达维亚大街的楼梯跑到你的房间里去，找见那个病快快的你，找见脸上没有一丝血色却有一双水盈盈的眼睛的你，找见咧开苍白干裂的嘴唇冲我微笑的你，找见向我伸出薄得像一张纸似的轻飘飘的手的你。还有你说话的声音，帕科，我那么熟悉的声音，虚弱地吐出一句问候或是一个玩笑。当然，你不可能在里瓦达维亚大街的家中，我人在日内瓦，也不可能登上你在布宜诺斯艾利斯家中的楼梯，这就是做梦的好处，每次醒来，所有的形象就都化为乌有，只有你会留在这边，你不是一场梦，你只是在一个又一个的梦境里等候我，就像人们会

在车站或是咖啡馆里约会那样，它的另外一个好处几乎已经被我们遗忘，现在开始发挥作用了。

　　怎么说呢，怎么才能继续下去呢，把理性打得粉碎，一遍遍地说这不仅仅是一场梦，说既然我在梦里看见他，就像看见我认识的其他任何一个死人一样，那是因为他不一样，里面也好，外面也好，他就在那里，他活着，尽管

　　我见到的他，我听说的他：疾病缠身，三十一年来他留在我记忆中的最后的样子，现在的他就是这个样子，就是这样

你不是又生病了吗，你不是又要死了吗，怎么活过来了？等你死的时候，帕科，我们俩之间会发生什么事情呢？我会知道你已经死了吗？我会做梦吗？只有在梦里我才能见到你，我们会再一次将你埋葬吗？然后呢，等我不再做梦了，我能知道你确确实实是死了吗？因为好多年以来，帕科，你就活在我能遇见你的地方，只是你的生命没了价值，凋零了，这一回你病的时间比以前要长得多，一病就是几个星期，甚至几个月，不是在巴黎，就是在基多或日内瓦，这时克劳迪奥会过来拥抱我，克劳迪奥那么年轻，那么幼小，他趴在我的肩头静静地哭泣，告诉我你身体不好，让我上楼去看看你，有时候这地方会是一家咖啡馆，可几乎总得爬上楼房里窄窄的楼梯，那座楼现在已经被推倒了，一年前，我坐在出租车上，经过第十一街的时候，我看到了那片街区，我知道那座楼已经没有了，那里已经变了模样，那扇大门和那条窄窄的楼梯都不见了，原来它是通向

二楼的，通向那有着高高的天花板和发黄的墙壁的房间，几个星期过去了，几个月过去了，我又想起来了，得去看看你，或者在别的什么地方碰见你，即使见不到你至少能知道你身在何方，这种事从来没个结局，无头无尾，我只要一睡着，无论是以后在办公室里，还是现在坐在这里打字，你都活着，可这又是为了什么呢，你活着，是因为什么呢，帕科，你就在那里，可究竟是哪里，是在哪里，又到什么时候为止呢。

　　风可以作证，一小堆一小堆的灰烬可以作证，铁证如山；最不济还可以用话语来作证，用一堆云山雾罩毫无用处的话语，用一些还未曾阅读就先贴上的标签，一锤定音的标签
　　邻国领土的概念，隔壁房间的概念，隔壁时间的概念，都是，也都不是，在非此即彼的缝隙间藏身是最容易不过的了。就好像一切都取决于我，取决于从一个表情一次变化之中得到的什么简单密码，但我知道这不可能，我也是被生命禁锢在我自己当中，我来到了边缘，只是
　　换一种说法，坚持：哪怕只是为了一线希望，去寻找一家深更半夜的实验室，寻找一种谁也不会相信的炼金术，变形

要让我去到远方，走别人为了寻找他们的死人走过的路，不管是去找信仰、找蘑菇还是去找那些形而上的理论，我都不在行。我知道你并没有死，就像我知道三条腿的桌子没什么用；世上有高瞻远瞩的智者，可我不会去向他们求教，因为他们自有一套法则，在

他们眼里我就是个傻瓜。我只能立足于我知道的东西，走自己的路，就像你也在走你自己的路一样，只不过你在这条路上显得小小的，病快快的，你一点都没来麻烦我，什么都没向我要，但正因为我知道你还活着，你也在一定意义上依赖我，但虽然你早已不属于这片区域，这链条上有一个环，还把你和它联系在一起，支撑着你，天知道这是因为什么，又是为了什么。所以我在想，会不会有时是你需要我，这时克劳迪奥就会出现，或者我就会突然遇见你，不是在我们曾经一起打过台球的咖啡馆里，就是在楼上的房间里，我们曾在那里一起听拉威尔的唱片，阅读费德里科或是里尔克的书，知道你还活着使我感到一阵眼花缭乱的狂喜，它远远强过你那苍白的面孔和冰冷无力的手留给我的印象；因为在见到你的梦里，我不会像看见阿尔弗雷多或胡安·卡洛斯时那样自欺欺人，这次的狂喜不一样，它不是那种醒来之后满脑子的沮丧，明白不过是黄粱一梦，我醒来的时候你还在，什么都没有变，只是我看不见你了，我知道你还活着，就在那里，你就在这片土地上，而不是在什么天国或令人作呕的净界；在我写下这些文字的时候，这狂喜没有消失，它就在这里，它和我看见你病得这么厉害的伤心一点儿也不矛盾，它就是希望所在。帕科，我之所以把这些写下来，是因为我还满怀希望，就算每次都是老样子，通向你房间的楼梯没有变样，我们在咖啡馆打台球的时候两次连击之间你总会告诉我，说你生病了，不过快要好了，一面还会装出一个不自然的微笑来哄骗我，还希望事情能变个样子，希望克劳迪奥不要再来找我，哭哭啼啼地抱着我，求我来看看你。

哪怕只是为了能在他死去的时候再一次待在他身边，就像十月里的那个晚上，身边有几个朋友，天花板上吊着一盏冷冰冰的电灯，最后注射的那针可拉明，袒露着的冰冷胸膛，一双眼睛睁得很大，最后还是我们当中的一个人哭着给他合上的

你要是看到我的这些文字，准会认为我在编瞎话。这都无所谓了，反正很久以来大家都把我真实的经历当成是我凭空想象出来的，当然，也有反过来的时候，把我想象出来的东西当成了我的真实经历。你瞧，我有时提到这个城市，在那里我从来没有碰见过帕科这个人，这城市隔一阵就会出现在我的梦里，它就像是这么一个所在，在那里死亡可以被无限推迟，想寻找的东西总是模模糊糊，想约个人简直是痴心妄想。在这样的地方遇见帕科本应是再自然不过的事情，可我从来没有在那里遇见过他，而且我觉得也根本不可能遇见他。他有他自己的地盘，在他那个有条不紊的世界里，他就像是只猫，那里有里瓦达维亚大街上的房子，有带台球桌的咖啡馆，还有第十一街上的某个街角。也有这种可能吧，倘若我曾经在北方那座有许多拱廊还有一条小河的城市里遇见过他，我肯定会把他纳入我的寻找计划，纳入酒店里无穷无尽的房间，纳入沿水平方向移动的电梯，还有时不时袭来的捉摸不定的噩梦。那样一来，要想解释他的存在，想象他的存在就会变得容易一些，想象他存在于这样一种布景当中，不断修饰加工着自己的存在，再把它推进他的这场愚蠢游戏中去。可是帕科只活在自己的地盘里，他像一只孤独的猫，从

他那纯而又纯毫无杂质的小天地里探出头来；凡是来找我的都是他的人，要么是克劳迪奥，要么是他的父亲，也有一两次是他的哥哥。每每在他家中或是在咖啡馆里碰见他，从他水盈盈的双眼中见识到死亡之后，我从梦中醒来，一切都在清醒时的电闪雷鸣中消失了，唯有他留了下来，在我刷牙的时候，在我出门前听新闻广播的时候，陪伴着我。这时的他已不再是梦里透过一丝不苟的双凸透镜看到的形象（灰外套，蓝领带，黑色乐福鞋），而是千真万确又不可思议地继续待在那里，忍受着痛苦。

连一点点荒唐的希望都没有，比方说知道他活得开开心心的，在一场棒球赛上看见他，还是那样对在俱乐部里跟他跳过舞的女孩子们一往情深

小小的灰色幼虫，小小灵魂，柔弱无依，毛毯下冻得瑟瑟发抖的小猴，向我伸出一只傀儡般的手，这都是为了什么，又是因为什么

让你来亲身经历这一切，这我无论如何办不到。我为正在阅读这篇文章的你写下这些东西，是因为用这种办法可以打破障碍，如果你身边没有这样一只猫，也没有一个你曾经深爱过的死去的人，他们待的那个地方叫作"那里"，它的名字我已经没有耐心用纸笔写下来，那就让我用这种办法求求你，要找什么东西，最好还是到自己身上去找。我做这一切都是为了帕科，心想万一这篇东西或是别的什么能派上点用场，帮助他痊愈，或者干脆帮助他死亡，好让

克劳迪奥别再来找我，或者直说了吧，让我最终觉得这一切都不过是一场骗人的把戏，我只是在梦里见过帕科，还得让他明白为什么同样是抓住我的脚踝，他就比阿尔弗雷多、比我认识的其他死人要抓得紧一点。也许你此刻正在想这件事，难道你还有别的什么可想的吗，除非你也碰见过类似的人，反正从来没有人对我提起过这样的事情，我也希望你别遇见，我只是必须把这件事说出来，然后等待。把话说完我就上床睡觉，过着和大家一样的日子，尽量忘记帕科还在那里待着，忘记什么事都没有结束，因为明天，也可能是明年吧，我醒来的时候还会像现在一样知道帕科还活着，他呼唤过我，有求于我，而我却无能为力，因为他病了，快要死去。

一个叫金德贝格的地方

这个地方叫金德贝格，从字面上翻译是"孩子们的山冈"，或者"秀美的山冈"、"可爱的山冈"，换个说法吧，它是个小小的镇子，深更半夜，瓢泼大雨洗刷着车挡风玻璃，你到了这里，找到一家老式旅馆，回廊深深，里面一切都已准备停当，让你忘掉外面正风狂雨暴，终于有了这么个地方，可以换换衣服，躲避风雨，一切安宁。汤装在银质的大汤盆里端了上来，还有白葡萄酒，面包切开了，第一块给莉娜，她伸开手掌接了过去，像接受馈赠，也确实是一种馈赠。不知为什么，莉娜朝着面包上面吹了口气，她前额的刘海轻轻飘了起来，微微颤动着，仿佛从她的手掌和面包上回流过来的风揭开了一个微型剧场的幕布，仿佛从这一刻起，马尔塞洛就可以看见莉娜的思想、她脑海中的影像和回忆怎样一幕幕地上演，而此时的莉娜正面带微笑，轻轻吹着，一口一口啜着鲜美的汤羹。

可是没有，那光滑的、孩童般的额头没有丝毫变化，只有她的声音一块一块地把这个人拼接起来，于是莉娜有了最初的模样：智利人，哼着阿奇西普的曲子，指甲被啃过却很干净，衣服脏脏的，一看就是经常在路边搭顺风车、在农场或是青年旅社过夜。青年，莉娜笑了，像小母熊那样喝着汤，你肯定想象不出他们的样子，那都是化石级别的了，你听好了，那就是些跑来跑去的僵尸，像罗梅洛拍的恐怖片一样。

马尔塞洛正想问问是哪个罗梅洛，他还是头一次听说有这么一位罗梅洛，可还是继续听她说下去吧，他很乐于参加这样热气腾腾、热热闹闹的晚餐，就像从前他也很乐于待在一间带壁炉的房间里，一面听着劈柴噼啪作响，一面等候着某个有钱人用鼓鼓的钱包像个巨大的气泡一样把他保护起来，哪怕外面大雨倾盆打在气泡上，说到这个，他又想起了那天下午，雨可是打在莉娜白皙的脸上，那是在一条公路边上，黄昏已经降临在森林的边缘，瞧瞧这都是在什么地方等顺风车，然而，事情就这样发生了，再来点儿汤怎么样，小熊宝宝，多吃点儿，小心嗓子发炎，头发还是湿的，可壁炉早已点燃，噼啪作响，房间里有哈布斯堡王朝式的大床、落地穿衣镜、床头柜，窗帘都带着流苏，可你干吗跑到雨地里去，给我说说，你妈妈知道了准会揍你一顿。

僵尸，莉娜又重复了一遍，我就喜欢一个人到处走走，当然了，下雨怎么办，你别把这当成什么大不了的事，我这件外套是真正防雨的，也就是头发和腿上会有点儿湿，顶多如此，需要的话吃一片阿司匹林就行了。一筐面包吃得精光，重新上了满满一筐，小母熊又是一阵狼吞虎咽，这黄油太香了，那你又是干吗，怎么开着这么大一辆车在外面跑，为什么呢，喂，问你呢，阿根廷人？这里面有两个原因，一是因为机缘巧合，马尔塞洛想起来了，如果不是他在八公里外停下来喝了一小杯，这头小母熊此刻要么钻进了另外一辆车，要么就还在森林里待着呢，我是个经纪人，买卖预制件的，干我们这一行的就得到处乱跑，可这一次我是在两笔生意之间跑出来瞎玩玩。小母熊一脸认真，问道，预制件是个什么玩意儿呀，要说起这个话题那就太沉闷了，有没有什么更好的办法呢，总不能对她说自己是个驯兽师或者电影导演或者干脆说自己就是保罗·麦卡特尼吧：那才俏皮有趣。这话题太突然了，就像突然飞来了一只虫子或一只小鸟，可小母熊的刘海还在额头前晃来晃去的，有句跟阿奇西普有关系的俗话是怎么说的来着，所以你有他的唱片吗，说什么呢，哦，那就对了。马尔塞洛不无嘲讽地想道，我们得明白，在这种情况下，最正常的回答是他没有阿奇西普的唱片，这太蠢了，因为实际上他有阿奇西普的唱片，而且在布鲁塞尔的时候，有时还和玛尔莲一起听听，只是没有像莉娜那样把它生活化了，一边吃东西一边哼上几句，她的微笑里既有自由爵士的快乐又有满嘴土豆烧牛肉的欢愉，这个湿淋淋的搭顺风车的小母熊呀，我从来没有过这么好的运气，你真是个好人。我一贯是个好人，马尔塞洛答话的声音像手风琴一样浑厚，可惜就像球被击出了界外一样，没人理会，代沟呀，这是一只爱唱阿奇西普的歌的小母熊，她唱的不是探戈，朋友。

当然，刚刚到金德贝格的时候，有一些事情挠得他心里痒痒的，差点儿让他抽了筋，又酸又甜。酒店停车场设在宽大的老机场，一位老太太举着一盏颇有些年头的马灯给他们照路，马尔塞洛卸下了他的箱子和公文包，莉娜随身只带了背包和牙具。没到金德贝格之前莉娜就已经接受了一起吃晚饭的邀请，这样我们还能聊会儿天，天已经黑了，又下着大雨，继续往前走可不太妙，我们最好停在金德贝格，我请你吃晚饭，哦，谢谢，那太棒了，这样你还能把衣服晾晾干，我们最好在这里待到明天再走，老话是怎么说的，不怕大雨滂沱，只要家里有个老太婆，哦，可以可以，莉娜这样答道。接下来车开进停车场，穿过一排发出阵阵回响的哥特式长廊，通向前台，酒店里可真暖和，我们运气真好，刘海上还挂着最后一滴水珠，挂在背包上的女童子军小熊和好大叔，我去开两间房，这样吃晚饭前你可以把身上稍微弄干一点。那种痒痒的、又像下面有什么地方在抽筋的感觉就是在这会儿出现的，莉娜透过刘海看着他，开两间房，你傻不傻呀，开一间就行了。他没去看她，心里一股痒痒的感觉，说不清是舒服还是难受，照这么说，这是只鸡，这是好事儿呀，有小母熊有热汤还有壁炉，运气不坏呀，老伙计，这姑娘长得可真不赖。紧接着就见那姑娘从背包里翻出一条蓝牛仔裤，一件黑色套头衫，于是他转过身去，一面继续跟她聊着天，这是什么壁炉呀，还带香味儿的，这火里就像洒了香水似的，一面在箱子底下的一堆维生素、除臭剂、须后水当中给她找阿司匹林，你这是打算上哪儿去呀，我也不知道，我手里有封信，是要带给哥本哈根几个嬉皮士的，还有几幅画，是在圣地亚哥的时候塞西莉亚给我的，她告诉我那几个小伙子特棒，屏风是缎子做的，莉娜把湿衣服搭在上面，又把背包里的东西一股脑儿倒在了古色古香、画着金色阿拉伯图案的桌上，詹姆斯·鲍德温的书、面巾纸、纽扣、太阳镜、硬纸盒、巴勃罗·聂鲁达的诗集、小包的卫生巾，还有一张德国地图。我肚子饿了，马尔塞洛，你的名字真好听，我喜欢，我肚子饿了。那咱们去吃饭吧，反正你冲澡也冲了半天了，回头再来收拾背包吧。莉娜猛地抬起头看了看他，我从来不收拾东西，干吗要收拾呢，这背包就像我，像这趟旅行，像政治什么的，就这么乱七八糟的，有什么关系呢。小鼻涕孩儿，马尔塞洛想，他感到痒痒的，又快要抽筋了（喝咖啡的时候再把阿司匹林给她，这样效果更快些），可看来她不大喜欢说话时口气太生分，特别是称呼她 vos①，你这么年轻，怎么就这样一个人出门旅行呢，她正喝着汤，大笑起来：年轻，都是化石级别的了，你听我说，那顶多算是些跑来跑去的僵尸，就像在罗梅洛那部电影里一样。下一道菜是土豆烧牛肉，身体渐渐暖和起来，小母熊也一点一点重新开心，再加上葡萄酒，他胃里那种痒痒的感觉变成了愉快、惬意。就让她说蠢话吧，就让她继续解释她对这个世界的看法吧，这些看法好多年以前说不定他也有过，只是现在已忘得一干二净了，就让她从她那刘海后面的小剧场去观察他吧，有时她突然严肃起来，忧心忡忡的，过一会儿突然又哼起了阿奇西普的歌，说这样太棒了，待在一个能保护她的气泡里面，身上干干的，说她有一回在阿维农等顺风车等了五个小时，风大得把屋顶上的瓦片都吹下来了，我亲眼看见一只小鸟撞在树上，像块手绢一样落了下来，你听听，麻烦把胡椒粉递给我。

---

① 在西班牙语中，第二人称单数"你"是 tú，但在阿根廷用 vos 指称"你"。

这么说（这时服务员撤下了空菜盘）你打算一直走到丹麦对不对，可你身上带钱了吗？我当然还要走下去，那莴笋你不吃了吗？不吃就给我吧，我还有点饿。她用叉子把菜叶卷起来，放进嘴里慢慢嚼着，一面还哼着阿奇西普的歌，湿润的唇边时不时有银色的小气泡爆开，她的小嘴很美，恰到好处，就像文艺复兴时代画上的人物，我还是在秋天里和玛尔莲一块儿去的佛罗伦萨，这样的小嘴同性恋们最喜欢了，弯弯的，薄薄的，很性感，等等，你喝这瓶六四年的雷司令是不是有点上头了，她就这么边吃边唱，我已经不知道自己是怎么在圣地亚哥读完哲学课程的了，我想读的书太多，现在我该开始读点儿什么了。可想而知，可怜的小母熊，现在你开开心心地吃着莴笋，谈论着计划要在六个月里读完斯宾诺莎的著作，中间还要穿插着艾伦·金斯伯格，还要唱阿奇西普的歌，从现在到咖啡端上来，你究竟还有多少不着边际的话要说。（到时候别忘了把阿司匹林给她，我这会儿打了喷嚏，这倒是个麻烦事儿，那个小鼻涕孩儿，头发湿湿的，刘海贴在了脸上，在公路边上被大雨劈头盖脸地浇着。）然而阿奇西普唱完了，土豆烧牛肉也吃完了，好像一切都慢慢有了点变化，还是那几句话，还是斯宾诺莎和哥本哈根，却有了点不同，莉娜坐在他的对面，切着面包，喝着葡萄酒，高高兴兴地看着他，像是离他很远，又像是离得很近，换了个晚间的话题，其实离得远近都不是理由，这更像是一种展示，莉娜向他展示出自己的另一面，可那又怎么样呢，给我讲点儿什么吧。又是两片格鲁耶尔乳酪，你怎么不吃呢，马尔塞洛，这东西可好吃了，你什么都没吃呀，傻瓜，你太爱摆谱了，你就是个爱摆谱的人，不是吗？你在那里抽烟，抽呀抽呀，什么东西都不吃，我跟你说话呢，再来点儿葡萄酒吧，好不好？吃了这种奶酪，你想想看，就得来点儿葡萄酒才好消化，来吧，再吃点儿什么，再来块面包吧，说起吃面包，你恐怕都不敢相信，所有的人都说我吃面包会发胖，还真是的，这不小肚子已经有点儿起来了嘛，看是看不出来，可确实是起来了，嘻嘻。

指望从她嘴里听到几句靠谱的话简直太难了，可话又说回来，为什么一定要指望这个呢（因为你就是个爱摆谱的人，不是吗？）鲜花和甜点之间放着一辆带轮子的小车，上面堆满了面饼、蜜饯、蛋白酥，莉娜有点眼花缭乱，眼神像在盘算着该吃点儿什么，小肚子，不错，都说你会发胖，也不错，这个上面奶油多一点，你为什么不喜欢哥本哈根，马尔塞洛。问题是马尔塞洛根本没说过不喜欢哥本哈根，他只说过下这么大的雨，背着个背包，走上好几个星期，最后多半会发现那几个嬉皮士已经去了加利福尼亚，难道你不觉得这根本不算什么吗，我跟你说过，我根本不认识他们，只是在圣地亚哥的时候塞西莉亚和马尔科斯交给我几幅画，托我带给他们，还有这张唱片《发明之母》，这里会不会有个留声机，要不要我放给你听听？也许时候不早了，在金德贝格这种地方，你想想看，几乎还停留在吉普赛人弹吉他的年代，突然来上这么一群什么之母，好家伙。想想都受不了，莉娜嘴边满是奶油，黑色套头衫下面肚子鼓鼓的，大笑起来，一想到那群什么之母在金德贝格上空嚎叫，想想酒店老板的面孔，想想刚才胃里痒痒的感觉变得热乎乎的，两个人都笑个不停，他在心里问自己，这姑娘会不会不太容易上手，会不会到头来床上横着一柄传说中的利剑，或是卷起一个枕头把两人隔开，就像一排道德的屏障，一柄现代的利剑，阿奇西普，好了，你已经打喷嚏了，吃一片阿司匹林，咖啡马上就端上来了，我再去要点儿白兰地，这玩意儿能促使水杨酸发挥作用，这个法子我是从靠得住的人那里学来的。其实他并没有说不喜欢哥本哈根，可小母熊好像能听出他的弦外之音，就像他十二岁那年爱上女老师的时候一样，面对那醉人心脾的嗓音，想暖和暖和，想被抱抱，想有人摸摸自己的头发，说不说出来又有什么要紧的呢，多年以后，精神分析学说解释道，这是一种痛苦，呸，这是对子宫的怀念，反正一切都起源于我们漂浮在某种液体之上的时候，《圣经》里也是这么说的，花了五万比索才把眩晕症治好，可面前这个小鼻涕孩儿正当面把她自己撕成一小块一小块的，阿奇西普，可你要是就这样把她生吞下去，准会卡在嗓子眼儿里的，这个大傻妞。她正搅动着咖啡，突然抬起目光，专注地看着他，目光里又充满了敬意，当然了，如果她就这样拿他开玩笑的话，会付出双倍代价的。说真的，马尔塞洛，我喜欢你，你总摆出一副医生和爸爸的模样，你别生气，我总是这样，该说不该说的一下子都说了出来，你别生气，可我根本就没有生气，傻丫头，你刚才就是生气了，生了一小点儿气，就因为我说你像医生像爸爸，我不是这个意思，可就在刚才你说到阿司匹林的时候，你真的特别好，你瞧，我都忘了，你还记着这事儿，给我找来了阿司匹林，你说我有多离不开你呀，你还长得有点儿喜庆，看我的时候摆出一副医生的架势，别生气，马尔塞洛，这白兰地加在咖啡里太香了，准能让人睡个好觉，你懂的。是这样的，我早上七点钟就上了路，搭了三辆轿车一辆卡车，总的来说还是很不错的，虽然最后遇上了大风大雨，可就在这时马尔塞洛从天而降，接下来又有金德贝格，还有白兰地，阿奇西普。她伸出一只手摊在满是面包渣的桌布上，他轻轻摸了摸她的手，对她说，没有，他没有生气，因为现在他知道了，一切都是真的，自己这种无微不至的关心真的感动了她，他从口袋里掏出药片和说明书，多喝点水，别让药片粘在嗓子眼儿里，再喝点儿加白兰地的咖啡。他们一下子就成了好朋友，而且是那种真正的好朋友，壁炉里的火一定把卧室烘得比这儿还要暖和了，女侍者这会儿准会把床单叠得整整齐齐的，在金德贝格这样的地方一定会这样做的，这就像是一种古老的仪式，欢迎疲倦不堪的旅行者，欢迎那些打算穿着一身湿衣裳跑到哥本哈根去的傻瓜小熊，那然后呢，什么然后不然后的，马尔塞洛，我告诉过你的，我不喜欢被束缚，不喜欢不喜欢，哥本哈根就像是一个男人，你遇见他，又离开他（哦），过一天算一天，我不相信什么未来，在我家里，一天到晚都在讲什么未来，一提到未来我就蛋疼，他也是同病相怜，他从小就没了父亲，是叔叔罗贝托把小马尔塞洛养大的，罗贝托叔叔亲切但强势，得想想将来，孩子，罗贝托叔叔那点儿退休金真是少得可怜，我们需要的是一个强势的政府，现在的年轻人只知道玩，见鬼，在我们那个年代，那可不一样，小母熊把一只手摊开放在桌布上，她为什么要用这样愚蠢的方式来招惹我呢，又为什么要回到三〇年或是四〇年的布宜诺斯艾利斯去呢，哥本哈根多好，是呀，最好还是去哥本哈根，那儿还有嬉皮士，大雨中，公路边，他先前可是从来没有这样搭过车，几乎没有吧，上大学前有过一两次，后来他有了钱可以挥霍，也有钱做新衣服了，有一回，几个小伙子打算凑钱租一条帆船，开到鹿特丹得三个月的时间，捎上些货，还要停上几个港口，一共要差不多六百比索，帮船员们干点杂活，热热闹闹的，咱们肯定去嘛，这是大家在第十一街的红宝石咖啡馆里说的话，肯定去，莫尼托，可是先得凑够六百块钱才行，这可不是件容易事，就那么点儿工资，抽抽烟，泡个妞，很快就没了，后来他们见面越来越少，帆船的事也再没人提，要多想想将来，孩子，阿奇西普。唉，又来了；来吧，你该休息了，莉娜。好的，医生，可是能不能稍微等一会儿，你瞧，我这杯子里还剩了一点白兰地，温温的，你尝一尝，对了，是不是温温的。他回忆红宝石咖啡馆时想起了一件什么事，本来要对她讲的，到底是什么事他也说不清了，莉娜却又一次从他说出口的蠢话里猜到了他真正想表达的意思，比方说，什么阿司匹林呀，你该休息了，或是你干吗要到哥本哈根去呀，此刻，一只热乎乎的、白皙的小手就在他的手下面，其实，只要有六百块钱，只要有蛋在，只要有诗歌，哪里都可以成为哥本哈根，哪里都可以被当成帆船。莉娜瞟了他一眼，飞快地垂下眼帘，就好像刚才说的那些东西都在桌面上，在面包渣中间，在时间的垃圾中间放着，又好像他已经把一切都说出了口，而不是反复说着同样的废话，什么来吧，你该去睡觉了，连自然而然地说"咱们"都不敢：来吧，咱们去睡觉吧，莉娜舔舔自己的嘴唇，想起了几匹马的故事（也可能是奶牛，她只听到了那故事的结尾），说的是有几匹马突然受了惊，在田野上飞跑，有两匹白马，还有一匹枣红马，你不会知道，在我几个叔叔的庄园里，下午迎着风策马飞奔是种什么感觉，跑到很晚才回来，累得筋疲力尽，当然了，挨骂是免不了的，什么假小子呀，反正总是那一套，等我把这一小口喝完，好了，总是那一套，她看着他，刘海在风中飘扬，就像在庄园里策马飞奔一样，她往自己鼻子那里吹了口气，因为那白兰地度数太高了，这姑娘准是脑子不够用，刚才在黑乎乎的长廊里，她兴高采烈地，身上到处滴着水，自己给自己出了个难题，开两间房，你傻不傻呀，开一间就行了，当然，都是为了省些钱，但她也一定知道，说不定她已经习惯甚至期待着每一段行程会有这样一个尾巴，可最终会不会并非自己想的那样，因为这会儿看上去又有点不大像了，如果事到临头大失所望，床中间现出一把利剑，如果最后有一个人要睡到角落里的长沙发上，以他这样一个绅士，当然是他去睡了，别把小披肩忘了，我从来没有见过这么宽敞的楼梯，这地方以前一定是座宫殿，一定有伯爵在大蜡烛台下面举办舞会什么的，还有这些大门，你瞧瞧这扇大门，难道这就是我们的房门，上面还画着鹿群和牧人，真是不敢相信。瞧瞧这壁炉，红红的火苗都飘出来了，这张大床白得不能再白了，大窗帘把窗户封得严严实实的，真棒，太好了，马尔塞洛，我们怎么舍得就去上床睡觉呢，等一等，至少我得让你看看这张唱片，封皮好看极了，你们不管谁看了都会喜欢的，就在这底下放着的呀，和那几封信还有地图放在一起的，不会丢了吧，唉。明天再给我看吧，你真的快感冒了，快把衣服脱了，我把灯关了吧，这样我们可以好好欣赏欣赏炉火，哦，好主意，马尔塞洛，多漂亮的火苗呀，聚在一起就像在跳加托舞，你再瞧瞧那火花，黑暗里看上去真美，真舍不得去睡觉，他把西服搭在圈椅靠背上，走到还一直对着壁炉喃喃低语的小母熊身边，在她身边脱下鞋，在炉火前坐下，看着忽明忽暗的火光照在她披散下来的头发上，帮她脱下衬衣，又去找她胸罩上的搭扣，他的嘴唇紧贴着她赤裸的肩头，双手在火光中摸索着，小鼻涕孩儿，小傻瓜，最后，他们全身赤裸，站在炉火前，亲吻着，什么白得耀眼的大床，冰凉冰凉的，去它的吧，火光映在皮肤上，暖暖的，莉娜双手环绕在他背后，吻着他的头发、他的胸膛，两个身体互相迎合，互相探索，低低的呻吟，急促的喘息，还有句什么话要对她说来着，必须要对她讲的，在欲火焚身、共度良宵之前必须得问她的，莉娜，你这么做不是出于感激，不是吧？本来搂在他身后的那双手鞭子般地甩到他的脸上，扼住他的喉咙，又猛地抓住他，当然并没有伤害到他，是那种又甜蜜又疯狂的抓捏，别看她一双手小小的，抓起人来可是结结实实，仿佛一声低低的哭泣，又像一声娇嗔，声音里还带着一丝怒气，你怎么能这样问我，你怎么能这样问我，马尔塞洛，既然这样，那就算是吧，这样大家心里都踏实，原谅我吧，宝贝儿，原谅我说的那话，原谅我，小甜心，原谅我吧，嘴唇重又凑拢，火焰再次燃起，激情的抚摸，湿润的双唇，肌肤相亲或是发梢掠过时，雨点般的狂吻落在眼皮上时，任何话语都是多余的，只有一次次的躲闪和一次次的得寸进尺，渴了拿一瓶矿泉水就着瓶口你一口我一口，好久好久，才有只手摸摸索索打开了床头柜上的台灯，他有种冲动，想扔条三角裤衩或是随便什么东西过去，把灯罩遮起来，让光线变得柔和一些，他想好好看看莉娜的背影，看看这只侧身而卧的小母熊，小母熊趴在床上，皮肤轻盈柔软，莉娜向他要了支烟，靠在枕头上坐起身来，你很瘦，浑身都是汗毛，阿奇西普，等一下，我看看毯子跑哪儿去了，我给你盖上点儿，你看，就在床尾那儿，我怎么觉得那毯子边上有点烧焦了，我们怎么一点没察觉呢，阿奇西普。

后来，壁炉里的火慢慢暗淡下去，火光照在他们身上，越来越微弱，只剩下一缕金黄，水喝过了，烟也抽完了，大学里那些课真让人恶心，我都烦死了，我学到最好的东西都是在咖啡馆里，在电影开映前看的几页书里，在和塞西莉亚还有皮卢乔聊天的时候，他倾听着，红宝石咖啡馆，这多像二十年前的红宝石咖啡馆呀，那时我们读的是阿尔特、里尔克、艾略特和博尔赫斯，只有莉娜能做到，她能把顺风车当成帆船，在雷诺车或是大众车上设计着自己的行程，她是只小母熊，站在枯枝败叶当中，刘海被雨水打得湿湿的，可现在干吗要想起帆船和红宝石，她对这些一无所知，那会儿她恐怕还没出生呢，这个流鼻涕的智利小女孩儿，想的是浪迹天涯，哥本哈根，为什么从一开始，从喝汤喝白葡萄酒的时候，不知不觉地，他就把那么多陈年往事向她和盘托出呢，莉娜半睡半醒，顺着枕头溜了下去，发出一声叹息，活像只心满意足的小兽，一面还伸出手来摸了摸他的脸颊，你这个瘦子，我喜欢，你已经把所有的书都读完了吧，阿奇西普，我想告诉你，和你一起真不赖，你什么都在行，你的手又大又有劲，看不出来你还这么生龙活虎的，你一点儿都不老。照这么看来，小母熊觉得他还是生龙活虎的，比他的同龄人有生气，尽管有罗梅洛电影里的那些僵尸，尽管湿漉漉的刘海下面那小剧场里还在发问，这会是个什么样的人呢，那小剧场正慢慢滑向梦乡，她眯缝着双眼，看着他，他满怀柔情，又一次抱起了她，将她揽入怀中，再轻轻放下，听她嘴里嘟囔着，发出轻轻的鼾声，我困了，马尔塞洛，别这样，好了，宝贝儿，就这样，她的躯体轻盈而紧实，两条腿结结实实的，他不停地进击，她每次都报以双倍的回应，在布鲁塞尔遇见的玛尔莲可不是这样，那些女人和他一样，都久经阵仗，干什么事情都是一步一步有板有眼的，而她，这只小母熊，自有她的方法接受并且回报他的努力，可接下来狂风暴雨、莺啼燕唱刚一结束，她就迷迷糊糊进入梦乡，现在才知道，此处也有帆船，此处也是哥本哈根，他把脸埋进莉娜双乳间，就像在红宝石咖啡馆里一样，在莫尼托借给他的房间里，和玛贝尔或内莉达共度青春良宵，那才叫疾风暴雨，那才叫个快，刚一完事儿，她们马上就会说，我们干吗不到市中心去兜一圈呢，给我买几块糖果，万一老妈知道了的话。那时候可不像现在，那时候，做爱的时候可不会拿面镜子比较你的过去，照出你年轻时的一张老照片来，莉娜可是当着他的面夸他年轻的，一面还抚摸着他，阿奇西普，请再给我递杯水，咱们睡吧；就是她，一切都是她起的头，实在是荒唐至极，最后，在互相抚摸喃喃低语中，他们都进入了梦乡，小母熊的头发在他脸上拂来拂去的，好像她身上有种什么东西想把一切都擦拭干净，让他醒来的时候变回原来的马尔塞洛，他醒来的时候已经九点了，莉娜坐在沙发上梳头，嘴里还哼着什么曲子，她已经穿戴整齐，准备再次上路，再次经历风雨。他们没太多交谈，早餐吃得很简单、很快，那天出了太阳，在开出金德贝格很远之后，他们停下来喝了杯咖啡，莉娜要了四块方糖，她一脸无辜，心不在焉的，满满都是超凡脱俗的幸福感，那就是说你是知道的，你别生气，告诉我你不会生气，你当然不会生气的，随便说点什么都行，比方说你需要点什么，话已经到了嘴边，就像那几张钞票等候着被抽出钱包派上用处，被他及时打住了。不等他把话说出口，莉娜的一只小手怯生生地放进了他的手中，刘海遮住了她的双眼，最后她问他能不能再跟他走上一小段，哪怕不同路也没关系，能有什么关系呢，和他再多待一小会儿，因为在他身边的感觉真好，这么好的太阳，能多待一会儿多好呀，找个林子，咱们睡上一小觉，我给你看看那张唱片，还有那几张画，如果你愿意的话，待到晚上也行，她觉得他会答应的，他会愿意的，没有任何理由可以让他说不，然而，他慢慢地抽开了手，对她说不行，最好别这样，这里是一个宽阔的十字路口，你在这儿很容易找到车的，小母熊仿佛突然被什么击中，变得疏离、顺从起来，埋下头去，吃掉方糖，又看着他付了款，他站起身来，帮她取来背包，在她头发上吻了吻，转身离去，一阵狂怒的换挡之后，在她眼前消失了，五十，八十，一百一，预制件经纪人的前方一路畅通，这条路上没有哥本哈根，只有路边壕沟里朽烂了的帆船，有薪资越来越高的职位，有红宝石咖啡馆里听见的港口汩汩的水声，转弯的地方会有棵孤零零的芭蕉树的影子，还有那棵树干，他以一百六十的速度迎头嵌了进去，脸深深埋进了方向盘里，就像莉娜把脸埋下去一样，小母熊吃糖的时候，总是这样把脸深深地埋下去的。

塞韦罗的阶段

纪念蕾梅蒂奥斯·巴洛

　　一切仿佛静止了，被冻结在自己那一瞬的行动、气味和形状之中，随即又因一阵阵烟雾和夹杂在抽烟与饮酒间的低语声，改变了模样。贝贝·佩索阿已经在圣伊西德罗的赛马场下了三份注，塞韦罗的妹妹在一块手绢的四角缝了四个硬币，准备等塞韦罗睡着的时候能派上用场。我们人还不算很多，可房子突然显得有点小，一句话和下一句话之间常常会有两三秒钟的停顿，仿佛有个透明的立方体悬在它们之间。在这样的时刻一定会有些人和我一样，觉得这一切虽说都很必要，还是使我们很替塞韦罗、替塞韦罗的老婆和这么多年的至交好友伤心。

　　我们是大约夜里十一点钟一起到的，伊格纳西奥、贝贝·佩索

143

阿还有我弟弟卡洛斯。我们算是家人吧，特别是伊格纳西奥，他和塞韦罗就在一个办公室上班，进门的时候大家都没太注意我们。塞韦罗的大儿子请我们进到卧室里去，但伊格纳西奥说我们想先在餐厅里待一会儿。屋子里到处都是人，亲朋好友都不想打搅别人，要么在角落里找个地方坐下来，要么在餐桌或是餐边柜旁聚聚，聊聊天，互相打个照面。每过一会儿，塞韦罗的儿女或者妹妹就会送来咖啡或是烈酒，每到这时，大家便都静止下来，仿佛被冻结在自己那一瞬的行动中，记忆中总是会响起那句蠢话："天使经过了。"可接下来，尽管我会发表几句评论，说那个黑小子阿科斯塔在巴勒莫赛马场连胜两轮，伊格纳西奥也会去摸摸塞韦罗的小儿子鸡冠式的头发，我们都感觉得到，说到底，那种静止还在继续，大家好像都在等候着什么，也许是等候已经发生的事情吧，至于到底会发生什么，那就是另一回事了，也有可能什么都不会发生，就像做了一场梦。可此刻的我们都十分清醒，每过一会儿，虽然我们都不情愿去听，却总能听见塞韦罗老婆的阵阵哭声，那哭声从客厅一个角落传来，怯生生的，有几位至亲在那里陪伴着她。

在这种情况下，通常人们会忘了时间，或者按照贝贝·佩索阿笑着说的，恰恰相反，是时间忘了人们，可没过一会儿塞韦罗的弟弟过来告诉我们说，马上就到出汗的阶段了，我们纷纷把烟头掐灭，一拥而入，进到卧室里。卧室的确能容得下我们这么多人，因为除了一张床和一个床头柜，所有的家具都已经被撤出去了。塞韦罗背后垫了几个枕头，坐在床上，床尾放着一条蓝哔叽布床罩和一条天蓝色的毛巾。这里完全不需要保持肃静，塞韦罗的兄弟们满脸热情地（他们可真是些好人）邀请我们到床跟前来，塞韦罗双手交叉放在膝盖上方，我们围在他的身旁。他最小的儿子，才那么点儿大，也在床边，睡眼惺忪地看着他的父亲。

出汗阶段比较麻烦，因为一直要换床单换睡衣，有时候甚至连枕头都湿透了，死沉死沉的。据伊格纳西奥说，塞韦罗和别人不一样，换作别人早就烦躁得不行了。但塞韦罗一动不动，看也没看我们一眼，顷刻间，汗水就布满了他的脸庞和双手，膝盖那里也显出两大团暗暗的阴影，尽管他的妹妹随时替他擦去脸颊上的汗珠，汗还是不断冒出来，落在床单上。

"这还算是好的了，"伊格纳西奥已经移到了门旁，"他要一动弹的话更糟糕，会和床单粘在一起的，那可就麻烦了。"

"爸爸性子很平和，"说这话的是他的大儿子，"他不是那种会劳烦别人的人。"

"马上就完。"塞韦罗的老婆走了进来，带着件干净睡衣和一套床单。我想，此刻大家一定都对她心怀无上的敬意，因为刚才她还在那里哭泣，现在却能过来照顾她的丈夫，而且她脸上只有安宁、镇静，甚至是活力。我猜想一定是有几位亲戚给塞韦罗说了不少打气的话，这时我已经回到门厅里了，他的小女儿给我端来一杯咖啡。我本来想对她说几句话，给她宽宽心，但这时有旁的人进来了，小曼努埃拉有点儿腼腆，她大概以为我对她有什么意图，我还是别让她有这种念头为好。贝贝·佩索阿可不像我，他在人群间东窜西跑，如入无人之境，现在，他、伊格纳西奥还有塞韦罗的弟弟，和几个表姐妹还有表姐妹的女友结成了一团，在讨论要不要煮上一杯苦苦的马黛茶，这会儿给塞韦罗灌下去，肯定对他大有好处，因为他吃了烤肉，在肚子里不好消化。可到后来什么也没做成，因为我们再次陷入了那种行动冻结的静止时刻（我还是要说，虽然什么变化都没有，我们还是在那里聊着天，挥舞着手臂，不过事情就这样发生了，总得提一提吧，给它找个理由，或是起个名字）。塞韦罗的弟弟提着一盏乙炔灯走了过来，他在门口对我们预告，蹦跳阶段马上就要开始了。伊格纳西奥一口喝完杯中的咖啡，说今天夜里的时间好像更匆忙了。他们几个人围在床跟前，和塞韦罗的老婆还有小儿子在一起，小儿子在笑，因为塞韦罗的右手晃来晃去的，活像个节拍器。他老婆已经给他换上一件白颜色的睡衣，床上重新铺得整整齐齐。我们闻到了古龙水的香味，贝贝冲着小曼努埃拉露出了夸奖的表情，洒古龙水肯定是她的主意。塞韦罗第一次蹦起来，落下来坐在床沿，看着他的妹妹，妹妹正微笑着给他鼓劲，只是笑得有点儿傻，有点儿装。有必要吗，我想，我情愿看到每件事情都不掺假；对塞韦罗来说，他妹妹给不给他鼓劲有什么区别吗？蹦跳一次接着一次，很有节奏感：有时落下来坐在床边，有时坐在床头，有时坐到床的另一边，有时站立在床中央，有时又落在地下，落在伊格纳西奥和贝贝之间，落下来蹲在他老婆和他弟弟中间，还有几次坐到了门口的角落里，站在卧室的中央，反正总是落在两个朋友或者两个家人中间，正好落在空当里，其他人一动不动，只是用目光跟着他，看他坐在床边，站在床头，蹲在床中央，跪在床边，立在伊格纳西奥和小曼努埃拉之间，跪在他的小儿子和我之间，坐在床前。等到塞韦罗的老婆宣布蹦跳阶段结束，大家七嘴八舌地向塞韦罗表示祝贺，他自己反倒跟没事人似的。我记不起来最后是谁陪他回到床边去的，因为我们一刻都没耽搁，一面议论着这个阶段，一面出去解解渴，我和贝贝走到院子里，呼吸一点夜间的新鲜空气，一口气吹了两瓶啤酒。

我记得接下来那个阶段有了些变数，因为照伊格纳西奥的说法，应该是钟表阶段了，可这时我们听见从客厅那里又传来了他老婆的哭声，他大儿子几乎立刻就来到我们面前，告诉我们虫子已经飞进去了。我和贝贝还有伊格纳西奥用吃惊的目光你看看我，我看看你，变数向来是不能避免的，贝贝只是按照先前的惯例说出了这些阶段都有个什么样的顺序。按照我的想法，发生了变化，这谁都不会喜欢，可是，再一次走进房门的时候，我们都装出若无其事的样子，在塞韦罗床边围成一圈，他的家人觉得把床放在卧室中间更合适一些。

最后进来的是塞韦罗的弟弟，手里提了一盏乙炔灯。他关上了天花板上的吊灯，把床头柜挪到床尾。他把乙炔灯放到床头柜上的时候，我们大家都一声不吭，一动不动，看着塞韦罗在枕头间支起身子，看上去不像是刚经历过前面几个阶段的疲惫光景。虫子从门口飞进来，原来歇在墙壁上或天花板上的虫子和新进来的合到一起，围着乙炔灯上下盘旋飞舞。塞韦罗眼睛睁得老大，盯住那越来越庞大的灰色旋风，眼睛一眨不眨，仿佛集中起了全身的气力。一只小飞虫（个头特别大，我感觉这应该是一只大飞蛾，可在这个阶段我们只说是小飞虫，没人会去为它正名）离开了小飞虫群，直冲着塞韦罗脸上飞去；它落在了塞韦罗右边脸颊上，塞韦罗闭了闭眼睛。小飞虫一只接一只地离开了灯，在塞韦罗身边盘旋，落在他头发上、嘴边、脑门上，把他变成一个簌簌抖动的巨大面具，面具上唯有一双眼睛还属于他自己，死死盯住那盏乙炔灯，那里还有一只小飞虫转来转去想找到一个口子飞进去。我感觉伊格纳西奥的手指死死掐住了我的手臂，直到这时我才发现自己早已抖作一团，一只手紧紧抠着贝贝的肩膀。不知谁发出了一声呻吟，是个女人，可能是小曼努埃拉吧，她的自制力比别人要差一些，就在这时，最后一只小飞虫也飞到了塞韦罗脸上，迅速消失在那灰蒙蒙的一群当中。所有人都发出一声尖叫，互相拥抱，互相拍打肩膀，这时塞韦罗的弟弟飞跑过去，打开了天花板上的吊灯；小飞虫结成一团云雾，笨头笨脑地向外飞去，塞韦罗的脸这才恢复了原状，他还死盯着那盏没了用处的乙炔灯，小心翼翼地动了动嘴唇，好像是怕嘴唇上那层银白色的粉末把自己毒死。

我没在里面待着，因为他们要给塞韦罗擦洗擦洗，而且有人已经说起了厨房里有一瓶果渣酒，此外，在这种情况下，一下子又回归正常（就用这种说法吧），总是怪怪的，会转移大家的注意力，甚至是能骗人。伊格纳西奥是个地里鬼，没有他不知道的地方，我跟在他身后，和贝贝还有塞韦罗的大儿子一起找到了那瓶酒。我弟弟卡洛斯在一条长凳上坐着，低头抽烟，喘着粗气，我给他带了一杯过去，他一饮而尽。贝贝·佩索阿坚持让小曼努埃拉也喝上一口，为此甚至答应带她去看电影看比赛；我一口接一口地喝着果渣酒，脑子里什么也不去想，直到最后实在喝不下了，才想起来去找伊格纳西奥，他抄着手，好像是在等我。

"要是刚才那最后一只小飞虫选择的是……"我说。

伊格纳西奥慢慢摇了摇头。自然，这话本不该问的，至少在那个时候不该问。我也不知道自己是否把事情的前因后果都弄清楚了，但我有一种感觉，好像有一个巨大的空洞，像一个空空的墓穴，在记忆的某个角落里慢慢地搏动，还有水珠在一滴一滴渗出来。伊格纳西奥摇摇头（远远地我似乎看见贝贝·佩索阿也在摇头，还有小曼努埃拉，她殷切地盯着我们，因为太脑腆了，才没有一起做出否定的表示），大家的判断力都停滞了，不愿意继续往下想；在绝对的现实世界里，事情就是这样，停留在它们正在发生的现在。这就是说，我们还可以继续，塞韦罗的老婆到厨房里来告诉我们，塞韦罗下面就该报数了。我们都放下还半满的酒杯，急匆匆赶了过去，小曼努埃拉走在贝贝和我中间，伊格纳西奥在后面，和我弟弟卡洛斯走在一起，卡洛斯不管到哪里去永远都是最后一个到。

卧室里亲戚们挤成一团，连落脚的地方都没有。我一进去（那乙炔灯在地上点着，就在床旁边，可电灯还亮着），只见塞韦罗站起身来，双手插在睡衣口袋里，看看他的大儿子，说了声："六。"看看他老婆："二十。"再看看伊格纳西奥："二十三。"语气很平静，中气十足，一点都不着急。对他妹妹他说的是"十六"，对他小儿子说的"二十八"，他对其他的亲戚说的几乎都是些大数字，直到轮到我的时候，他说了个"二"，我能感觉到贝贝斜了我一眼，嘴唇闭得紧紧的，等待他自己的数。可塞韦罗却对其他的亲戚朋友报开了数，几乎都是些比五大的数字，而且从不重复。差不多到了最后，他才对贝贝说："十四。"贝贝张开嘴，浑身颤抖，就像有一阵狂风从他眼前刮过。他搓了搓手，又有点不好意思，便把手插进了裤子口袋里。正在这时，塞韦罗说出了"一"，对象是个红脸膛的妇女，可能是个独自前来的远亲吧，她这一晚上几乎没跟人说过话。伊格纳西奥和贝贝猛地对视了一眼，小曼努埃拉靠在门框上，好像在发抖，她在克制着不让自己叫出声来。其他人已经不去关心数字了，塞韦罗还在自说自话，可大家已经七嘴八舌地说开了，连小曼努埃拉都缓了过来，往前走了两步，她的数字是九。这时已经没人再去管这些数字，最后剩下的两个数字是二十四和十二，分别落在了一个亲戚和我弟弟卡洛斯头上。塞韦罗自己好像也无所谓了，他向后退去，被他老婆挡住了，他的双眼闭得紧紧的，就像是对这事没了一丁点儿兴趣，或压根儿就不记得了。

"这当然就是在耗时间，"走出卧室时伊格纳西奥这样对我说，"数字本身什么都说明不了。"

"你这样觉得吗？"我把贝贝递过来的酒一饮而尽，问他。

"当然了，朋友，"伊格纳西奥答道，"你想，从一到二，可能要过多少年呀，十，二十，还可能更多。"

"没错。"贝贝表示支持，"我要是你的话，就不会在意这个。"

我想，我又没向他要酒喝，他主动给我端来了一杯，恐怕他是不愿意带着一大堆人一起到厨房里去。轮到他头上的是十四，伊格纳西奥是二十三。

"更别说还有钟表的阶段呢。"我弟弟卡洛斯不知何时站在了我的身边，把手搭在我肩上，"这个事儿也不太好懂，可能是有它的道理吧。要是轮到你的时候要把表往回拨……"

"那就多得点儿好处呗。"贝贝说着，从我手上接过了空杯子，仿佛是怕我把杯子掉在地下打了。

　　我们待着的门厅就在卧室旁边，所以当塞韦罗的大儿子过来告诉我们钟表阶段开始了，我们第一批走了进去。塞韦罗的脸仿佛一下子瘦了一圈，可那是因为他老婆刚给他梳了头，加上一股古龙水的气味，这玩意儿能给人增加点信心。我弟弟、伊格纳西奥和贝贝围在我身边，似乎是想给我壮壮胆，相反却没人去管那个中了一号头彩的女亲戚，她站在床尾那边，脸红得不能再红了，嘴巴和眼皮都抖个不停。塞韦罗看也没看她一眼，径直对小儿子说走过来点儿，小家伙没听懂是什么意思，傻笑起来，还是他妈妈一把抓起他的胳膊，摘下了他的手表。我们都明白这只不过是个象征性的动作，只要把表的指针拨快一点或是拨慢一点就行，不用管几点几分，因为走出房间我们都会把表再拨回去的。已经有好几位的手表被拨快或被拨慢了，塞韦罗机械地发布着指令，并不在意。轮到我的是把表拨慢，我弟弟又一次用手指掐住我的肩膀，这一回我倒是对他心存感激，我想的和贝贝一样，说不定可以多得点儿好处，可话说回来，这种事情谁也说不准的。那个赤红脸膛的女亲戚也是要把表拨慢，那可怜的女人擦去感激的泪水，这泪水说到底不会有任何作用的，她跑到院子里，躲在一盆盆花木之间，精神几近崩溃。接下来我们听见从厨房那里再一次传来了干杯的声音，还有伊格纳西奥和我弟弟互相祝贺的说话声。

　　"马上就要开始睡眠阶段了。"小曼努埃拉对我们说道，"妈妈让大家早做准备。"

　　其实也没什么可准备的，我们把脚步放得慢慢的，回到卧室，一夜下来大家都累得够呛。天快要亮了，这天是个工作日，九点或九点半我们大家还都得去上班。天气突然变得更冷，院子里的寒风顺着门厅吹进屋里，然而卧室里的灯光和人群多少驱走了点寒意，听不见说话的声音，人们只是交换着眼神，错腾着地方，把香烟掐灭，在床边围成一圈。塞韦罗的老婆本来坐在床上整理着枕头，这时突然站在了床头，塞韦罗眼睛看着上方，根本没理会我们，只是眼皮眨也不眨地盯住亮着的吊灯，双手按在肚子上。他一动不动，对周围完全无动于衷，只是眼皮一眨不眨地盯住亮着的吊灯。这时小曼努埃拉走到床边，我们都看见她手上捏了条手绢，手绢四个角上都缝着一枚硬币。除了等候，没什么可做的，屋里空气不流通，热乎乎的，我们都快出汗了，大家心里都充满感激之情，感激这古龙水的香气，思忖着再过一会儿我们终于可以离开这所房子，在大街上聊聊天抽抽烟，发发议论——当然也可能不去议论——这天夜里的事，多半不会去议论，可烟是一定要抽的，然后各自消失在一个又一个的街角。当塞韦罗眼皮慢慢垂下来，不再去看亮着的吊灯的时候，我感到一个闷声闷气的呼吸声在我耳边响起，那是贝贝·佩索阿。变化突然发生了，大家都松弛下来，像是我们共有一个躯体，上面数也数不清的脚和手还有头突然一起放松下来，知道事情该结束了，塞韦罗已经进入睡眠阶段了。小曼努埃拉朝着她父亲俯下身去，用手绢盖住她父亲的脸，把手绢四个角都理得顺顺的，自自然然的，既不起褶子又盖得严实，她的神情正对应了我们大家压抑在心头的那声叹息，那块手绢把我们大家严严实实地盖了起来。

"现在他该睡觉了，"塞韦罗的老婆说，"你们瞧，他已经睡着了。"

塞韦罗的兄弟姐妹都在嘴唇前竖起一根手指，但其实根本没这个必要，谁都没想说话，我们纷纷踮起脚尖挪动起来，一个挨一个地走了出去，没发出一点声响。有几位还朝后张望着，看看塞韦罗脸上蒙的手绢，仿佛要确认一下塞韦罗是真的睡着了。我的右手碰到了一簇硬硬的头发，那是塞韦罗的小儿子，刚才一直有个亲戚领着他，防止他乱说乱动，这会儿他来到了我的身旁，觉得踮起脚尖走路挺好玩的，他从下往上看着我，双眼里满是疑惑和疲倦。我摸了摸他的下巴，又摸了摸他的脸，搂着他走到门厅，走到院子里，我身旁是伊格纳西奥和贝贝，他们已经把烟盒取了出来。天空灰蒙蒙的，远方一块洼地里，一只公鸡在啼鸣，我们终于回归到各自的生活，在这一片灰蒙蒙和寒气中，有我们的未来，我们那无限美好的未来。我猜想是塞韦罗的老婆和小曼努埃拉（说不定还会有他的兄弟姐妹和他的大儿子）留在屋里照看塞韦罗的睡眠，可我们几个已经穿过厨房，出了院子，朝大街走去。

"你们不再玩会儿吗？"塞韦罗的儿子问我，他已经困得站都站不稳了，可还像所有小家伙一样固执得不行。

"不了，现在该去睡觉了，"我对他说，"你妈妈会叫你去睡觉的。进屋去吧，外头冷。"

"刚才是一场游戏，对不对，胡里奥？"

"你说得对，小伙子，是一场游戏。快去睡觉，立刻马上。"

我和伊格纳西奥、贝贝还有我弟弟一起，走到第一个街口。我们没多说话，只是又点燃了一根烟。其他人都走远了，有几个还站在屋门前，互相打听着怎么去坐有轨电车或者出租车。我们都很熟悉这片街区，还可以一起再走几条街，然后，贝贝和我弟弟会向左拐，伊格纳西奥还得再走上几个街区，而我会上楼回到我的房间，煮上一壶马黛茶，反正也没多少时间了，不值得躺下睡上一觉，最好换上拖鞋，抽根烟，再喝喝马黛茶，像这样做些有益的事。

小黑猫的喉咙

　　这样的事已经不是第一回了，可不管怎么说，以前总是由卢乔主动出击的。他会趁着地铁拐弯时的晃动，有意无意地用手蹭蹭某个他看上眼的金发或者红发女郎的手，于是有了反应，然后便是握一握这手，再用一根手指勾住一小会儿，趁对方还没有表露出恼火或是愤慨的神情。一切都要视各种情况而定，有几次结局还不错，他溜之大吉，其余的时候，他进入游戏之中，就像一个接一个的车站进入车窗里。然而这天下午的情况大不相同。首先，卢乔已经冻得半死，头发上满是雪；到了站台上，雪开始融化，围巾里能感觉到冰冷的水滴在往下流。他是在巴克大街站上的地铁，那时他什么也没多想，一个躯体被其他那么多躯体紧紧地挨着，心想再过一会儿就会有火炉，会有一杯白兰地，还可以看看报纸，然后去上七点半到九点的德语课。一切都是老样子，除了横杆上那只小小的黑手套，在那么一大堆手、胳膊肘还有棉衣之间，有一只小小的黑手套紧紧握着金属横杆。他戴了副咖啡色的手套，已经湿透了，紧紧抓住横杆，为的是不要撞到那位带了好几件行李的太太和一个哭哭啼啼的小女孩身上。突然间，他感觉到有一只小小的手指像骑马一样骑上了他的手套，这只手是从一件穿旧了的兔皮大衣的袖筒里伸出来的。那是个混血女孩，看上去很年轻，两眼盯住地面，一副对什么都漠不关心的样子。人挤人，挤成了铁板一块，一下接一下，晃来晃去；卢乔觉得事出意外，但也挺好玩的，他松了松手，没去回应，他想那女孩一定是没留神，没觉察到自己的手指骑上了一匹安安静静的、湿漉漉的马。要是身边能有点儿空地方，他很想把口袋里的报纸抽出来，读一读上面的大标题，最近那些有关比亚法拉①、以色列和拉普拉塔大学生的消息，可报纸在右边口袋里，要想把它抽出来，得把手从横杆上松开才行，这样一来拐弯的时候他就会失去支撑，所以最好还是站稳，在外套和行李中间勉强撑出一个空间，别让那小女孩哭得更伤心，也别让那当妈的用收税官似的口吻说话。

他几乎没往混血女孩那里看一眼。他猜想着外套风帽下面她的卷发应该是什么模样，甚至在心里评论着，车厢里这么热，她本可以把那风帽掀到脑袋后面去。正在这时，他觉得一根手指触动了一下他的手套，紧接着，两根手指翻身爬上了这匹湿漉漉的马。快到蒙帕纳斯站的时候列车拐了个弯，一下子把女孩甩到卢乔身上，她的手从马身上滑了下去，又抓紧了横杆，那只小手，在这匹大马面

---

①比亚法拉共和国，位于西非，1967年5月成立，至1970年1月灭亡。

前显得楚楚可怜，大马仿佛受到了刺激，远远的，湿漉漉的，伸出两根手指做成一张嘴的模样，但并没有什么压迫感，甚至还有点开心。女孩似乎突然有所察觉（其实她先前那心不在焉的样子也有点像是突然装出来的），把手稍稍移开，从风帽暗暗的深处瞟了卢乔一眼，又看了看自己的手，好像不以为然，又像在估量有教养的人应该保持一个什么样的距离。在蒙帕纳斯－比耶维纽站下车的人很多，卢乔现在完全可以把报纸抽出来了，仿佛一匹马在嘶叫，但他并没有这样做，而是带着一种嘲弄的专注，研究起那只戴着手套的小手来。他没去看那女孩，女孩这时已经把目光垂下，看着自己的一双鞋子，现在那双鞋在脏兮兮的地面上已经能分辨得很清晰了。车里空了许多，那个爱哭的小女孩还有身边好多人都在法居耶站下了车。列车启动时剧烈地一晃，两只手套在横杆上都猛地一紧，隔开着，各用各的劲，可自从列车停在巴斯德站的时候，卢乔的手指就开始向黑手套那里摸索过去，黑手套没有像上次那样退缩，而是好像在横杆上放松下来，于是，先是两根手指，接着是三根，最后卢乔整只手都轻轻柔柔地压了上去，似握非握的。车厢里几乎空了，志愿者站，车厢门打开了，女孩没有抬起头，单脚着地，慢慢转过身子，和卢乔面对面站着。车行到志愿者站和沃吉拉站中间的时候晃动得厉害，女孩这才看了他一眼，风帽的暗影里一双大眼睛专注而严厉，仿佛等待着什么，没有一丝微笑，却也没有丝毫责难，只有无穷无尽的等待，卢乔感到隐隐的不安。

"每回都是这样。"女孩开了口，"真拿它没办法。"

"哦。"卢乔答道，他加入到这场游戏之中，可又忍不住在心里问自己，这游戏为什么一点也不好玩，为什么自己不觉得这是一场游戏，可它又不可能是别的，没道理去想象它不是游戏还能是什么。

"真的没有一点办法。"女孩又重复了一遍，"她们不理解，或者根本就不想理解，算了吧，真的是没有一点办法。"

她在对着手套说话，好像在看着卢乔，其实是视而不见，那只小小的黑手套被棕色大手套包在下面，几乎看不见。

"我深有同感。"卢乔说，"它不可救药，真的。"

"那不一样的。"女孩说道。

"一样的，您看见了。"

"不说这事儿了。"说着，她垂下了头，"对不起，都是我不好。"

当然，游戏就是这样的，可为什么一点也不好玩，为什么自己不觉得这是一场游戏呢，但它又不可能是别的，没道理去想象它不是游戏还能是什么。

"那就是它们的错吧。"卢乔说着挪动了一下手，强调这是个复数，指的是他们两个人，仿佛想在那根横杆上把犯错的人揪出来，横杆上两只手都戴着手套，静静的，隔得远远的，老老实实的。

"不一样的。"女孩又说道，"在您看来都一样，可是真的大不一样。"

"就算不一样吧，可总要有一个人先开始。"

"这倒不假，是要有一个人先开始。"

游戏就是这样的，只要遵照这些规则玩下去，别去想入非非，觉得会有某种真相或者绝望。为什么要干这种傻事，不如顺水推舟游戏下去吧。

"您说的有道理，"卢乔说道，"当时就该做点什么的，不该由着它们的性子来。"

"没用的。"女孩说。

"是这样的，只不过是稍微没注意，您瞧瞧。"

"没错，"她答道，"哪怕您这句话只是开玩笑说说。"

"不不，我这话是认真的，和您一样认真。"

棕色手套凑过去蹭了蹭一动不动的小黑手套，用一根手指勾住黑手套细细的腰，随即又松开，滑到横杆的一端，看着它，期待着什么。女孩头垂得更低了，卢乔又一次问自己，为什么他并不觉得这有什么好玩之处，可是现在别无选择，只能继续玩下去。

"要是您是认真的，"车厢里空荡荡的，女孩说这话时并没有对着他，她没对着任何人，"真是认真的话，那还差不多。"

"我是认真的。"卢乔说，"而且确实没什么好办法对付它们。"

女孩仿佛大梦初醒，直视着他。列车驶进了国民公会站。

"别人是不会明白的。"女孩说，"换做是个男的，别人马上就会觉得他……"

粗俗。这是自然。另外也该抓紧时间，只剩下三站了。

"可如果是个女的，还要更坏。"女孩继续说了下去，"我以前也遇到过的，所以一上车我就一直防着它们，可是您也看见了。"

"那是自然，"卢乔表示同意，"再自然不过了，总会有那么一小会儿，您一走神，它们顺着竿儿就爬上来了。"

"您别老从您那方面讲。"女孩说，"不一样的。对不起，是我的错。我该在柯朗丹·赛尔通站下车了。"

"肯定是您的错。"卢乔开了个玩笑,"我在沃吉拉站就该下车的,是您让我坐过两站了。"

列车一拐弯,他们俩都被甩到车门上,两人的手齐刷刷滑向横杆一端,贴在了一起。女孩还在说个不停,傻乎乎地请求他原谅;卢乔又一次感到黑手套里的手指骑上了、缠住了他的手。然后,女孩松开他,含含糊糊说了声再见,卢乔能做的只有一件事,那就是在站台上追上她,跑到她的身边,寻找那只缩在袖子里漫无目的地乱摆的手,一把抓住。

"别。"女孩说,"别这样。让我自己走。"

"当然让你自己走。"卢乔的手并没有松开,"但是现在我不能让你就这样走掉。我们本来可以在地铁上多聊一会儿的……"

"为什么呢?多聊一会儿有什么意义吗?"

"多聊一会儿兴许我们就能找到什么办法。我是说,对付的办法。"

"可您一点都不明白,"她说,"您以为……"

"天知道我是怎么以为的。"卢乔实心实意地说,"天知道街角那家咖啡馆有没有好咖啡,或者街角有没有咖啡馆。这一带我可真是不熟。"

"咖啡馆真的有一家。"她说,"可咖啡不怎么样。"

"您笑了。您可别说您没有。"

"我是笑了。可这家的咖啡真的不怎么样。"

"但是街角那儿的确有家咖啡馆。"

"有是有。"她回答时冲着他微微一笑,"是有家咖啡馆,可咖啡煮得不怎么样，您又确定我是……"

"我什么都不确定。"这倒是大实话。

"谢谢。"女孩出人意料地说。她大口喘着气，仿佛爬台阶爬得太累了，卢乔觉得她在发抖，然而他又一次感觉到了那只小巧、温暖、无助、心不在焉的黑手套，又一次在自己的手中感觉到它的活力，它在扭动、攥紧、蜷缩、蠕动，就这样舒舒服服，暖暖和和，高高兴兴，爱抚着，小小的黑手套呀，里面手指头也没闲着，二、三、四、五、然后又是一，手指寻觅着手指，手套紧挨着手套，棕色包裹着黑色，手指交叉着手指，一，一和三之间，二，二和四之间。没什么办法，事情就这样发生了，就在他们的膝旁。喜欢也好，不喜欢也好，全都一样，毫无办法，事情在那里发生了，并不是卢乔在把玩伸进他手掌中的那只手，是那只手自己在扭曲、蠕动，甚至也不是那个女孩，这时她已经走到了台阶顶上，大口喘着气，迎着小雨高高扬起了脸，好像是要把地铁走道里浑浊闷热的空气冲洗干净。

"我就住在那里，"女孩指了指街对面一群一模一样的楼房中无数窗户中的一扇，"我们可以冲一杯雀巢咖啡，比到酒吧好，我是这么觉得的。"

"哦，当然好了。"卢乔说，现在是他在用手指一点一点捏住了那只手套，就像捏住了一只小黑猫的喉咙。房间挺大，也挺暖和，摆了盆杜鹃花，有落地灯，还有妮娜·西蒙的唱片和一张乱七八糟的床，女孩很不好意思地三下两下把床重新铺平。窗户那边有张桌子，卢乔帮她放好了杯盏和小勺，他们冲了甜甜的浓咖啡，她叫蒂娜，他也告诉了她，他叫卢乔。蒂娜兴致勃勃，很放松的样子，谈起了马提尼克岛，谈起了妮娜·西蒙。她穿着一条单色红裙子，短短的，很合身，她看上去也就刚刚到可以谈婚论嫁的年龄，在一家公证处上班，脚踝那里骨折了，虽然很疼，可你想想看，二月里到上萨瓦省去滑雪，唉。她两次停下来看着他，说话的口气和在地铁上扶着横杆时差不多，可卢乔只是说了句玩笑话，下定决心到此为止，再坚持下去也没什么意思，与此同时，他又考虑到蒂娜会难受的，现在立刻就让这场喜剧落幕，好像这件事情连起码的意义都不再有，蒂娜会难受。第三次，这一次蒂娜俯下身子往他的杯子里续开水，嘴里又嘟囔着不是她的错，这种事每过一段时间总会发生一次，而且他现在也看见了，事情真的很不一样。热水、小勺子，还有她顺从的表情，卢乔好像明白了，可究竟明白了什么，天知道，他是一下子恍然大悟的，这可不一样，大不一样，那横杆自有它的用处，这游戏其实不是一场游戏，脚踝骨折还有滑雪什么的，都见鬼去吧，重要的是蒂娜现在又一次开口说话了，他不能打断，不能打岔，只能让她去讲，感受她，在心中期待她，越是荒唐越是相信她，除非他仅仅是为了蒂娜，为了她那忧伤的面孔，为了她那能消除一切胡思乱想的小小乳房，直说吧，就是为了蒂娜。也许有一天我会被关起来，蒂娜说出这句话的时候一点儿没有夸张的意思，好像只是在陈述一种看法，您要明白，这种事随时都有可能发生，您是您，可别的时候。别的时候又怎么啦。别的时候就会有人说脏话，还有人用手摸你的屁股，立刻上床睡觉，丫头，还磨蹭什么呢。可那样的话。哪样。可那样的话，蒂娜。

　　"我还以为您已经明白了。"蒂娜阴沉着脸说道，"就是我跟您说有一天我会给关起来的时候。"

"您说的都是傻话。可我一开始……"

"我知道。您怎么一开始没想到呢。一开始谁都会犯错误的，这太自然了。再自然不过了。我给关起来也是很自然的。"

"不对，蒂娜。"

"就对，见鬼。对不起。就是对的。这样总还是好一些，比那些时候好。变态。臭婊子。鸡。我都不知道听见多少回了。总比那样要强一些。要不然我也可以找把斧子，砍肉的那种，把那些人一下砍翻。可我没有斧子。"蒂娜说这话的时候冲他微微一笑，仿佛再一次请他原谅，她样子怪怪的，半躺半靠在圈椅上，又累又困，一点点溜下去，短裙越掀越高，她已经忘掉了自己，眼睛里只有他们拿起杯子，倒上咖啡，顺从却又虚伪，像不知多少回的变态、臭婊子、鸡。

"别说傻话。"卢乔翻过来覆过去总是同一句话，他有点不知所措，希望，不信任，庇护，他分不清，"我现在知道了这不正常，得找到原因才行，得去找找。不管怎么样干吗要走极端呢。我指的是被关起来或者找把斧头。"

"谁知道呢，"她说，"说不定就是要走走极端，走到底。说不定这是唯一的出路。"

"极端是哪端？"卢乔问道，他也累了，"底又在哪儿呢？"

"不知道，我什么都不知道。我只是害怕。要是别人这么和我说话，我也会烦的，可是总有些日子。有些日子，还有些夜里。"

"啊。"卢乔说着把火柴凑到香烟旁边，"当然，夜里也会这样。"

"是的。"

"但您一人独处的时候就不会吧。"

"一人独处的时候也会的。"

"啊，您一人独处的时候也会。"

"真的，请您理解我。"

"没事。"卢乔啜了口咖啡，说道，"挺好，烫烫的。像这样的日子里，我们就需要这个。"

"谢谢。"女孩的回应异常简单。卢乔看了看她，因为他本没有向她表示感谢的意思，他只是感到这次小憩终于得到了补偿，那横杆终于到头了。

"这不算坏事，也不让人难受。"蒂娜说话的语气像是在猜测着什么，"您要是不相信我也无所谓，可对我来说，既不算坏事也不让人难受，第一次的时候。"

"第一次什么？"

"就是这，不算坏事也不让人难受的事。"

"您是指它们开始……"

"对，它们又一次开始，既不算坏事，也不让人难受。"

"以前为了这种事他们抓过您吗？"卢乔把杯子放回小碟子里，动作很慢，有点做作，他稳住自己的手，让杯子不偏不倚正好落在小碟子中央。被传染了，朋友。

"没有，这倒从来没有过，只是……一言难尽。我刚才给您说过的，总有人会想这是故意的，还有人会和您一样。还有些人就怒了，比如那些女人，这时得赶紧一到站就下车，要是在商店里或是咖啡馆里，那只能拔腿就跑。"

"别哭了，"卢乔说，"哭有什么用呢。"

"不是我想哭。"蒂娜说，"多少回了，我从来没跟一个人这样说过。没有人相信我，没有人会相信我的，您也不相信我，不过您人好，不想伤害到我罢了。"

"我现在相信你了。"卢乔说，"两分钟以前我还和其他人一样。别再哭了，也许你该笑一笑。"

"您瞧见了，"说着蒂娜闭上了眼睛，"您瞧见了，没用的。虽然您说了这话，虽然您相信了，还是什么用都没有。您太傻了。"

"你去看过医生吗？"

"去过。你知道的，镇静剂呀，换换空气呀。自己把自己骗上几天，以为……"

"好吧。"卢乔说着给她递去香烟，"你等一等，就这样。看看会发生什么。"

蒂娜用拇指和食指捏住香烟，同时用无名指和小拇指刮了一下卢乔的手指，卢乔正伸着胳膊，定定地看着她。手上没了香烟，卢乔垂下手，裹住了那只小小的黝黑的手，用五根手指环绕着它，慢慢地抚摸它，然后松开了那只悬在空中微微颤抖的小手。香烟落在咖啡杯里。蒂娜趴在桌上，摆来摆去，啜泣着，像在呕吐出来似的。卢乔猛地伸出手，捧着她的脸。

"求求你，"卢乔说道，一面端起杯子，"求求你了。别总是这么哭呀哭的，多怪呀。"

"我也不想哭，"蒂娜说，"我不该哭的，可是没办法，你也看见了。"

"把这杯咖啡喝了，对你有好处，还热着呢。我去给自己再冲上一杯，等我一会儿，我去洗洗杯子。"

"不，还是让我去洗吧。"

他们同时站起身来，在桌旁碰到了一起。卢乔把脏杯子放回到桌布上，他们的手臂无力地垂在身旁，唯有嘴唇贴在了一起，卢乔直视着她，蒂娜闭上眼睛，泪珠滚了下来。

"也许，"卢乔低声说道，"也许这才是我们现在要干的事，也是我们唯一能干的事，那还等什么。"

"不，不，求求你。"蒂娜一动不动地站立着，依然闭着眼睛，"你不知道……别，最好别这样，别这样。"

卢乔搂住她的双肩，慢慢把她搂进怀里，在嘴边感觉到了她的气息，一种热乎乎的、带点儿咖啡味儿的气息，一个黑皮肤女人的气息。他吻了她的嘴唇，深深地吻了她，探求着她的牙齿和舌头。蒂娜的身体在他的怀抱中瘫软下去，四十分钟前，他的手曾经在地铁座位前的横杆上抚摸过她的手，四十分钟前，一只小小的黑手套曾经骑上一只棕色手套。他感觉得到她稍稍有一点抗拒，嘴里一遍又一遍地拒绝，仿佛在警告什么，但她的身体在顺从，他们俩的身体都在顺从，现在蒂娜的手指沿着卢乔的后背一点一点向上摸索，她的头发迷住了他的双眼，她身上的气息无法用言语形容，他们的身体倒在蓝色的床单上，顺从的手指摸摸索索地解开搭扣，把衣服扔得到处都是，执行他和蒂娜的指令，双手和嘴唇顺着肌肤，延伸向大腿、膝盖、肚腹、腰肢，伴随着低声的央告，半推半就向后倒去，瞬息间，从嘴唇到手指，从手指到私处，一股热流传遍他们全身，身体相互配合着交织在一起，陷入忘情的嬉戏。等到他们摸黑点燃香烟的时候（卢乔刚才想去关台灯时，把灯碰到了地上，只听见一阵玻璃破碎的声音，蒂娜惊恐地坐起身来，她对黑暗有抵触，她说至少得点上一根蜡烛，下楼去买个灯泡，可他在黑暗中又一次搂住了她，现在他们抽着烟，每抽一口，便借着香烟的火光互相看上一眼，又一次拥吻在一起），外面雨仍在下着，没有尽头，重新暖和起来的房间里，他们赤裸着身体，全身放松，手挨着手，腰挨着腰，头发凌乱着，无休无止地互相抚摸，一次又一次大汗淋漓的触摸使他们感受到彼此，黑暗中能听见的只有幸福的私语。到了某个时候，那些问题总还是要被重新提出来的，只不过它们现在被黑暗吓退，藏在了某个角落，藏在了床底下，可每当卢乔想知道这一点的时候，她总会扑到他身上，浑身汗淋淋的，用一阵亲吻、用轻轻的撕咬把他的嘴堵得严严实实，又过了好久，他们手里又燃起香烟时，她才说她现在一个人过，没有一个人能跟她在一起待很长时间，没用的，又说得把灯打开，说起下班回家，说从来没有人爱过她，说这是一种病，好像归根结底什么都不重要，又好像什么都很重要，只要那些说过的话能算数，又说好像一切都不会超过一个夜晚，好像她也并不需要什么答案，那种事会从地铁上一根横杆开始，不管怎么，还是先找点光亮吧。

"好像哪儿还有根蜡烛。"她推开他的抚摸，干巴巴地说了句，"现在去买灯泡有点太晚了。你让我去找找看蜡烛在哪儿放着，应该是在哪个抽屉里。把火柴给我。别这么黑咕隆咚地待着。把火柴给我。"

"你先别点蜡烛。"卢乔说,"就这么你看不见我我看不见你,挺好的。"

"我不愿意。好是好,可你知道,你知道的。有时候。"

"求求你了,"卢乔在地上摸到了香烟,"刚才我们不是把这些东西都忘了吗……你怎么又提起来了? 刚才多好啊,就那样。"

"让我去找蜡烛。"蒂娜坚持道。

"那你就去找吧,无所谓。"说着卢乔把火柴递给了她。火苗在房间里停滞的空气中飘忽着,映出一个只比黑暗稍稍亮一点的躯体,一双亮晶晶的眼睛,还有亮晶晶的指甲,接着又是一片漆黑,再擦亮一根火柴,再一次黑暗,再擦着一根火柴时,她的手猛地一抖,火苗飞向房间深处,熄灭了,一个短促的动作好像要憋得她喘不过气来,一个赤裸的身躯横扑在她的身上,扑得她肋骨生疼,她深深喘了一口气。他把她抱得紧紧的,亲吻她,既不知道怎么做也不知道为了什么,只是想让她平静下来,他低声对她说了些让她放松点儿的话,把她放倒在面前,压在身下,温柔地占有了她,长久以来的困顿疲乏,使他几乎没有多大的欲望,进入的时候他感觉得到她的身体在痉挛,然后又放松下来,舒展开来,这样,这样,对了,这样,这就对了,好了,浪潮退去后,两人重又仰面朝天躺下休息,双眼失神,望着虚空,耳边只听见外面夜雨声,仿佛夜晚的血液在奔流、搏动。雨下个不停,夜晚像母亲的肚腹护佑着他们,使他们忘记了害怕,忘记了地铁上的横杆,忘记了打碎的灯,也忘记了蒂娜扔掉的那根火柴,那根火柴自己耷拉了下来,燃尽了自己,也烫到了蒂娜的手指,几乎算是一场意外事故了,在黑暗中,空间位置是拿捏不准的，人都会变得像孩子一样笨拙，可接下来那根火柴又在手指间熄灭了，笨得像螃蟹一样，蜡烛没点亮，倒把自己给烫着了。蒂娜换了只手，想擦燃最后一根火柴，结果更糟，她还不敢告诉卢乔，这时的卢乔正叼了根脏兮兮的香烟，担心地听着她这边的动静。你没发现它们是在抗拒吗，又来了。什么又来了。就是那个。到底是哪个。没什么，还是得把蜡烛找到。我去找吧，把火柴给我。刚才掉在那边了，就在那个角落里。你别忙活了，等着。别，求求你别去。让我去找吧，我能找到的。那咱们一块儿去找吧，这样好点。不，还是我去吧，我能找到的，告诉我那该死的蜡烛在哪儿。就在那边搁板上，你要是有根火柴兴许就能看得见。什么都看不见的，还是我去吧。他慢慢推开她，解开她围在自己腰间的双手，一点一点爬起身来。下身猛地一阵剧痛，他叫出声来，与其说因为疼，不如说因为出乎意料。他迅速找到了原因，是蒂娜仰面躺在床上，呻吟着，正用拳头攥住它，把它拉向自己，他掰开她的手指，猛地推开了她。他听见蒂娜在叫他，叫他回去，说不会再那样了，说他要是再这样固执下去，责任可就全是他的了。卢乔朝着自己认定的那个角落摸去，在应该是一张桌子的东西那里弯下腰，摸索着想找到火柴，他觉得找到了一根，可那东西太长，可能是根牙签，火柴盒也没在那里，他的双手在那块旧地毯上摸了一遍，又跪下来趴到桌子下面；终于找到一根火柴，接着又找到一根，可就是没找见火柴盒。他趴在地板上，四周好像更黑了，封闭的空间与时间一齐向自己压迫过来。他觉得有谁的手指顺着他的脊背，一直摸到后脑，摸到发际，他猛地跳起身来，推开了蒂娜，蒂娜正冲他尖叫着，说的好像是楼梯间有灯，快把门打开，楼梯间有灯，真是的，他们先前怎么就没想到这个呢，房门在哪儿，就在你面前，不可能，那边是窗户，桌子就在窗户下面，我跟你说了就在那边，你干脆让开吧，咱们俩一起去，我可不想一个人待着，那你放开我，你弄疼我了，我不能，我说了我不能，不放开我就揍你了，别，别，我让你放开我。他撞到了什么东西，一下子只有他一个人，面前有谁气喘吁吁的，旁边很近很近的地方，还有什么在簌簌发抖。他伸直双臂，向前摸索着，想摸到墙壁，想着房门应该在那个方向。他碰到一个暖和的东西，那东西发出一声尖叫，躲开了；他另一只手扼住了蒂娜的脖子，像扼住了一只手套，扼住了一只小黑猫的脖子，一阵灼热的剧痛袭来，他的面颊和嘴唇撕裂般地疼痛，眼睛也被擦伤了，他纵身向后跃去，想摆脱这一切，松开蒂娜的脖子，仰面朝天跌倒在地毯上，侧起身子爬了几步，心里知道接下来会发生什么事情，会有一股热风从他身上吹过，紧接着好多的指甲在他的肚子和胸膛一阵乱抓乱挠，我跟你说过的，我跟你说你找不到的，让你点根蜡烛，现在赶快去找房门，房门。那声音仿佛停在了黑黢黢的空气中某个地方，离他远远的，仿佛打了个嗝，一下子噎住了，他爬了几步，碰到了墙，扶着墙站起身来，摸到一个木框，挂着帘子，又是一个木框，还有插销。一股寒风吹拂在他充血的嘴唇上，他摸索着寻找电灯开关，听见身后传来蒂娜的奔跑声和号叫声，接着是撞在半掩着的门上的声音，她一定是脑门和鼻子撞到了门上。就在按下电灯开关的时候，房门在他身后砰的一声关上了。站在对面门口偷听的邻居看了他一眼，发出一声低低的惊呼，钻了回去，闩上了门。卢乔赤条条地站在楼梯间，骂了那人一句，用手指摸了摸滚烫的面颊，楼梯间冷风刺骨，从一楼有脚步声飞奔上来，开门，快开门，看在上帝的分上把门打开，已经有亮光了，开开门，有亮光了。房间里静悄悄的，好像在期待着什么，一个裹了身紫色睡袍的老女人从楼下往上看，发出一声尖叫，臭不要脸的，都几点钟啦，臭毛病，警察，全都是一路货色，罗杰女士，罗杰女士！"她不会给我开门的，"卢乔在第一级楼梯上坐了下来，擦去嘴唇和眼睛上的血迹，"她一定是撞晕过去了，这会儿正躺在里面地板上，她不会给我开门的，总是这样，冷啊，真冷啊。"他开始敲门，一面倾听着对面房门里的动静，老女人一面往楼下跑一面高声叫着罗杰女士的名字，下面几层楼的人都被吵醒了，七嘴八舌，议论纷纷，他又等了一会儿，全身赤裸，血迹斑斑的，这家伙是个疯子，罗杰女士，开门蒂娜，把门打开，没关系的，每次都是这样，你先把门打开，刚才不还好好的吗，蒂娜我们本来应该一块儿来找的，你怎么啦，躺在地下，我对你做了什么啦，你怎么就撞在了门上，罗杰女士，你把房门打开我们才能找到办法，你刚才都看见了，一切都那么顺利，我们只要打开电灯一块儿去找，可你为什么不给我开门呢，你在哭吗，像只受了伤的猫一样在号叫吗，我听见你的声音了，听见了，我听见罗杰女士来了，还有警察，还有您这个婊子养的，在对门听什么听，开开门吧蒂娜，我们能找到蜡烛，我还得洗一洗，我冷得很，蒂娜，有人拿条毯子过来了，真是标准做法，用条毯子把那个赤身裸体的男人裹起来，我得告诉他们你还在里边躺着呢，让他们再拿条毯子来，把房门砸开，给你擦擦脸，照看你，保护你，因为我已经不可能在那里了，他们会立刻把咱们俩分开，把咱们隔得老远老远的，你还会去寻找谁的手呢，你还能抓挠谁的脸呢，会有好多人把你带走的，会有罗杰女士。

有人在周围走动

林叶青 / 译

光线变换

那几个周四的傍晚，贝尔格拉诺电台的排练结束之后，莱莫斯会给我打电话。我喝着仙山露，他说着关于新剧的计划，我不得不听。我想上街，想永远忘记广播剧，但莱莫斯是热门作家，他支付给我不错的报酬，而我只需要在他的节目里干很少的活，准确地说，是饰演一些让人厌恶的配角。你的声音很适合，莱莫斯和善地说，听众只要听你说话就会讨厌你。你不必背叛任何人，也不必用士的宁毒死你的母亲，只要张开嘴，半个阿根廷就都想把你的灵魂撕碎，用小火慢炖。

但卢西安娜并不想这么做。有一天，在演完《耻辱的玫瑰》之后，我们的男主角豪尔赫·富恩特斯收到了两篮子情书，还有坦迪尔附近一位浪漫多情的女庄园主寄来的一头白色小绵羊；恰好在同一天，矮子马萨交给我一只丁香色信封，是卢西安娜寄来的。我已经习惯了一无所获。去咖啡馆之前,我把信封装进口袋里(在《耻辱的玫瑰》大获成功到《暴风雨中的飞鸟》播出以前,我们可以休息一周),在与华雷斯·塞尔曼和欧里维喝第二杯马丁尼的时候,我想起了信封的颜色,意识到我还没有读那封信。我不想在他们面前把信拆开,因为这些无聊的人喜欢寻找话题,而丁香色信封正是一座金矿。回到公寓以后我才打开信封,至少公寓里的母猫不会注意这种事。我给它倒了牛奶,和它亲热了一会儿。然后,我认识了卢西安娜。

我无须看您的照片,卢西安娜说,我不在乎《共振》杂志和《天线》杂志刊登了密盖斯和豪尔赫·富恩特斯的照片,却从来没有刊登过您的,我不在乎,因为我能听到您的声音。我也不在意别人说您可恶,说您是个坏人,我不在乎您的角色欺骗了所有人,事实完全相反,因为我幻想我是唯一知道真相的人:您扮演这些角色的时候备受煎熬,您发挥了您的天赋,但我认为,您并不像密盖斯或拉盖丽塔·贝利那样是本色出演,您本人和《耻辱的玫瑰》里的邪恶王子截然不同。人们厌恶王子,于是也厌恶您,他们弄混了。早在去年,您扮演走私杀人犯瓦西利斯的时候,我、玻莉姨妈和其他人就发现了。今天下午我觉得有些孤单,所以我想把这些事告诉您,或许我不是唯一跟您说起这事的人,不知为何,我想祝福您,想让您知道不管发生什么都有人陪伴您,但是,与此同时,我希望成为唯一一个了解您在角色和声音之外另一面的人,我想真正地了解您,崇拜您,而不是崇拜那个扮演出简单角色的人。就好比莎士比亚的剧作,我从来没有告诉过别人,当您出演的时候,我更喜欢伊阿古而不是奥赛罗。您不一定非得回复我,我留下我的地址,假如您真的想这么做；但即使您没有回复，我依然很高兴给您写了这封信。

夜晚来临，文字轻盈而流畅，猫在沙发靠枕上玩弄那枚丁香色信封，然后它睡着了。自从布鲁娜头也不回地离开，我的公寓里就没有人做晚饭了，我和猫吃罐头就够了，尤其是我，只要有白兰地和烟斗。在休息的那几天（之后我得扮演《暴风雨中的飞鸟》里的角色），我重读了卢西安娜的信，在这个行当里，一个演员三年才可能收到一封信，但现在我还不想回复她。尊敬的卢西安娜，周五晚上去电影院前我写道，您的话让我很感动，这不是客套。当然不是了，我想象这个女人身材矮小，神情悲伤，有栗色的头发和浅色的眼眸，我回信的时候，这个女人仿佛就坐在那里，我告诉她，她的话让我感动不已。剩下的内容要更常规一些，因为在说完了实话之后，就没什么可以告诉她的了，所有内容正好写满一张纸，两三句表达好感和感激的话语，您的朋友蒂托·巴卡塞尔。不过，附言中还有一句实话：我很高兴您留下了地址，如果无法告诉您我的感受，那该多令人难过。

没人愿意承认这一点：不工作的时候，我们会觉得有些无聊。至少像我这样的人是如此。少年时，我有过许多场情感冒险，空闲时我会挪动钓钩，几乎总会有上钩的鱼儿，但后来布鲁娜出现了，这段感情持续了四年，三十五岁时，在布宜诺斯艾利斯的生活开始褪色，而且似乎在收缩，至少对于一个独自与猫生活、不太喜欢阅读也不太行走的人来说是如此。不是因为我觉得自己老了，完全相反，确切地说，似乎是其他人和事物本身在衰老，在现出裂痕；因此，我更喜欢在公寓里度过下午，在猫的注视下独自排练《暴风雨中的飞鸟》，为那些不受欢迎的角色复仇，将他们打磨到完美，把他们变成我的角色而不是莱莫斯的，将最简单的台词变成镜像反射的游戏，让人物危险却迷人的那一面倍增。就这样，在电台朗读人物台词的时候，一切都在预料之中，每一个逗号，每一次转调，都是仇恨之路的标记（这次扮演的又是一个原本可以被原谅的角色，但他逐渐声名狼藉，在尾声部分被追至悬崖边，最后纵身一跃，大快人心）。喝马黛茶的时候，我找到了卢西安娜的信，它被遗忘在摆满杂志的书架上，纯粹是出于无聊，我重读了它。我又一次见到了卢西安娜，我总是有丰富的视觉想象力，能轻易地创造出各种东西。我第一次看见的卢西安娜身材矮小，跟我同龄，或者和我年龄相仿，值得一提的是她有一双浅色的眼睛，近乎透明。我再次这样想象她的容貌，看见她再一次在写下每句话前都认真思考一番。我可以确定一件事，卢西安娜不是一个会打草稿的女人，在给我写信之前她肯定犹豫不决，但后来，她听了我在《耻辱的玫瑰》中的演出，那些句子就在她的脑海中浮现了，我可以感觉到这封信是不由自主的，同时，或许是因为丁香色信纸的缘故，这封信让我觉得它就像是玻璃瓶里沉睡已久的醇酒。

我甚至只要眯起眼睛就能想象出她的家，她家应该有封闭式庭院，或者至少应该有一条摆满植物的走廊。每次想起卢西安娜，我都会在同一个地方看见她。最终是走廊取代了庭院，一条封闭的走廊，有彩色玻璃天窗和屏风，光线穿过它们，把走廊染成了灰色，卢西安娜坐在柳条椅上，给我写信。您和《耻辱的玫瑰》里的残忍王子完全不同，在继续写信之前，她把笔放到嘴边，没人知道这一点，因为您太善于让人们憎恨您了，栗色的头发被老照片里的光线笼罩着，封闭走廊上烟灰色的、却又干净的空气，我希望成为唯一了解您在角色和声音之外的另一面的人。

在《暴风雨中的飞鸟》首次播出的前夕，我得和莱莫斯及其他人一起吃饭，我们排演了几场戏，莱莫斯称之为"关键"，我们则把它们称为"钉子"[①]、性格的碰撞和戏剧性的斥责，拉盖丽塔·贝利扮演何塞菲娜，演得很出色，那是一个高傲的女孩，我用我那众所周知的邪恶之网将她包裹，在莱莫斯笔下，邪恶是毫无界限的。其他人也很适合演自己的角色，这部广播剧和我们已经演完的另外十八部广播剧完全没有区别。要是我还记得那场排练的话，那是因为矮子马萨给我带来了第二封卢西安娜的信，那一次，我想马上读它。我去了一会儿卫生间，当时，安赫丽塔和豪尔赫·富恩特斯正在拉普拉塔体操击剑俱乐部的舞蹈中宣读爱情永恒的誓言。至少根据莱莫斯和弗洛伊德的观点，莱莫斯的这些场景能激发听众的热情，让他们对角色产生了更强烈的心理认同感。

我接受了她简单、美好的邀请：去阿尔玛格罗区的糖果咖啡馆见她。此外，还有十分单调的相认方法，她穿红色的衣服，我带上折成四分之一大小的报纸，没有别的方法，剩下的就是卢西安娜又一次在封闭式走廊里给我写信，她独自和她的母亲或父亲生活在一起，从一开始，我就看见她和一个老人在一栋房子里生活，那栋房子适合规模更大的家庭居住，现在却千疮百孔，母亲因为去世或离

---

①在西班牙语中，"关键（Clave）"和"钉子（Clavo）"这两个词很相似。

家的女儿而悲伤不已，因为不久前，死亡或许刚刚从那里经过，如果您不愿意或者不能来的话，我也能理解，我不应该主动邀约，但我也知道——她轻轻地画了下划线——像您这样的人有时间做许多事情。然后，她写了一些我没有想过却十分喜欢的内容，除了上一封信以外，您并不了解我，但是，从三年前开始，我就过着您的生活，我能在每个新角色中感受出您真实的模样，我将您从戏剧中剥离，对我来说，您永远是同一个人，那个没有戴着角色面具的人。（第二封信我找不到了，但确实是这些句子，句子表述的就是这些内容；我记得，我把第一封信保存在了我当时正在读的莫拉维亚的书里，我敢肯定，它现在还在书房里。）

如果有人把这件事告诉莱莫斯，肯定会给他带去创作新剧本的灵感。两人会在轮番出现的悬念之后相见，男孩会发现卢西安娜跟他想象中的一模一样，证明爱情先于爱情发生，视觉先于视觉形成，这些理论在贝尔格拉诺电台总能奏效。但卢西安娜是个三十多岁的女人，这千真万确，她比走廊上写信的那个女人要纤细得多，她拥有一头美丽的黑发，当她晃动脑袋的时候，头发似乎在自己摆动。我没有想象过卢西安娜确切的模样，我只想象过她忧郁的气质和浅色的眼睛；现在笑着迎接我的眼睛却是棕色的，在灵动的头发下面丝毫不显悲伤。她喜欢喝威士忌，这让我觉得很可爱，对于莱莫斯来说，几乎所有浪漫的约会都从饮茶开始（对于布鲁娜来说则是火车车厢里的牛奶加咖啡）。她没有为她的主动邀请而道歉，而我有时会表演过度，因为在内心深处，我不相信任何在我身上发生的事，但这一次我觉得很自然，威士忌终于不是假的。我们的确度过了一段美好的时光，仿佛我们是偶然被介绍认识的，而且相互之间没有误解，正如一切良好关系的开端，双方都没有什么可展示的，也没有什么可掩饰的。当然了，主要是在谈论我，因为我算是个名人，而她只不过是写了两封信的卢西安娜，因此这并非我表现得爱慕虚荣，我任由她引导我回忆诸多广播剧中的场景，在一部剧里我被折磨致死，另一部剧则是矿工被埋在矿井里的故事，等等。慢慢地，我接受了她的脸庞和声音，努力让自己摆脱那些信，摆脱那条封闭式走廊和柳条椅。在分开以前，我得知了她和她的玻莉姨妈住在一间相当狭小的底层公寓里，三十年代的时候，玻莉姨妈曾在佩尔加米诺市演奏钢琴。正如此类盲目的关系中的惯例，卢西安娜也需要接受事实。几乎到了最后时刻她才告诉我，她原本以为我的身材要更加高大一些，拥有一头卷发和灰色的眼睛。关于卷发的想象让我吃了一惊，因为我在饰演各种角色的时候，从来不觉得自己拥有过卷发，但她的想法或许是莱莫斯剧本中一切恶棍行径和背叛行为的汇总或累积。我把这个想法开玩笑地跟她说了，但卢西安娜说不是的，她看见了所有的人物，他们正像莱莫斯塑造的那样，但是，与此同时，她可以忽略他们，可以美好地单独和我以及我的声音待在一起，天知道为什么她会把我想象成一个更高大的人，一个拥有一头卷发的人。

如果布鲁娜还在我的生活里，我不认为我会爱上卢西安娜。她的离开依然清晰如昨，卢西安娜开始填补空气中的缺口，这在不知不觉中发生，甚至也从不在预期之中。相反，对卢西安娜而言，一切进展得更加迅速，她先认识了我的声音，然后认识了另一个直发的蒂托·巴卡塞尔，他没有莱莫斯剧本中那些怪物的鲜明个性；做到这些她只用了一个月的时间，在咖啡馆里见了两次面，第三次是在我的公寓里，猫咪接受了卢西安娜的香水和皮肤，在她的裙摆上睡着了，这个傍晚它似乎突然多余了，显得格格不入，不得不跳到地板上"喵喵"地叫唤。玻莉姨妈搬去了佩尔加米诺市和她的妹妹一起生活，她的任务完成了；在同一个礼拜卢西安娜搬到了我家。帮她收拾东西的时候，封闭式走廊和灰色光线的缺席让我心痛不已，我明白不可能找到它们了，然而还有某种类似于缺失和不完美的东西存在。搬家的那天下午，玻莉姨妈温柔地跟我讲述了他们有限的家族史，卢西安娜的童年，被芝加哥冰箱厂的工作邀请吸引而永远离开的男友，与第一届国民大会站附近一家旅店的老板的婚姻和六年后的决裂，卢西安娜早就跟我说过这些事，只不过她是以另一种方式讲述的，当时她仿佛不是真的在谈论自己的事情。现在，多亏了另一个当下，多亏了依靠着她的我的身体，多亏了猫咪牛奶盘、常去的电影院，还有爱情，她似乎要开始真正的生活了。

我记得差不多是在《麦穗中的鲜血》播出期间，我请求卢西安娜把头发染成浅色。起初她觉得这是演员的心血来潮，如果你愿意的话，我可以买一顶假发，她笑着对我说，顺便说一句，卷发会很适合你的。但是几天后我依然坚持，她说好吧，反正不管是黑色还是栗色，她都无所谓，她似乎差点就意识到了，我的转变和我作为演员的癖好毫无关联，它与其他的东西有关，比如封闭式走廊和柳条椅。我不需要再次要求她这么做了，我喜欢她为我染了浅色头发，当我们相爱的时候，当我迷失于她的头发和胸脯的时候，当我任由自己和她双唇紧贴着，一起滑入另一个长梦的时候，我跟她说了无数次，我喜欢她是为我染的头发。（或许是在第二天早晨，或许是在她出门购物之前，我不是特别肯定，我用两只手拢起她的头发，在她的后脑勺扎了一个辫子，我跟她保证说，这样更好看。我觉得她并不赞同，她照了照镜子，什么也没说，其实她说得没错，她并不是适合扎头发的女人，我无法否认她没有染发、披散着头发的时候要更好看一些，但我没有告诉她，因为我喜欢看见她像现在的模样，喜欢看见她比那天下午她第一次走进糖果咖啡店的时候更美。）

我从来不喜欢听自己的表演，做好我的工作就够了，同事们都对我缺乏虚荣心这一点感到奇怪，而他们的虚荣心往往是如此显而易见。他们大概认为——或许他们的想法是有道理的——我的各种角色的性质并不足以促使我回忆他们。因此，当我向莱莫斯要《羞耻的玫瑰》的唱片时，他扬起眉毛看了我一眼，问我为什么想要它们，我胡乱说了一个理由，说我想克服发音问题，诸如此类。我带着唱片回到家，卢西安娜也有些吃惊，因为我从不和她谈论我的工作，反而是她总跟我讲述她听过以后的感受，每天下午，她都会和她裙摆上的猫一起听我的表演。我又说了一遍和莱莫斯说过的话，但我没有去另一个房间听录音，我把留声机搬到了客厅，让卢西安娜陪我待一会儿，我自己煮了茶，调好了灯光，好让她觉得舒适。为什么你挪走了那盏灯，卢西安娜说，原来的位置很合适。作为一件摆设，它确实很适合留在原来的位置，但是它照在沙发上的光线又热又刺眼，卢西安娜恰好又坐在那里，最好就让下午昏暗的光线透过窗户照在她身上，这种光线是微微的烟灰色，笼罩着她的头发和她捧着热茶的双手。你太宠我了，卢西安娜说，一切都是为了我，而你却窝在那个角落里，连坐都没法坐。

在喝完两杯茶、抽完一根烟的时间里，我只播放了《耻辱的玫瑰》的几个片段。我开心地看着卢西安娜，她专注地听着剧情，一认出我的声音，便会抬头向我微笑，仿佛一点也不介意知道卡门这个小可怜的卑鄙的姐夫已经开始谋划侵占帕尔多家的财产，邪恶的计划将持续数集，根据莱莫斯式的结局，爱情和正义终将胜利。在我的角落里（我接过了她身旁的一杯茶，回到了客厅尽头，仿佛在那里可以听得更清楚）我觉得很快乐，那一刻我重新找到了我不断在失去的东西。我希望这一切能够延续下去，希望傍晚的灯光依然恰似封闭式走廊里的灯光。当然，这是不可能的，我关上了留声机，卢西安娜把那盏灯放回原位，因为它在我挪动过的位置上的确显得很糟糕，然后我们一起来到了阳台上。听自己的表演对你有帮助吗？她问的时候抚摸着我的手，有啊，帮助很大，我说起了气息和元音的问题，不管我说什么，她都顺从地认可。在那个完美的时刻，只缺少那把柳条椅，或许还缺少一个悲伤的她，那个在继续写信前注视着虚无的女人，这些是我唯一没有告诉她的事。

《麦穗中的鲜血》的录制即将完成，还剩三周，然后我就可以休假了。从电台回家的时候，卢西安娜不是在读书，就是坐在椅子上和猫咪玩耍。椅子是我在她生日的时候送给她的，还有配套的柳条桌。它们和这里的环境完全不搭，卢西安娜愉快而困惑地说，但是如果你喜欢的话，我也喜欢，它们既漂亮又舒适。如果你需要写信的话，坐在柳条椅上写会更舒服，我告诉她。没错，卢西安娜表示同意，刚好我还欠可怜的玻莉姨妈几封信。下午，落在沙发上的灯光很微弱（我认为她没有发现我已经更换了灯泡），因此她把柳条桌和柳条椅搬到了窗户旁，方便她做针线活或阅读杂志，那是在秋天，或者更晚一些，一天下午，我在她身边待了很久，我长久地吻她，告诉她我从来没有像此刻看着她的时候这么爱她，我想永远这么看着她。她什么都没说，双手在我头发上游走，弄乱了我的发型，头埋在我的肩窝，她很安静，仿佛不在这里。为什么我偏偏在这傍晚时分，期待从卢西安娜那里得到别的东西呢？她就像那些丁香色信封，就像信中那些简单、几近羞涩的句子。从现在开始，我将很难想象我是在一间糖果咖啡馆里认识她的，当她跟我打招呼，克服会面最初的迷惑的时候，她披散着的黑发像皮鞭一般卷起。在我的爱情记忆里有那条封闭式走廊，柳条椅上的剪影与那个更高、更有活力、上午在家里走动或与猫咪玩耍的身影完全不同，到了傍晚，那个身影将一次又一次地进入我曾经想要的世界，在那里，我是那么爱她。

或许应该把这些话告诉她。我没有时间了，我想我犹豫了，因为我更愿意像现在这样守护她，我心满意足，因此不愿思考她含糊的沉默，不愿思考她的漫不经心（那是我过去不曾了解的），不愿思考为什么她看我的方式有时像是在寻找什么，不愿思考她立即转移到身旁的事物（猫或书）上的眼神。我是因此更加喜欢她，这是封闭式走廊和丁香色信封里的忧郁气息。我知道，有一次，我在深夜醒来，看见她依偎着我熟睡，觉得是时候告诉她了，是时候让她彻底接受我缓慢织成的爱情之网，把她完全变成我的。但我没有这么做，因为卢西安娜熟睡着，因为卢西安娜醒着，因为这周二我们要去看电影，因为我们正在寻找度假用的汽车，因为黄昏之前和黄昏之后的生活出现宛如巨幅的影像，在这些影像中，灰色光线似乎将它的完美模样浓缩在了柳条椅的瞬间之内。现在她很少跟我说话，有时她回头看我的样子似乎是在寻找某种遗失的东西。于是我不断地搁置那阴暗的需要：告诉她真相，向她解释我为什么执着于栗色头发和走廊的光线。我没有时间了，由于工作时间突然变动，一天中午，我来到市中心，我看见她从一家旅馆里走了出来，我认出她却没有认出她来，我明白她挽着一个比我更高的男人的手臂从那里走出来却没有明白过来，男人微微地弯下腰，亲吻她的耳朵，用他的卷发揉擦卢西安娜的栗色头发。

信风

　　天晓得这是谁的主意，或许是维拉在她过生日的那天晚上想出来的，当时毛里西奥坚持要再喝一瓶香槟，在午夜香烟烟雾弥漫的客厅里，他们在举杯的间隙跳舞；或许是毛里西奥，当时《三份忧郁》勾起了很久以前关于最初时光和第一批唱片的回忆，那个时候，生日不仅仅是周期性的、时常举行的仪式。这就像一场游戏，微笑着的同谋们一边聊天一边跳舞，他们在酒精和烟雾里逐渐昏睡，对彼此说，为什么不呢，因为归根结底……因为他们可以这么做，那里将会是夏天，他们一起冷漠地浏览旅行社的广告，突然，毛里西奥或维拉打定了主意，只需要打个电话，然后去机场，就能证明这场游戏是否值得，这种事情要么一次做成，要么永远都做不成，最糟糕的结果无非是啼笑皆非地回家，像以往一样从诸多无聊的旅行中回到现实，但现在，他们需要用另一种方式去证明，游戏，权衡，决定。

因为这次（这里就体现出了不同之处，这个主意是毛里西奥想出来的，但很可能是从维拉某个偶然的想法中衍生的，他们共同生活了二十年，两人的思维也仿佛共生，一个人刚开口，另一个人就能从餐桌或电话的另一头把话接上），这次情况可能不同，他们只需制定好规则。他们会乘坐不同的航班出发，像两个彼此陌生的人一样抵达酒店，一两天后在餐厅或海滩上偶遇，与消夏时认识的新朋友交往，礼貌地称呼彼此，在鸡尾酒会上各种职业和各色生活的环绕之中之间含蓄地提及自己的职业与家庭，这些人和他们一样寻求假日里的露水情缘。他们在这种彻底的荒谬中乐此不疲。没人会注意到他们同姓，因为那是一个很普通的姓氏。一切都会非常有趣，逐渐加深对彼此的了解，也逐渐了解其他的房客，分头与别人消遣玩乐，增加相遇的机会，两人偶尔单独相处，对视，就像现在伴着《三份忧郁》跳舞的时候，有时他们会停下舞步，举起盛满香槟的酒杯，踩准音乐的节奏轻轻碰杯，彬彬有礼却疲惫不堪，已经一点半了，烟雾缭绕，还有香水的气味，毛里西奥在维拉的头发上喷了这种香水，但他想，自己会不会拿错了香水，维拉会不会微微抬起鼻子，会不会难得地认可他的选择。

他们总是在生日结束时做爱，友善却兴致索然地等待最后一批朋友离开；而这一次，没有别人，他们没有邀请任何人，因为和众人在一起比他们单独相处还要无聊。他们跳舞，一直跳到唱片播完，他们依然拥抱着，带着迷蒙的睡意相望，他们离开客厅时，依然保持着想象中的节奏，他们在卧室的地毯上赤着脚，迷迷糊糊地，离快乐只有一步之遥。他们坐在床边，慢慢地脱去彼此的衣服，互相帮忙，却帮了倒忙，亲吻，纽扣，然后再次与那些无法避免的偏好相遇，两人分别调整了台灯的灯光，并且因此回想起了那些令人厌倦的重复画面和可以预料到的耳语，在履行完惯例之后，他们慢慢地陷入了不尽如人意的昏睡之中，这些惯例将语言和身体变成了一种必需的、近乎温柔的责任。

星期天早晨飘着雨，他们在床上吃早餐，认真做出了决定；现在，他们得约法三章，规定旅行的每个阶段，避免它再次变成一段单纯的旅行，尤其是避免再次无聊地回家。他们掰着手指明确了各项内容：他们得分别出发，这是第一条；他们得住在不同的房间里，免得有人妨碍他们享受这个夏天，这是第二条；不得审查或监视对方（之前他们经常这么做），这是第三条；如果在没有目击者的情况下会面，他们可以交流彼此的感受，判断旅行是否值得，这是第四条；他们会乘坐同一趟航班回家，因为等到那个时候，他们已经不会在意别人了（或许他们会在意，但这种情况参照第四条的方式处理），这是第五条。其他的一切还无法被编号，它们属于一个确定又不清晰的领域，任何事情都有可能发生却无法讨论。前往内罗毕的航班周四和周六出发，毛里西奥在吃完午饭后坐上了周四的航班，午饭时，为了以防万一，他们吃了三文鱼，说了祝酒词，还互相赠送了护身符，别忘带奎宁，你总是把剃须膏和凉鞋忘在家里。

前往蒙巴萨的旅途很有趣，她坐了一个小时的出租车，司机把她带到了信风①酒店，她抵达了海滩上的一间平房，猴子们在椰树

---

① 原文是英语。

上翻跟头，非洲女人笑脸盈盈。她远远地看见了毛里西奥，看见他现在已然非常自在，正与一对情侣和一位红胡子的老人在沙滩上打球，不由得感到有些好笑。参加鸡尾酒会的时候，他们俩在海上的开放式游廊上相会，人们正在谈论蜗牛和礁石，毛里西奥同一名女子和两名年轻男子走了进来，在某个时刻，毛里西奥问维拉是从哪儿来的，他说，他是从法国来的，是一名地理学家。维拉觉得毛里西奥是地理学家的设定很不错，她回答了另外几个游客的问题，她是一名经常需要休假以免陷入抑郁的儿科医生，红胡子老人是退休的外交官，他的妻子穿得像二十岁的小姑娘，但这样打扮并没有显得难看，因为在这里，一切都像是一部五彩缤纷的电影，服务员和猴子也是如此，连"信风"这个名字都让人联想起约瑟夫·康拉德和萨默塞特·毛姆，用椰子盛的鸡尾酒，宽松的衬衫，晚饭后散步的海滩，月亮如此无情，云朵在沙滩上投下移动的影子，让那些被肮脏、烟雾缭绕的天空压垮的人们惊叹不已。

毛里西奥说他们给他安排了一间位于酒店最现代区域的房间，很舒适，但不具备海滩平房的优点。这样，维拉想，在后的将要在前[1]。晚上他们打牌，白天在太阳和树荫下没完没了地对话，枣椰树下的大海和岩洞，重新发现海浪拍打下苍白、疲倦的身体，乘坐独木舟前往礁石区，戴着面具潜入水中，观赏蓝色和红色的珊瑚，以及身旁天真的鱼儿。第二天（莫非是第三天？），许多人说起发现了两只海星，一只有红色的斑点，另一只身上布满了紫色的三角形。

---

[1] 出自《新约·马太福音》20:16。

时间不断流逝，就像流过皮肤的温暖海水，维拉和桑德罗在游泳，桑德罗出现的时候，维拉在喝鸡尾酒，他说他厌倦了维罗纳和小轿车，红胡子的英国人晒伤了，医生将会从蒙巴萨赶来给他看病，龙虾置身于由蛋黄酱和柠檬片搭成的最后归宿，大得让人难以置信，假期。在安娜的脸上只能看见一丝疏远的微笑，第四晚，她来酒吧喝酒，拿着杯子走到游廊上，已经待了三天的老手们用新闻和忠告迎接她的到来，北区有危险的海胆，坐独木舟的时候千万不要忘记戴上帽子和遮挡肩膀的东西，那个可怜的英国人正在为此付出代价呢，黑人们忘了提醒游客，因为这对他们来说当然无所谓了。安娜不咸不淡地道谢，慢慢地喝着马丁尼酒，似乎在表明自己是独自一人，来自某个需要被遗忘的地方（类似哥本哈根或斯德哥尔摩）。维拉连想都没想就认定了毛里西奥和安娜，二十四个小时内，毛里西奥和安娜肯定会在一起，她看见他们去了海边，躺在沙滩上，而她正在和桑德罗打乒乓球，桑德罗觉得安娜不善交际，拿她开玩笑，北欧的雾气，他可以很轻松地赢下比赛，但是这位意大利绅士时不时地让给她几分，维拉发现了，默默地对他表示感谢，二十一比十八，她的水平没那么糟糕，她进步了，只需要再专注一些。

入睡前，毛里西奥想，不管怎么说，他们过得还不错，他想着，几乎觉得有些可笑，维拉正睡在他的房间一百米外的平房里，枣椰树轻抚平房，让人羡慕不已，你真是太幸运了，姑娘。他们在前往附近岛屿的短途旅行中相遇，他们游泳，和其他人一起玩耍，非常愉快；安娜的肩膀晒伤了，维拉递给她一支对症的药膏，您知道的，儿科医生到最后会了解所有的药膏，英国人在天蓝色袍子的保护下晃晃悠悠地回来了，夜里，电台播放着乔莫·肯雅塔和部落问题的新闻，有人了解很多关于马赛人的事，让大家在喝酒时得到了消遣，他讲述了许多传说，狮子和凯伦·布里克森的故事，大象毛发护身符没有半点真实性，那其实就是尼龙绳，在这些国家，所有的事情都是这样的。维拉记不清是周三还是周四，那天，她和桑德罗在沙滩上久久地散步，他们在那里接吻，仿佛是回应了海滩和月光的要求，然后桑德罗陪她回到了平房。桑德罗刚把一只手搭在她的肩膀上，她就让他进了门，放任自己缠绵了整晚，她听见了陌生的声音，学会了比较差别，她慢慢地睡去，在那顶几乎令人无法想象的蚊帐下，品味着漫长沉默里的每一分钟。对毛里西奥来说，那是场午睡，午餐时，他的膝盖碰到了安娜的大腿，他陪她回房间，在门前低低地说了声"待会儿见"，他看着安娜的手长久地搭在门把上，和她一起进了屋，他们迷失在快感之中直到深夜，那时有些人已经在想，他们是不是病倒了，而维拉在喝酒的时候暧昧地微笑着，桑德罗在吧台上调制金巴利和肯尼亚朗姆混合酒，这种酒灼伤了维拉的舌头，莫托和尼库库惊叹桑德罗的调酒技术，这些欧洲人最后都疯了。

规则是在周六下午七点见面，维拉很好地利用了这场在没有目击者的海滩上发生的会面，她指了指远处的棕榈林，它很适宜用于这个目的。他们怀着久违的亲切感拥抱了彼此，像少男少女那样开怀大笑，他们遵守了第四条规定，表现得很好。孤寂的软沙，干枯的树枝，香烟，第五或第六天里，那些黝黑的皮肤，焕然一新、闪闪发亮的眼神，交谈变成了一场聚会。我们过得非常不错，毛里西奥几乎是不假思索地说，维拉说没错，我们当然过得很不错，从你的脸上、头发上都能看出来，为什么是头发，因为你的头发散发出了另一种光泽，那是盐，傻瓜，有可能，但盐还会让头发黏在一起，他们笑得没法说话，笑的时候不说话是件好事，他们相互注视，最后一抹太阳迅速落下了，热带的太阳，你仔细观察，就会看见传说中的绿光，我已经在我的阳台上试过了，什么也没看见，啊，当然了，这位先生有阳台，没错，女士，我有阳台，但是您享受着平房里的尤克里里和聚会狂欢。时间迅速流逝，又抽了一根烟，真的，他很棒，他的方式很……你说他什么样就是什么样。谈谈你的呗。我不喜欢你说"你的"，好像是在瓜分奖品。可确实就是。好吧，但不是这样的，安娜可不是。哦，这声音真是太甜蜜了，你说"安娜"的时候像是在吮吸每个字。不是每个字，而是……龌龊。那你呢。一般来说，我不是负责"吮吸"的人，不过……我也是这么想的，那些意大利人都是从《十日谈》里来的。等等，我们可不是在搞什么团体心理治疗呀，毛里西奥。抱歉，我没有吃醋，我有什么权利吃醋。啊，好孩子①。所以你吸了？没错，很完美，舒缓而无尽的完美。祝贺你，我希望你过得跟我一样好。我不知道你过得怎么样，但是第四条规定要求了……好吧，虽然很难用语言来形容，但安娜是一阵海浪，一颗海星。红的那颗还是紫的那颗？她是所有海星的集合，是一条金色的河流，是粉色的珊瑚。这位先生简直就是一位斯堪的纳维亚诗人。那您就是放荡的威尼斯女人。不是威尼斯，是维罗纳。没区别，都能让人想起莎士比亚写的东西。你说得对，我还没意识到这一点。

①原文是英语。

总之，我们就这样继续下去，对吧。我们就这样继续下去，毛里西奥，还剩下五天。应该说是五个晚上，好好利用。我想我会好好利用的，他已经答应教给我一种东西，他管它叫通往现实的技巧。但愿之后你能讲给我听。我会详细地告诉你的，到时候你跟我讲讲你那金色河流和蓝色珊瑚。是粉色珊瑚，小姑娘。总而言之，你已经看到了，我们没有在浪费时间。这还有待观望，但无论如何我们没有浪费当下，说到这一点，我们不应该在第四条规定上浪费太多时间，这样不好。喝威士忌前你想再吃一份橙子沙拉吗？威士忌？真简陋，别人给我调制的可是配有金酒和安格斯图娜苦酒的卡帕诺。哦，抱歉。没关系，成为精致的人是需要时间的，我们找找绿光吧，没准就看见了，谁知道呢。

星期五，鲁滨孙的日子，有人在喝酒的时候想起了他，大家谈论了一会儿关于岛屿和海难的事，一阵短暂、急促的温热暴雨给枣椰树镀上了一层银色，后来还带来了一阵飞鸟的啼鸣，迁徙，老水手和他的信天翁，他是懂得生活的人，每当喝威士忌的时候，他都会唱起民谣，唱起赫布里底群岛或瓜达卢佩岛的古老歌曲，这一天结束时，维拉和毛里西奥有了同样的想法，酒店的名字名副其实，对他们来说，这是信风吹拂的时刻，安娜是那被遗忘的冲动的赋予者，桑德罗是精巧机器的制作者，信风让他们回到了还没有习惯彼此的时光，他们也曾经有过这样的日子，床单的海洋里充满了各种奇思妙想和让人眼花缭乱的技巧，只不过现在，只不过现在已经不是这样了，因此，因此信风还会一直吹到周二，一直精确地吹到自由时光的终结，在这段空位期重温遥远的过去，前往重新喷涌的泉水的短暂旅行，泉水用当下的快乐将他们沐洗，但在约法三章之前，在《三份忧郁》之前，他们早已知晓了这种快乐。

他们在内罗毕的波音飞机里相遇时没有说起这些，他们一起点燃了回程的第一支烟。他们像过去一样彼此注视，感受到了某种无法用语言表述的东西，他们对此缄默不语，喝着酒，谈论着信风酒店的轶事，无论如何，都得保存好信风酒店的回忆，信风必定会继续推着他们前行，他们钟爱的美好而古老的帆船旅行重新出现，击碎了螺旋桨，消灭了每日都在缓慢流动的肮脏的石油，那些石油污染了生日香槟酒杯，污染了每个夜晚的希望。安娜和桑德罗的信风继续吹拂他们的脸颊，在吞云吐雾的同时，他们彼此凝望，如果桑德罗一直都在的话，为什么此刻出现的却是毛里西奥，他的皮肤、他的头发和他的声音仿佛出现在了毛里西奥的脸上；安娜热恋时沙哑的笑声淹没了维拉的微笑，后者仿佛不存在一般。没有第六条约定，但他们不使用语言就可以将它编写。很自然地，在将来的某个时刻，他会邀请安娜喝一杯威士忌，而她会轻抚他的脸颊接受邀请，说好的，好的，桑德罗，我们喝杯威士忌来克服对海拔的恐惧，这是很好的办法，他们这样玩了一路，现在已经不需要根据条约来决定是否让桑德罗在机场主动提出送安娜回家，安娜接受了这个非常绅士的提议，到家之后，是她从口袋里找出钥匙，邀请桑德罗再喝一杯酒，她让他把行李放在玄关，向他指明通往客厅的路，她为灰尘和密闭的空气而向他道歉，去拉开窗帘，拿来冰块，桑德罗翻看着唱片和弗瑞兰德的版画，露出赞赏的神情。已经是晚上十一点多了，他们畅饮友谊之酒，安娜拿出了肉酱罐头和松糕，桑德罗帮她准备餐前面包，不过，他们来不及品尝这些食物了，彼此的双手和嘴唇相互渴求，他们倒在了床上，身体缠绕着脱下对方的衣服，在衣物间互相探寻，他们扯下了最后几件衣服，拉开被子，调暗灯光，慢慢地占有彼此，他们探寻着，低语着，期待着，与对方低声诉说着希望。

天知道他们什么时候又开始喝酒抽烟了，靠着枕头，他们坐在床上，在落地灯的灯光下抽烟。他们几乎没有看对方，话语来到墙边，又弹了回去，就像一场缓慢的盲人球赛，她先问自己，在信风之旅结束之后，维拉和毛里西奥怎么样了，回家以后他们怎么样了。

"他们肯定已经发现了，"他说，"他们肯定已经明白了，在发生了这些事以后，他们什么也做不了了。"

"总能做些什么的，"她说，"维拉不会一直这样下去的，看她的样子就知道。"

"毛里西奥也不会，"他说，"我跟他不熟，但这一点显而易见。他们都不会一直这样下去的，很容易就能猜到他们会做些什么。"

"没错，很容易，仿佛我们从这里就能看见他们会做的事情。"

"他们跟我们一样，还没睡着，现在他们在慢慢地聊天，但没有看对方。他们已经没什么可说的了，我觉得毛里西奥会打开抽屉拿出蓝色玻璃瓶。就像这样，你看，跟这个一样的蓝色玻璃瓶。"

"维拉会清点药片，分成两份，"她说，"这些实际的事总是分给她，她会做得很好的。每人十六片，甚至避免了奇数分不均匀的问题。"

"他们一次会吞下两片，用威士忌送服。他们同时吞药，谁都没有抢先对方一步。"

　　"会有些苦。"她说。

　　"毛里西奥会说不苦，倒是有点酸。"

　　"没错，可能是有点酸。然后不知道为什么，他们会关上灯。"

　　"永远都不会知道为什么，但他们的确会关上灯，拥抱对方。这是肯定的，我知道他们肯定会。"

　　"在黑暗里，"她一边说一边寻找开关，"就像这样，没错。"

　　"就像这样。"他说。

第二次

　　我们只要等他们来。每个人都有各自的日期和时间，但可以肯定的是，我们完全不着急。我们慢慢地抽着烟，黑人洛佩斯时不时端来咖啡，然后我们停下工作，讨论起新闻来，题材几乎一成不变，领导到访，上层变动，圣伊西德罗的演出。当然了，他们不可能知道我们在等他们，但我们确实在等，这些事情不能出差错，你们安心办手续，领导如此说，为了避免误解，这些话他经常重复，你们安心干活，总之，这活挺容易的，万一出了差池，他们也不会怪罪我们，上头的人会负责的，领导是个信守承诺的人，放心吧，小伙子们，要是这里出了什么麻烦，有我顶着，我只要求你们一件事：别把来的对象给搞错了，先调查清楚，免得出错，然后你们只管办手续就行了。

　　坦率地说，上班并不费劲。领导挑选了可以使用的办公室，免得大家挤在一起，我们以适当的方式，用了一切必要的时间，逐一接待他们。领导反复地说，而且说得没错，伙计们，对于我们这些有教养的人来说，一切都已经协调好了，尽情嘲笑电脑吧。在这里，工作的节奏像抹了凡士林一样平滑，人们一点都不着急，连"快点"都不会说。我们有时间喝咖啡，预测周日的竞猜结果，领导是第一个来验证的，瘦子比安凯蒂在这方面完全是个预言家。于是，每天我们都做同样的事，我们带着报纸来，黑人洛佩斯端上第一杯咖啡，过了一会，办理手续的人就陆续到来。通知上说了他们各自相应的手续，我们只用在那里等着就行了。话虽这么说，通知尽管印在黄色的纸上，但还是有一种严肃的意味，于是玛丽亚·艾莲娜在家把通知读了好几遍，一枚绿色印章圈住了日期、地点和一个无法辨认的签名。在公共汽车上，她又从钱包里取出了通知，为防万一，还给手表上了发条。他们在马萨大街的办事处约见她，在那个地方有政府单位真是件怪事，但她妹妹说，现在办事处到处都是，因为政府部门驻地太小了。她刚下公共汽车就发现这应该是真的，这个街区平庸无奇，有几栋三四层的房子，许多零售商店，甚至还有为数不多的几棵树，这个地区的树木已经越来越少了。

"至少会有一面国旗吧。"玛丽亚·艾莲娜想，此时她正在接近700号所在的街区。那栋楼或许就像大使馆，虽然隐藏在居民区，但在远处就能通过阳台上的彩色旗帜辨认出来。尽管通知上清楚地标注了门牌号，但她发现这一带没有国旗的时候，还是吃了一惊。她在街角待了一会（时间还很早，她可以等一会儿），不知何故，她向报刊亭的小贩询问起办事处是否就在这个街区。

"没错，"那个男人说，"就在街区的中段。但您去那儿之前，为什么不再多待一会儿陪陪我，您看我多孤单啊。"

"等我回来的时候吧。"玛丽亚·艾莲娜冲他一笑，不紧不慢地走开了，她又看了一遍那张黄纸上的内容。路上几乎没有汽车，也没有行人，一座仓库前有一只猫，一个胖女人和一个小女孩儿从玄关里走了出来。为数不多的几辆汽车停在办事处附近，几乎每个驾驶室里都坐着人，在看报纸或者在抽烟。入口就像街区其他房子的入口那样狭窄，玄关装饰着彩陶，楼梯在玄关尽头；门牌很像医生或牙医诊所门口的标识牌，牌子很脏，下半部分还粘着一张纸，挡住了一些文字。那张通知是如此严肃，盖着绿色印章还附有签名，而此地却没有升降梯，必须走着上三楼，很奇怪。

三楼的门关着，她没看见门铃，也没看见门牌。玛丽亚·艾莲娜推了推门把，大门无声地打开了。她先看到了香烟的烟雾，然后才看见走廊里绿色的彩陶和坐在两侧的长凳上的人们。人并不多，但是在烟雾缭绕的狭窄走廊里，他们的膝盖似乎贴在了一起，有两名老妇人、秃头先生和戴绿色领带的小伙子。他们一定是在聊天打发时间，玛丽亚·艾莲娜开门的时候，恰好听见其中一位女士说的最后一句话，但是，像通常一样，他们看着新来的人，突然沉默了下来；同样像通常一样，玛丽亚·艾莲娜觉得自己蠢得不行，她面红耳赤，勉强地说了句早上好，然后站在门旁，直到那个小伙子冲她做了个手势，示意他旁边有个空座。她刚坐下，跟他道了谢，走廊另一边的门就开了一道缝，一个红头发的男人走了出来，一路穿梭在其他人的膝盖之间，也没费心思说"不好意思让一让"。那名职员用一只脚抵着门，好让门一直开着，他等待着，直到其中一名女士艰难地直起身子，一边道歉一边穿过玛丽亚·艾莲娜和秃头先生之间的空隙。出口的门和办公室的门几乎同时被关上了，剩下的人又开始聊天，在咯吱作响的长椅上微微伸个懒腰。

像通常一样，每个人都有自己的话题，秃头先生谈论起了手续办理的效率之低，要是第一次就这样了，接下去还能有什么指望，您跟我说说，半小时里都办了些什么事啊，可能提四个问题就完了，至少我是这么想的。

"您别想当然，"戴绿色领带的小伙子说，"我是第二次来了，我跟您保证，没有那么快，他们先把所有的东西复印完，然后某个工作人员又记不清日期了，诸如此类的，最后拖了很长时间。"

秃头先生和老妇人饶有兴致地听他说话，他们显然是第一次来，玛丽亚·艾莲娜也是第一次来，但她觉得自己没有资格加入对话。秃头先生想知道第一次和第二次通知相隔的时间，小伙子回答说他等了三天。但为什么要通知两次呢？玛丽亚·艾莲娜想问，但她感觉到自己的脸又红了，她期待有人和她说话，给她信心，让她参与其中，让她不再是那个新来的人。老妇人取出了一个似乎装有盐粒的玻璃瓶，一边嗅一边叹息。或许烟雾太浓，让她觉得不舒服了，小伙子说，主动掐灭了香烟，秃头先生说没问题，这条走廊简直是种耻辱，如果老妇人觉得不舒服的话，他们最好还是掐灭香烟，但老妇人说不用了，她只是有些疲倦，马上就会没事的，在家里她的丈夫和儿子们成天都在抽烟，我已经几乎察觉不到了。玛丽亚·艾莲娜也想抽烟，但她看见男人们已经把烟掐灭了，那个小伙子还用脚踩了踩，每当他必须等待的时候，他总会抽很多烟，上回更糟糕，因为他前面有七、八个人，到最后走廊上烟雾弥漫，什么都看不见了。

"生活就是间等候室。"秃头先生一边说，一边小心翼翼地踩灭香烟，他看着自己的双手，似乎不知道该用它们做些什么，老妇人的叹息道尽了多年的妥协，她把玻璃瓶收起来的时候，走廊尽头的门恰好打开了，另一位老妇人带着那种让所有人羡慕的神情走了出来，走到出口的时候，她那句"早安"几乎带有同情的意味。看来没有耽误多久，玛丽亚·艾莲娜想，她前面有三个人，估计要等四十五分钟，当然某些人的手续办理时间会比其他人更长，那个小伙子已经来过一次了，他就是这么说的。等秃头先生走进办公室的时候，玛丽亚·艾莲娜鼓起勇气向小伙子提问，好让自己放下心来，小伙子想了想，然后说，第一次的时候，有些人很久才办完，其他人稍微快一点，根本说不准。老妇人强调说，之前那位女士几乎是马上就出来了，但红头发先生在里面待了好久。

"幸亏剩下的人不多，"玛丽亚·艾莲娜说，"这种地方让人压抑。"

"得用哲学的观点看待这件事，"小伙子说，"您别忘了，您还得回来，所以您还是安下心来吧。我第一次来的时候都没人可以说话，人很多，但是不知道怎么回事，大家合不来，不像今天，从我来到这里开始，时间过得挺快的，因为大家有交流。"

玛丽亚·艾莲娜乐意继续与小伙子和老妇人交谈，她几乎没有感觉到时间的流逝，直到秃头先生从里面出来，老妇人飞快地站了起来，他们没想到以她的年龄，动作竟能如此敏捷，这个可怜人一定是想快点把手续办完。

"好吧，现在就剩我们俩了，"小伙子说，"您介意我抽一口烟吗？我忍不下去了，但是那位女士看起来那么难受……"

"我也想抽烟。"

她接过他递来的香烟，互相说了自己的姓名，工作地点，他们交流彼此的感受，把走廊抛在脑后，觉得这样很好，忘却了寂静，有时这寂静那么突出，仿佛街道和人们远在千里。玛丽亚·艾莲娜年幼时也在弗洛雷斯塔区生活过，现在住在康斯蒂图西翁区。卡洛斯不喜欢那个街区，他更喜欢西边，空气更清新，还有树。他理想中的居住区是公园村区，等他结婚的时候，他或许会在那边租一间公寓，他未来的岳父已经答应帮助他，那是一位拥有诸多社会关系的先生，他能想办法在某一条关系中得到一些好处。

"我也说不上来原因，但是我预感我会在康斯蒂图西翁区生活一辈子，"玛丽亚·艾莲娜说，"毕竟也没那么糟糕。如果有一天……"

她看见走廊尽头的门打开了，她几乎有些惊讶地看着那个起身时冲自己微笑的小伙子，您看，聊天的时候，时间过得多快啊，老妇人亲切地和他们打招呼，似乎很高兴自己可以走了，离开时，大家的姿态都显得更年轻、更灵活，似乎卸下了身上的重量，手续完成了，少了件要办的事，外面是街道，咖啡厅，也许会进去喝一小杯酒，或者喝杯茶，好让自己觉得真正地远离了等候室和表格。现在，玛丽亚·艾莲娜独自一人了，如果继续这样下去，卡洛斯很快就会出来，尽管如此，时间还是显得比之前更加漫长，但他也可能比其他人待得更久，因为他是第二次来了，天晓得他会办哪些手续。

她看见门打开了，起初她几乎没有明白过来，职员看了她一眼，朝她点了点头，让她进去。她想，看来是这么回事，卡洛斯肯定还得多留一会儿填资料，与此同时，他们会办理她的手续。她和那名职员打了招呼，走进办公室，刚进门，另一名职员就示意她坐到一张黑色写字台前面的椅子上，办公室里有好几名职员，全都是男性，但她没有看见卡洛斯。在写字台的另一头，一名满脸病容的职员正在看一张表格，他伸出手，但没有抬头，玛丽亚·艾莲娜过了很久都没有明白他在问她要通知单。突然，她明白了过来，然后开始有些迷惘地翻找起来，她低声说着抱歉，从钱包里取出了两三件东西才找到那张黄色的纸条。

"把它填好，"职员说着把表格递给她，"用大写字母填，填清楚。"

都是些寻常的内容，姓名、年龄、性别、地址。职员说话的时候，玛丽亚·艾莲娜觉得似乎有某种东西让她心烦意乱，那种东西说不清道不明。它并没有在表格里，因为表格里的空隙是很容易就能填满的；那是某种外界的事物，某种不在场或者不在它应有的位置上的东西。她停下笔，看了看四周，职员们在其他的桌子前工作或互相交谈，肮脏的墙壁上挂着海报和照片，两扇窗，她进屋时穿过的门，那是办公室里唯一的门。职业，旁边有一条虚线；她机械地将空格填满。办公室只有一扇门，但卡洛斯并不在这里。工作年限。用大写字母填，填清楚。

她在底下签名的时候，那名职员正在看着她，仿佛她填了很长时间。他检查了一会儿，没有发现错误，然后把表格放进了文件夹里。剩下的就是提问，有些问题没什么意义，因为她已经在表格里回答过了，但他还询问了家庭情况、近几年家庭住址的变动、保险、旅行是否频繁、去了哪些地方、有没有护照或者是否准备办理护照。似乎没有人在意答案，无论如何，那位职员并没有把答案记录下来。突然，他告诉玛丽亚·艾莲娜她可以离开了，三天后的十一点钟再来。不需要有书面通知，但是别忘记过来。

"好的，先生，"玛丽亚·艾莲娜边说边起身，"星期四，十一点。"

"祝您顺利。"职员说，但他没有看着她。

走廊里空无一人，她像其他人那样迫不及待地穿过它，松了一口气，盼望走到大街上，将其余的一切抛到脑后。玛丽亚·艾莲娜打开了出口的门，开始下楼的时候，她再次想起了卡洛斯，很奇怪，卡洛斯没有像其他人那样出来。这很奇怪，因为办公室只有一扇门，当然，也有可能她没看清楚，因为要发生这种事这根本不可能，那个职员打开门让她进来，卡洛斯没有和她相遇，他没有像其他人那样先出来，红发男人，两位女士，所有人都出来了，除了卡洛斯。

照射在小路上的阳光，街道上的声响和气息；玛丽亚·艾莲娜走了几步，在一棵树旁停了下来，那里没有停泊的汽车。她向那栋房子的大门看去，她想再等一会儿，想看着卡洛斯出来。卡洛斯不可能不出来的，所有人在办完手续之后都出来了。她想，可能因为他是唯一一个第二次来的人，所以耽搁了很久，谁知道呢，可能就是这样。没在办公室里看见他真是件怪事，也可能是有一扇被海报挡住的门，她一定遗漏了什么，但还是很奇怪，因为所有人都和她一样穿过走廊离开了，所有第一次来的人都穿过走廊离开了。

离开前（她等了一会，但不能继续这样等下去），她想星期四还得回来。或许到时候也会不一样，他们会让她从另一边出去，尽管她不知道会从哪里出去，也不知道为什么。她当然不知道为什么，但我们知道，我们会慢慢地抽着烟，聊着天，等候她和其他人到来，黑人洛佩斯又会冲一杯早晨的咖啡。

您在你身旁躺下了

致 G.H，他带着此地不存在的幽默感向我讲述了这件事

您上回见他赤身裸体是在什么时候？

这几乎不是一个问题，您正从更衣室走出来，调整着比基尼的肩带，寻找着您儿子的身影，他在海边等您，于是，在漫不经心的时候，这个问题出现了，但这并不是一个真心期待答案的问题，准确地说，那是您突然意识到的缺失；淋浴中的罗贝尔托年幼的身体，受伤膝盖上的按摩，天晓得从什么时候开始就不再出现的画面，总之，您上一次见他赤身裸体是好几个月前的事了。在一年多的时间里，每当罗贝尔托尖声尖气地说话的时候，他都在与羞耻心做斗争，信任的终结，您双臂间触手可及的避风港的终结，过去，每当他感到痛苦或伤心的时候，都会扑进您的怀里；又一个生日，十五岁，

已经过去七个月了，于是，卫生间门上的钥匙，在卧室里独自换上睡衣后道的晚安，有时，他会勉强迁就于一种习惯，跳起来搂住您的脖子，强有力的亲昵，湿润的亲吻，妈妈，亲爱的妈妈，亲爱的丹妮丝，妈妈或丹妮丝——看心情和时间，你这个宝贝，罗贝尔托是丹妮丝的小宝贝，你躺在沙滩上，看着水藻描出了潮水的边界，你微微抬起头，看着您从更衣室走来，你看着您，抿紧了唇间的香烟。

　　您在你身旁躺下了，你直起身子，寻找烟盒和打火机。

　　"不用了，谢谢，暂时不需要。"您一边说，一边从提包里取出了太阳镜，丹妮丝换衣服的时候，你帮她看管提包。

　　"需要我给你拿一杯威士忌吗？"你问您。

　　"还是先游泳吧。我们走吧？"

　　"好啊。"你说。

　　"你觉得无所谓，对吧？这几天，你觉得什么都无所谓，罗贝尔托。"

　　"你别生气，丹妮丝。"

　　"我没有指责你，我明白你有些心不在焉。"

　　"呵。"你说着把脸转向了别处。

　　"她为什么不来海边？"

　　"谁？莉莲？我怎么知道，她跟我说，她昨晚不太舒服。"

　　"我也没看见她的父母。"您说。您有些近视，缓慢地排查了整条地平线。"我们得回酒店看看他们是不是病了。"

　　"我待会儿再去。"你粗鲁地中止了这个话题。

　　您站了起来，你在几步之外跟着她，你等她跳进水里，自己也慢慢入水，在离她较远的地方游泳，她抬起手臂，和你打了个招呼，于是你游起了蝶泳，你假装撞到她，您笑着拥抱他，用手打他，永远都是个粗鲁的鼻涕虫，在海里你都能踩到我的脚。他们玩耍，向远处游去，在远离海岸的地方缓慢地划水。在缩小的沙滩上，莉莲突然出现的身影宛如一只几乎看不见的红色小跳蚤。

"随她慢慢来，"你说，您举起手臂叫她，"如果来晚了，对她来说更不划算，我们继续待在这里，这水太棒了。"

"昨晚你带她走到了礁石那里，你回来得很晚。乌尔苏拉没对莉莲发火吗？"

"她为什么要发火？没那么晚，莉莲已经不是小姑娘了。"

"对你来说她不是小姑娘了，对乌尔苏拉可不是，乌尔苏拉还把她当作三岁小孩呢，更别提何塞·路易斯了，他绝不会相信这小姑娘已经定期来月经了。"

"噢，你太粗俗了，"你满足而困惑地说，"我追你到防波堤那里，丹妮丝，我让你五米。"

"我们就留在这里吧，你待会儿去追莉莲，她肯定能赢你。你昨晚和她睡了？"

"什么？你……"

"你吞下海水了，小傻瓜。"您一边说，一边抓住他的下巴，让他的背部往下沉。"这讲得通，对吧？你大半夜把她带到海边，你们回来得很晚，现在莉莲又在最后一刻才出现，小心点，蠢货，你又踢到我的脚踝了，在远离海岸的地方你都不安分。"

你仰卧在水面上，您也不紧不慢地效仿，你沉默不语，似乎在等待着，但是您也在等待，阳光灼烧着你们的眼睛。

"我本来是想那么做的，妈妈，"你说，"但是她不想，她……"

"你是真的想，还是说说而已？"

"我觉得她也想，当时我们离礁石很近，在那里本来很容易的，因为我知道有个岩洞……但是，后来她就不愿意了，她很害怕……你要干吗？"

您觉得十五岁半的年龄太小了，您捉住他的脑袋，在他的头发上亲吻了一下，而你笑着抗议，现在真的，现在你真的希望丹妮丝继续和你探讨这件事，和你探讨这件事的人竟然是她，真是不可思议。

"如果你觉得莉莲愿意的话，你们昨晚没做成的事今天或明天就能做成。你们俩就是两个小家伙，并不是真的相爱，但当然了，这件事你们不相爱也能做。"

"我爱她，妈妈，她也爱我，我敢肯定。"

"两个小家伙，"您又重复了一遍，"正因为这样我才跟你谈这件事，如果你今晚或明天和莉莲睡了，你们肯定会笨手笨脚的。"

你在两朵轻柔的浪花间看您，您冲着他笑了笑，因为罗贝尔托显然没有明白，你现在有些恼火，甚至有些担心丹妮丝会给你讲解基本知识，我的妈呀，偏偏真是这样。

"我想说，你和她都不会小心办事的，等这次消夏之旅结束的时候，乌尔苏拉和何塞·路易斯就会发现他们的小姑娘怀孕了。现在你明白了吧？"

你什么都没说，但是你当然明白了，从你和莉莲最初的几个吻开始，你就明白了，你问过自己这个问题，然后你想到了药店，但就此止住了，你没有做过这样的事。

"或许我想错了，但是我从莉莲的脸上看得出来，她什么都不会，只知道一些理论知识，这没什么用。如果你愿意的话，我替你高兴，但是你年纪已经不小了，得自己处理这些事。"

她看见你把脸埋进了海水里，你用力地擦脸，你看着她，似乎有些生气。您慢慢地游着仰泳，希望你再次靠近，以便和你继续谈论之前的话题，那是你一直都在想的事，仿佛你已经站在了药店柜台前。

"这不是理想的做法，我知道，但如果她从来没有做过的话，我觉得很难和她谈避孕药的事，更何况这里……"

"我也这么想过。"你用更浑厚的嗓音说道。

"那你还在等什么呢？把避孕套买来，放在口袋里，千万别昏了头，记得用。"

你突然沉了下去，从下面推了她一把，她大叫一声，笑了起来，你让她周身被泡沫包裹，你不停地用手拍打海水，你的话被喷嚏和海水击碎，变成了破碎的片段，你不敢，你从来没买过，你不敢，你不知道该怎么做，黛尔卡丝老太在药店里，没有男性售货员，你发现了，丹妮丝，我该怎么跟她要避孕套，我做不到，我好热。

七岁时，有一天下午，你带着羞赧的神情从学校回到家，在这种情况下，您从不为难他，等到睡觉的时候，你蜷缩在她的怀里，你们把睡前拥抱的游戏叫作"致命的森蚺"，您只需提一个问题就能知道事情的经过，课间休息时，你的胯下和屁股开始瘙痒，你不停地挠，直到挠出了血迹，你很害怕，又觉得羞耻，因为你觉得那可能是疥疮，是梅尔乔先生的马传染给你的。而您，在恐惧和迷惑的泪水间亲吻他，泪水布满了你的脸，您让他仰面躺下，分开了他的双腿，仔细观察之后，您看见了臭虫或跳蚤的咬痕，那是学校的"礼物"，不是疥疮，傻瓜，你只不过是把自己挠出血了。一切都是如此简单，酒精和药膏，那几根手指抚摸着，安抚着，坦白后，你松了口气，你很快乐，满怀信任，当然什么事也没有了，傻瓜，睡觉吧，明天早上我们再检查一遍。曾经美好的时光，这些画面从不远的过去再次浮现，在两朵浪花和两张笑容之间，突然出现了距离，由变声、喉结、绒毛和被逐出天堂的荒谬天使所决定的距离。这很可笑，您在水下微笑着，被如同床单的波浪盖着，这很可笑，因为实际上，承认可疑的瘙痒所带来的羞耻感与认为自己还没有成熟到可以面对黛尔卡丝老太的羞耻感并无区别。你再次靠近看她，像小狗一样在她仰面朝天浮动着的身体周围游泳，您已经知道你热切而屈辱地等待着的东西，正如过去，你不得不屈服于她的眼睛和她的双手，她的双手会做出你需要的东西，这既让人羞愧，又十分甜蜜，是丹妮丝又一次将你从腹痛或小腿抽筋之中解救出来的。

"既然如此，那我就自己去了，"您说，"真不敢相信你竟然这么笨，亲爱的。"

"你？你要去？"

"当然了，我，孩子的妈妈。我想你不会让莉莲去买的。"

"丹妮丝，真该死……"

"我觉得好冷，"您有些艰难地说，"现在我接受你的威士忌酒，在此之前，我追你到防波堤。你不用让我，我一样能赢你。"

这好比慢慢地抬起复写纸，看见下面与一天前一模一样的副本，与莉莲的父母和蜗牛专家古兹先生一起吃的午饭，漫长、温暖的午睡，你喝着茶，别人几乎注意不到你，但在这个时间，这是一种仪式，露台上的烤面包片，逐渐降临的夜晚，您看着你夹着尾巴，几乎有些同情，但您也不想破坏这场仪式，不管你们身处何地，都会有下午这场会面，有着手各自的事情之前喝的茶水。你显然不知道怎么保护自己，可怜的罗贝尔托，你像小狗一样递着奶油和蜂蜜，真可悲，你一边咽着烤面包片，口齿不清地说话，一边寻找着你那根卷曲的狗尾巴，你又开始喝茶了，又开始抽烟了。

网球拍，番茄色脸颊，全身古铜色，莉莲正在找你，她想在晚饭前看那场电影。他们离开的时候您很高兴，你的确很迷惘，你没有找到你的角落，只能任由自己在莉莲身边漂浮，你们开始了对您来说几乎是无法理解的交流，这种交流充满了单音节、大笑声和新潮流的冲击，没有任何一种语法可以清楚地解释，生活本身又一次嘲笑了语法。您觉得这样独自一人非常舒适，但突然间，某种类似于悲伤的感觉，那文明的沉默，那场只有他们会去看的电影。您穿上了裤子和一件您一直认为很合身的上衣，沿着防波堤往下走，在商店和售货亭前停留了一会儿，买了一本杂志和一盒香烟。镇里的药店有一块霓虹灯广告牌，它让人联想起一座结结巴巴的宝塔，黛尔卡丝老太和另一个年轻女职员就在那间有草药气味的小厅里，黛尔卡丝老太戴着一顶令人觉得不可思议的红绿相间的帽子，尽管你只提到了黛尔卡丝老太，但你真正害怕的是那个年轻女职员。还有两名长满皱纹、侃侃而谈的客人，要买阿司匹林和胃药，付钱之后他们没有立马离开，而是看着玻璃橱柜，度过了与待在家里相比没那么无聊的一分钟。您背对着他们，因为您知道这地方太小了，大家都可以听见彼此的对话，在与黛尔卡丝老太就"时间太神奇了"这一观点达成共识之后，您管她要了一瓶酒精，仿佛在给那两个无所事事的客人最后的时限。您拿到酒精以后，那两个老人还在察看装满儿童食品的玻璃柜，您尽可能压低了声音，我需要给我儿子买点东西，他自己不敢来，对，没错，我不知道是不是盒装的，但无论如何给我拿几个，之后他自己会处理的。真可笑，对吧？

　　既然您这么说了，您可以自己回答说："没错，确实很可笑。"黛尔卡丝老太几乎笑了起来，她站在玻璃柜中间黄色证书所在的位置，用鹦鹉般干巴巴的声音回答说，有单独袋装的，还有十二只盒装和二十四只盒装的。其中一位客人看着她们，仿佛觉得难以置信，另一位客人——一个近视的、穿着及地长裙的老妇人——后退了几步，嘴里说着晚安，晚安，那名年轻的店员乐不可支，晚安，帕尔多女士，黛尔卡丝老太终于咽下了口水，转身前她喃喃地说："总算走了。"对您来说这太戏剧化了，她为什么不提议让我去商店后面的房间呢，您想象着相同处境之下的你，觉得你很可怜，因为你肯定不敢让黛尔卡丝老太带你去后面的房间，你是个男人。不行，您说或者您这么想（您永远都不会弄明白的，但是无所谓了），我认为，为了一盒避孕套没必要偷偷摸摸或者装模作样，如果我让她带我去后面的房间，那我就背叛了自己，我就变成了你的同谋，或许几周内我就得再这么干一回，这样不行，罗贝尔托，一次就够了，现在大家各管各的，我真的再也不会看你的裸体了，亲爱的，这是最后一次，没错，十二只盒装的，女士。

"您让他们彻底惊呆了。"年轻的女店员一边想着那两个客人，一边笑得前俯后仰。

"我发现了，"您说着掏出了钱，"我确实不该做这种事。"

在换衣服准备吃晚饭前，您把盒子放在了你的床上，当你奔跑着从电影院回来时，天色已晚，你看见了枕头上白色的突起，羞涩万分，你打开了包装盒，丹妮丝，妈妈，让我进去，妈妈，我找到了你……您袒露着胸口，穿着白色的裙子，显得非常年轻，您从镜子里，从某个遥远而陌生的地方，看着你，迎接你。

"没错，现在你自己看着办吧，孩子，我没法为你们做更多的事了。"

你们从很久以前就已经约定，她不会再管你叫孩子了，你明白这得花钱，她让你把钱还给她。你手足无措，走到窗边，靠近丹妮丝，你握住她的肩膀，紧贴她的后背，亲吻她的脖子，无数次，湿润地，孩子，与此同时，您整理好了头发，寻找着香水。您感觉到了皮肤上温热的泪水，您转过身去，温柔地将你向后推，您笑着，却听不见您的笑声，默片里缓缓的笑容。

"要迟到了，傻瓜，你知道乌尔苏拉不喜欢在餐桌上等人。电影还不错吗？"

虽然在半梦半醒间越来越难抗拒那个想法，但她依然试图抗拒，午夜时分，一只与魅魔①结盟的苍蝇不让她进入梦乡。您点亮台灯，慢慢喝了口水，重新仰面躺下，天气热得让人无法忍受，洞穴里会很清凉，快睡着的时候，您想象着那个洞穴和里面的白沙，此刻，魅魔伏在莉莲仰面朝天的身体上，她的眼睛睁得很大，很湿润，你亲吻着她的乳房，含糊地说些没有逻辑的话，你自然没能把事情办好，等你发现的时候已经来不及了，魅魔本想在不打扰他们的前提下介入，他只想帮助他们，让他们不要做蠢事，这是他的老习惯了，他非常熟悉你仰面朝天的身体，他在呻吟和亲吻之间请求许可，再次近距离地观察你的大腿和背脊，再次使用了应对棒击或流感的方法，放松你的身体，不会疼的，一个大男孩不会因为打针而哭泣，来吧。台灯和水再次出现，您还在阅读那本愚蠢的杂志，过一会儿才能入睡，在您入睡之前，你会踮着脚尖回来，您会听见你在卫生间里的声音，床垫微弱的咯吱声，梦呓，或是为了入睡而发出的喃喃自语。

水更凉了，但您喜欢它刺骨的触感，您一刻不停地游到防波堤，从那里看见了在岸边戏水的人们，看见你迎着太阳抽烟，你不太想跳进水里。您在水面上仰浮着休息，回去的路上，您遇见了莉莲，她正在慢慢地游泳，专注于自己的泳姿，她对您说"您好"，这似乎是她对大人们最大的让步。而你跳着站了起来，用毛巾裹住丹妮

---

①欧洲及中东民间传说中的女性邪灵或超自然个体，常在梦中以人类女性的形象出现，是通过性交勾引男人的恶魔。与之对应的男性邪灵叫"梦魇"。

丝，让她待在一个背风的地方。

"你不会喜欢的，水太凉了。"

"我猜到了，你都起鸡皮疙瘩了。等等，这支打火机没用了，我这还有一支。要不要给你拿杯热雀巢咖啡？"

您趴在沙滩上，太阳如蜜蜂般在您的皮肤上嗡嗡作响，细沙宛如丝质手套，空闲的时刻。你端来了咖啡，问她周日要不要回去，还是想多留几天。不留了，没什么可留的，天气开始变凉了。

"这样更好，"你一边说一边看着远处，"我们回去吧，一切都结束了，在海边待十五天足够了，待会你身上就干了。"

你当然期待过，但并不是这样的结果，只有您伸出手抚摸你的头发，仅此而已。

"跟我说点什么吧，丹妮丝，你别这样，我……"

"嘘，应该说点什么的人是你，别把我弄得跟蜘蛛妈妈① 似的。"

"不是的，妈妈，因为……"

"我们之间已经无话可说了，你知道我为你的莉莲做的事情。既然你觉得自己是个男人了，那就学会自己处理。如果孩子嗓子疼，他已经知道药在哪里了。"

抚摸过你头发的那只手沿着你的肩膀滑落，落在了沙子上。您艰难地说出了每个字，但手还是丹妮丝那只恒久不变的手，它仿佛是驱除疼痛的鸽子，给予你介于棉花和富氧水之间的挠痒痒与爱抚。这早晚会停止的，你突然明白了，仿佛受到了无声的打击，临界点

---

①指过分保护自己的子女的母亲。

必然会在某天晚上或上午出现。你先拉开了距离，把自己反锁在卫生间里，独自更换衣服，在大街上游荡好几个小时，但是让临界点在某个时刻（或许就是现在）出现的人是您，你背上最后的爱抚。如果孩子嗓子疼，他已经知道药在哪里了。

"别担心，丹妮丝，"你阴沉地说，嘴被沙子盖住了大半，"你不用担心莉莲。她不愿意，你知道的，最后她不愿意。这个女孩真是傻，你还想怎么样。"

您直起身子，身体突然的抖动让您的眼睛里充满了沙粒。你看见您的嘴巴颤抖着，脸上挂着泪。

"我已经跟你说过了，够了，你没听见吗？够了，够了！"

"妈妈……"

但您背过身去，用草帽挡住了脸。梦魇①、失眠、黛尔卡丝老太，它们让人觉得可笑。临界点，什么是临界点？在那段日子里的某一天，卫生间的门仍然可能没被反锁，您走进去，撞见了赤裸的你浑身涂满了肥皂，你突然觉得很困惑。或者相反，在您冲完澡以后，你仍然可能在门边看着您，正如在那些年里，你们一边擦干身体，穿上衣服，一边对视，嬉戏。什么是临界点？什么是真正的界限？

"你好。"莉莲说，他们两人坐在了一起。

---

① 对应前文的魅魔。

以波比的名义

昨天，他八岁了，我们为他举办了一场美妙的派对，波比非常
喜欢发条火车、足球和插满蜡烛的蛋糕。我妹妹原本担心那几天他
在学校的成绩会很糟糕，但恰好相反，他的算术和阅读成绩都有所
提升，没有理由不让他玩玩具了。我们让他邀请他的朋友们来，他
邀请了贝托和小胡安娜，马里奥·潘萨尼也来了，但只待了一会儿，
因为他爸爸病了。我妹妹让他们在院子里一直玩到了晚上，尽管我
们俩都担心他兴奋过度，会弄坏我们的植物，但波比还是试了试他
的新球。到了喝橙汁和吃生日蛋糕的时间，我们给他合唱了"绿芹
菜"[①]，我们笑得很厉害，因为大家都很高兴，尤其是波比和我妹妹；
而我，当然了，我一直都在监视波比，我觉得这简直是在浪费时间，

[①]指生日歌。西文中的"绿芹菜（apio verde）"与英文的"happy birthday"语音上有相近之处。

因为根本就没有什么可以监视的。但是，我得在波比心不在焉的时候监视他，寻找那种我妹妹似乎没有注意到、却让我很难受的眼神。

那天，我只看见他对她露出过一次那样的眼神，就在他低下头、像有教养的孩子那样说"蛋糕真漂亮呀，妈妈"之前的一瞬间，当时我妹妹正好在点蜡烛。小胡安娜对他的话表示赞同，马里奥·潘萨尼也是。然后，我摆好了让波比切蛋糕的长刀，特意从桌子的另一端观察他，但是波比对蛋糕满意极了，正在用几乎从未有过的神情看着我妹妹。他专心致志地把蛋糕切成同样的大小，然后分给大家。"第一块先给你，妈妈。"波比说着把蛋糕递给她，然后是小胡安娜和我，因为女士优先。很快他们回院子里继续玩耍，马里奥·潘萨尼没有去，因为他爸爸病了，但在此之前，波比又和我妹妹说了一遍蛋糕真好吃，然后他向我跑来，抱住我的脖子，给了我一个湿漉漉的吻。"你的辫子真漂亮，姨妈。"晚上，他爬上我的膝头，向我吐露了一个了不得的秘密："你知道吗，姨妈，现在我八岁了。"

我们很晚才睡下，但那天是周六，波比可以像我们一样待到凌晨。我是最后一个上床的，在此之前，我整理了餐厅，把凳子摆回原位，孩子们玩了沉船和其他游戏，这些游戏总是会把家里弄得乱七八糟的。我把长刀收了起来，上床前，我看见我妹妹幸福地沉睡着；我来到波比的房间，看见他趴着睡着了，他从小就喜欢这样睡觉，床单被他踢到地上，一条腿露出床外，脸埋进了枕头里，睡得非常香。要是我有孩子的话，我也会让他这样睡觉的，但是想这种事有什么意义呢。我躺了下来，但我不想读书，也许我不该这样，因为我一点都不困，在这种时候，我身上总是发生同样的事：意志消散了，各种想法从四面袭来，似乎都是正确的，突然间，所有的想法都是正确的，而且几乎总会变得很恐怖，连做祷告都无法摆脱。我喝了糖水，从三百开始倒数，因为从后往前数数更难，更催眠。就在我快要睡着的时候，疑虑突然冒了头：我把刀收起来了吗，还是说，刀还放在桌上。这种想法很愚蠢，因为我已经把每样东西都整理好了，我记得我把刀放进了橱柜下面的抽屉里，但我还是不敢确定。我起了床，那把刀果然在那个抽屉里，和其他餐具放在一起。不知道为什么，我突然很想把刀放在我的卧室，我甚至把它拿出来了一会儿，但这也太夸张了。我照了照镜子，对自己做了个鬼脸。在这个时间，我也不是很喜欢这样做。我给自己倒了一小杯茴芹酒，尽管这样对我的肝并不好，我坐在床上小口地喝酒，好让自己尽快睡着。我妹妹的鼾声不时地传来，波比和往常一样，要么在说梦话，要么在呻吟。

恰好在我快要睡着的时候，我突然又想起了所有的事。波比第一次问我妹妹为什么对他不好的时候，我那圣人般的妹妹——所有人都这么说——看着他，仿佛这是个玩笑，她甚至笑了起来。我当时正在沏着马黛茶，我记得波比没有笑，相反，他似乎很痛苦，很想知道答案。当时他已经七岁左右了，像所有的孩子那样，总会提一些奇怪的问题，我记得有一天，他问我为什么树木和我们不一样，我反问他为什么有这样的疑问，波比说："姨妈，因为夏天的时候它们穿得很厚实，到了冬天却脱下衣服。"我吃了一惊，因为这孩子真的太奇怪了。孩子都是这样的，但他还是……然后，我妹妹奇怪地看着他，她从没有对他不好，她对他说，只不过在他表现不好或生病的时候，她会显得有些严肃，而且不得不做一些他不喜欢的事，小胡安娜和马里奥·潘萨尼的妈妈在必要的时候也会很严肃的。但是波比依然悲伤地看着她，最后他说，不是白天，是晚上他睡着的时候，她对他不好。我们俩都吃了一惊，我记得是我跟他解释说，没人需要承担睡梦里的过错，那只是一场噩梦，现在都过去了，让他别担心。那一天，波比没有坚持，他总是能接受我们的解释，他不是一个难哄的孩子。但是几天后，他哭叫着醒来，我走到他床边的时候，他抱住我，不愿意说话，只是不停地哭。他肯定又做噩梦了，甚至到中午的时候，他坐在桌子旁突然想起这件事，又问起我妹妹，为什么在他睡着的时候对他这么坏。这一回，我妹妹开始在意这件事了，她对他说，他年龄已经够大了，怎么还分不清梦境和现实呢，她还说，如果他坚持这么说，她就要把这件事告诉卡普兰医生了，因为说不定他肚子里长了蛔虫或者得了阑尾炎，得治一治。我觉得波比快哭了，我连忙又给他解释了一遍关于噩梦的事，他得明白，没人像他妈妈那样爱他，我虽然也很爱他，但还是不如他妈妈。波比认真地听着，擦干了眼泪，他说，当然了，他明白的，他从椅子上下来，亲吻我束手无策的妹妹，然后眼神呆滞地陷入了思考。下午，我去院子里找他，让他跟我聊一聊，毕竟我是他的姨妈，他可以像信任她妈妈一样信任我，要是他不愿意告诉妈妈的话，也可以告诉我。他看上去并不想说话，他费了好大的劲，最后，他说了一些类似于"到了晚上一切都不同了"的话，说起了几块黑布，他没法松开手脚，大家都会做这样的噩梦，但是波比偏偏梦见了我妹妹，她为他做出了那么多牺牲，这真是太让人遗憾了，我这样告诉他，然后又重复了一遍，他说，没错，他同意，他当然同意了。

恰巧在这之后，我妹妹得了胸膜炎，轮到我安排所有的事务，但我不用管波比，因为他虽然年纪很小，但所有的事都能自己做得好好的。我记得他进屋看望我妹妹，待在她床边一言不发，等着她对他微笑或者抚摸他的头发，然后，他会安静地去院子里玩耍，或者在客厅里读书，我甚至不用提醒他别在那几天弹钢琴，虽然他很喜欢弹。我第一次看见他很难过的时候，我告诉他，他妈妈已经好一些了，明天就能起来晒会儿太阳了。波比露出了奇怪的表情，斜着眼睛看了我一眼，怎么说呢，我突然想到了那件事，我问他是不是又做噩梦了。他开始安静地哭了起来，捂住自己的脸，然后说是的，为什么妈妈要这样对他。那一次，我意识到他很害怕，我掰下他的手，擦干他的脸，我看见了他的恐惧，很难置之不理，我又跟他解释了一遍，那只不过是个梦。"你跟她什么也别说，"我要求道，"你看，她已经很虚弱了，她知道了会激动的。"波比沉默地表示赞同，他很信任我，但后来，我发现他对这句话的理解很死板，因为连我妹妹开始康复的时候，他都没有再跟她说起过这件事，我这么推测是因为有几天上午，我看见他茫然地从她的房间里出来，而且他一直都和我待在一起，在厨房里围着我打转。有一两回，我实在忍不住了，在院子里或是在给他洗澡的时候跟他谈了谈，他的反应和原来一样，努力不让自己哭出来。他没有把话说完，为什么他妈妈总是在晚上那样对他，但他没有再说下去了，他哭得很厉害。我不想让我妹妹知道这件事，因为她已经得了胸膜炎，这件事可能会对她产生严重的影响，我又跟波比解释了一遍，他非常理解；与对他妈妈相反，他什么都可以跟我说。等他再长大一些，就不会再做噩梦了；最好别在晚上吃那么多面包，我要去问问卡普兰医生，看看有没有什么通便药能让他睡觉时不做噩梦。我当然没有问他，很难和卡普兰医生谈论这种事，他要接待很多病人，没有时间可以浪费。我不知道自己做得对不对，但是慢慢地，我不再那么担心波比了，早晨见到他时，他偶尔会带着迷茫的神情，我想他可能又做噩梦了，于是我等他来找我坦白，但是波比会开始画画，或者去学校，什么都没跟我说，然后他会高高兴兴地回家，而且他越来越强壮、越来越健康，成绩也越来越好了。

最后一次是在二月的热浪袭来时，那时候我妹妹已经痊愈了，我们像往常一样过日子。我不知道她有没有发现，但我什么都不想告诉她，因为我了解她，她太敏感了，特别是在与波比有关的事情上，我记得那会儿波比还很小，我妹妹依然承受着离婚的打击，每当波比哭闹或调皮捣蛋的时候，她都艰难地忍受着，我不得不把他带到院子里，等待一切平息下来，这是姨妈该做的事。准确地说，我觉得我妹妹并没有发现有时候波比起床时就像长途跋涉归来，一直到喝牛奶咖啡的时候，他都带着迷惘的神情。我们俩独处时，我总是希望她能说点什么，但她没有；我觉得不该让她回想起必然会让她觉得痛苦的事，准确地说，我认为，波比可能又问过她为什么对自己那么坏，但波比也可能觉得自己没有权利这样做，或许他记得我的请求，认为自己再也不该和我妹妹提这件事。有时，我觉得我才是那个胡思乱想的人，波比肯定已经不再做关于他妈妈的噩梦了，不然的话，他肯定会马上告诉我，这样他才能让自己好受一点；但后来，有几个早晨，我又看见了那样的神情，又担心了起来。幸好，我妹妹什么都没发现，连波比第一次那样看她的时候她都没有注意到，当时我正在熨衣服，他在厨房前室的门口看着我妹妹，我不知道，我该怎么解释这种事呢，直到电熨斗快熨穿了我的蓝色衬衣，我才及时把它拿开，波比还在那样看着我妹妹，她正在揉面团，准备做馅饼。我问他想找什么东西——我只是为了跟他说点什么——他吓了一跳，回答说，不找什么，外面太热了，没法玩球。我不知道我是用什么样的语气对他提了这个问题，但他似乎为了说服我，又解释了一遍，然后去客厅画画了。我妹妹说，波比太脏了，那天下午她就要给他洗澡，虽然他年纪不小了，但是他总忘记清洗耳朵和脚。最后是我给他洗澡的，因为那天下午我妹妹依然觉得很累。我在浴缸里给他涂上肥皂，他在玩那只让他爱不释手的塑料小鸭，我鼓起勇气问他，这段时间有没有睡得好一些。

"马马虎虎。"他专心地让鸭子游起泳来，过了一会儿才回答我。

"怎么马马虎虎？你有没有梦见不好的东西？"

"前几天晚上梦见了。"波比一边回答，一边把鸭子沉进水里，握着它在水下游动。

"你告诉你妈妈了吗？"

"没有，没告诉她。她……"

他浑身涂满了肥皂，扑向了我，这让我猝不及防。他哭着拥抱我，颤抖着，把我身上弄得一塌糊涂，我试图摆脱他，他的身体从我的指尖滑落，掉进了浴缸里，用双手遮住脸，大声地哭泣。我妹妹跑了过来，她以为波比滑倒了，哪儿弄疼了，但他摇摇头，努力地止住哭泣，这让他的脸皱成一团。他在浴缸里站了起来，好让我们看到他什么事也没有，他拒绝说话，赤裸着身体，浑身都是肥皂，虽然我和我妹妹拿着毛巾，抚摸他，做出了许多承诺，但他在压抑的哭声中是如此孤独，我们俩都无法让他冷静下来。

此后，我一直在找机会取得波比的信任，还不能让他发现我是因为想让他开口说话。但是几个礼拜过去了，他什么都不想告诉我，现在，要是我在他的脸上察觉到了什么，他要么会让那种神情立刻消失，要么会拥抱我、向我索要糖果，要么让我准许他去街角和小胡安娜和马里奥·潘萨尼玩耍。他决不会管我妹妹要任何东西，他对她非常周到，因为她的身体还相当虚弱，而且她也不太担心自己没法仔细地照顾他，因为我总是第一个出现，而波比对我很是顺从，要是我提出了让他反感的要求，在必要的时候他也会接受。因此我妹妹无法得知那件事，而我却立刻发现了，他偶尔那样看着他，进屋前站在门口那样看着她，直到被我发现，然后，他要么立即低下头，要么跑开，要么翻个跟头。刀的事纯属偶然，当时我正在厨房前室里更换橱柜里的纸巾，为了这事，我取出了所有的餐具。等我转身准备裁剪另一条纸巾的时候，我才发现波比早就进来了，我发现他正看着那把最长的刀。他马上就转移开视线，希望没有被我发现，但我早就熟悉了他的那种眼神，怎么说呢，这样的想法是很愚蠢的，但是，在闷热的厨房前室里，仿佛有一阵凉风，几乎是寒风，向我袭来。我什么也没跟他说，那天晚上，我突然想起，波比再也没有问过我妹妹为什么对他那样坏，他只是偶尔会像看着那把长刀那样看着她，那种截然不同的眼神。当然了，这应该是偶然，但是一周后，我恰好在用那把长刀切蛋糕，我妹妹在告诉他是时候学会自己擦皮鞋了，我再次看到了那样的表情，我不喜欢这样。"好的，妈妈。"波比说，他只关注我正在对蛋糕做的事情，那双眼睛盯着刀每次的移动。他在凳子上稍稍晃了一下，就像是自己在切蛋糕；或许他在想鞋子的事，他像擦鞋那样移动着自己的身体，我妹妹肯定是这么想的，因为波比那么听话、那么乖巧。

那天晚上我突然想到，是不是应该和我妹妹谈一谈了，但要是什么都没有发生的话，我该跟她说些什么呢，而且波比的成绩越来越好，我只是因为突然又想起了这一切，才睡不着，那就像是变得越来越紧实的面团，还有恐惧，我不知道我在恐惧什么，因为波比和我妹妹都已经睡着了，不时能听见他们翻身或者叹息的声音，睡得那么熟，比我这样彻夜思考要好得多。当然了，等我又一次看见波比像那样看着我妹妹之后，我在院子里找到了他，让他帮我移植一盆乳香黄连木，我们谈了许多事，他向我透露了个秘密，小胡安娜的一个姐姐交男朋友了。

"这很正常，她年纪不小了，"我对他说，"听着，去厨房给我把长刀拿来，我要把这些拉菲草给割了。"

他像往常一样跑了过去，因为没人比他对我更殷勤。我向房子看去，等着他回来，我想，实际上，我应该在让他帮我取刀之前先问问他的梦，这样才能安心。他回来的时候走得很慢，就像睡午觉时磨蹭着不愿起床。我把最长的那把刀放在了很显眼的地方，想让他一打开橱柜的抽屉就能看见它，尽管如此，我见他还是挑了一把短刀。

　　"这把刀没法用。"我对他说。我几乎说不出话来，安排像波比这样幼小又无知的人做事真是太愚蠢了，但是我甚至看不见他的眼睛。他松开短刀扑进我怀里的时候，我才感觉到了那阵推力，他抱着我，紧紧地抱着我抽泣。我想，在那个时刻，我看见了某种大概是他最后一场噩梦里的东西，我没法问他，但是我想，我看见了在他停止做噩梦，却开始那样看着我妹妹、那样看着长刀之前，最后一次梦见的东西。

索伦蒂纳梅启示录

蒂科人①总是这样，准确地说，他们沉默寡言，但总会带给人惊喜。我抵达了哥斯达黎加的圣何塞，卡门·纳兰霍、萨姆埃尔·罗文斯基和塞尔西奥·拉米雷斯（他是尼加拉瓜人，不是蒂科人，但这在本质上没有任何区别；而我是阿根廷人，尽管我应该客气地称自己是蒂诺人②，而其他人应该自称尼加人③和蒂科人，但这并没有任何区别）在那里等我。天气酷热难耐，更糟糕的是，一切马上就会开始，永远雷同的新闻发布会，为什么你不住在自己的国家？为什么《放大》④和你的故事那么不一样？你认为作家需要承担责任

───────────────

①指哥斯达黎加人。
②指阿根廷人。
③指尼加拉瓜人。
④意大利导演安东尼奥尼1966年将科塔萨尔的短篇小说《魔鬼涎》改编为电影《放大》。《魔鬼涎》收录于《南方高速》一书内。

吗？事情到了这个地步，我已经明白了，对我的最后一次采访会在地狱入口进行，而且肯定会是同样的问题；即使在天堂入口被圣彼得提问，情况也不会改变，您不觉得您在人间的写作方式对民众来说太深奥了吗？

然后是欧洲旅馆，淋浴时，肥皂与沉默的漫长独白给长途旅行画上了句号。七点，我在圣何塞城里散步，想看看那里是不是真的像人们告诉我的那样简单、整齐，有一只手抓住了我的风衣，是埃内斯托·卡德纳尔，热情的拥抱，诗人，太好了，在罗马见面之后，在多少年来那么多次纸上见面之后，你终于来到了这里。像埃内斯托这样的人竟然会来看望我，来找我，总是让我惊讶、让我感动，或许你会说我这人谦虚得虚伪，你想说就说吧，老朋友，胡狼嗥叫着，但公共汽车呼啸而过，我将永远是个仰慕者，以极低的姿态热爱一些人，有朝一日却发现这些人也热爱他，像这样的事情超出了我的掌控，我们还是谈谈另一件事吧。

另一件事就是埃内斯托知道我来哥斯达黎加了，就嗖地一下坐飞机从他的小岛上来到这里，因为给他捎去消息的小小鸟告诉他，蒂科人安排我去索伦蒂纳梅旅行，他就忍不住想过来把我接到那儿去。于是，两天后，塞尔西奥、奥斯卡、埃内斯托和我填满了那架狭小的派珀·阿兹特克小型飞机，对我来说，这名字一直都是个谜。它在令人憎恶的打嗝声和腹鸣声中飞行，与此同时，金发飞行员在收音机里调出了几首听不清楚的卡里普索①，他似乎没有产生我头脑

---

①加勒比海上小安的列斯群岛的传统音乐。

里的联想，我觉得这架阿兹特克飞机正在把我们直接送往献祭活人的金字塔。事情当然没有这样发生，可以想见，我们在洛斯奇莱斯下了飞机，坐上了一辆同样颠簸的吉普车，这辆车将我们带到了诗人何塞·科罗内尔·乌尔特乔[①]的农庄（要是有更多的人阅读他的作品就好了）。我们在他家休息，谈起了许多其他诗人朋友，罗基·达尔顿[②]、格特鲁德·斯泰因[③]和卡洛斯·马尔蒂尼斯·里瓦斯[④]。路易斯·科罗内尔来了以后，我们坐上他的吉普车，然后是速度惊人的小艇，前往尼加拉瓜。但在此之前不得不提的是一种纪念照片，相机会一点一点地吐出天蓝色的小纸片，一点一点地，纸片会神奇地被拍得图像填满，首先是躁动的轮廓，然后渐渐浮现出鼻子、卷发、头戴发箍的埃内斯托的微笑、依靠着游廊的玛丽亚女士和何塞先生。大家都觉得这很正常，因为他们使用这种相机已经习惯了，但我不觉得。眼看着这几张脸孔和告别的微笑从原本一无所有的天蓝色小方块中出现，我惊恐万分。我把自己的想法和他们说了，我记得我问过奥斯卡，拍完全家福以后，要是天蓝色的小纸片上出现了骑马的拿破仑该怎么办，何塞·科罗内尔先生哈哈大笑，他总是什么都能听见，吉普车，我们现在就去湖边吧。

　　夜色开始降临的时候，我们抵达了索伦蒂纳梅，特蕾莎、威廉、一位美国诗人和社区里的其他年轻人在那里等我们。我们几乎马上

---

① 何塞·科罗内尔·乌尔特乔（José Coronel Urteche，1906 – 1994），尼加拉瓜诗人。
② 罗基·达尔顿（Roque Dalton，1935 – 1975），萨尔瓦多诗人、散文家、记者、政治活动家。1975 年 5 月，被萨尔瓦多人民革命军杀害。
③ 格特鲁德·斯泰因（Gertrude Stein，1874 – 1946），美国诗人、作家、剧作家。
④ 卡洛斯·马尔蒂尼斯·里瓦斯（Carlos Martin Rivas，1924 – 1998），尼加拉瓜诗人。

就进入了梦乡，但在此之前，我看见了角落里的几幅画，埃内斯托正在和他的朋友们聊天，他从袋子里取出了从圣何塞带来的食品和礼物，有人在吊床上睡着了，而我看见了角落里的画，开始观赏它们。我不记得是谁告诉我的，这些是当地农民的作品，这幅是文森特画的，这幅是拉蒙娜画的，有些画有署名，有些没有，但每幅画都十分美丽，对世界的第一印象，眼神干净的画者，描绘周遭环境像描绘颂歌：虞美人花丛中矮小的母牛，如蚂蚁般从糖屋里涌出的人们，芦苇丛中绿眼睛的马匹，教堂里的洗礼仪式（这座教堂不相信透视原理，因此看起来时而在上时而在下），湖泊和湖上漂浮着的鞋履般的小舟，远景中有一只巨大的鱼，咧着绿松石色的嘴唇微笑。埃内斯托走过来跟我解释说，卖画能帮助他们维持生计，还说明天早上他会给我展示农民们的木版画、石绘和他们自己做的雕塑。我们逐渐进入梦乡，但我还在注视角落里堆着的画，我搬出了描绘小奶牛、鲜花、母亲和她膝头的两个孩子的那组画，两个孩子分别穿着白衣服和红衣服，星辰漫天，唯一的一朵云彩偏居一隅，紧贴着画框，惊恐地试图逃离画布。

　　第二天是周日，十一点有弥撒，索伦蒂纳梅的弥撒，农民、埃内斯托和前来拜访的朋友一起讨论了福音书里的一个章节，那天耶稣在果园被捕，索伦蒂纳梅的人们谈论这个话题时，仿佛是在谈论他们自己，他们说起了警察的威胁，在深夜或光天化日之下被警察追捕，在岛屿和陆地上过着永远不确定的生活，在全尼加拉瓜，不仅在尼加拉瓜，在整个拉丁美洲，危地马拉的人们、萨尔瓦多的人们、阿根廷和玻利维亚的人们、智利和圣多明各的人们、巴拉圭的人们、巴西和哥伦比亚的人们，所有人都生活在恐惧和死亡的包围之中。

　　接着，得考虑回去了。我又想起了那些画，于是来到社区大厅，就着正午让人神志恍惚的阳光欣赏它们，色彩变得更加鲜艳了，马匹、向日葵、草地上的派对和对称的棕榈林交相辉映。我想起我的相机里有一卷彩色胶卷，就抱着几幅画走到游廊上，塞尔西奥走过来帮我把它们放在了光线充足的地方，我小心翼翼地挨个给它们拍照，让这些画完整地出现在镜头里。巧的是，我剩下的底片和画的数量刚好一致，没有一幅画被落下。埃内斯托过来告诉我们游艇已经准备好了，我告诉他我做的事儿，他笑了，偷画贼，图片走私犯。没错，我告诉他，我要把这些画全都带走，把它们投影在我的屏幕上，它们会变得更大、更棒，去你的。

　　我回到了圣何塞，还去哈瓦那处理了一些事，回到巴黎以后，我觉得累极了，我很怀念那些去过的地方，沉默寡言的克劳迪恩在奥利机场等我，生活再次回到了正轨，谢谢先生，你好女士①，委员会，电影院，红酒和克劳迪恩，莫扎特的四重奏和克劳迪恩。行李箱就像蛤蟆，把各式各样的东西吐在了床上和地毯上，杂志、剪报、围巾、中美洲诗人们的作品、装着胶卷的灰色塑料盒，两个月里竟然攒了这么多东西，哈瓦那列宁学校的一组镜头，特立尼达的街道，伊拉苏火山的剪影，还有火山口的绿色沸水，在那里，萨姆埃尔、萨利塔和我想象着烤熟的鸭子在硫黄色的烟雾中漂浮。克劳迪恩把胶卷送去冲洗了，一天下午，我在拉丁区四处游荡，突然想起了这件事。

---

① 原文是法语。

正好口袋里揣着单据，我就把胶卷都取了回来，一共八卷。我立即想起了索伦蒂纳梅的那些画，到家以后，我开始寻找那盒胶卷，逐一观看了每个系列的第一张幻灯片。我记得在拍那些画之前，我拍摄了埃内斯托的弥撒，几个孩子在棕榈树间玩耍，那几棵棕榈树和画里的一模一样，孩子们、棕榈树、奶牛与瓦蓝的天空和微微偏绿的湖泊（颜色或许正好相反，我记不清了）形成了对照。我把记录了孩子们和弥撒的那盒胶卷放在了操作台上，我知道，直到胶卷放完，马上就会出现那些画。

夜幕降临，我独自一人在家，克劳迪恩下班后会过来听音乐，和我待在一起。我把屏幕安装好，倒了一杯加了许多冰块的朗姆酒，投影仪，操作台和遥控器都已经准备就绪；无须拉上窗帘，殷勤的夜晚已经降临，它让灯光点亮，让朗姆酒溢出芳香。我愉快地想，一切都将逐渐重现，看完索伦蒂纳梅的画作之后，我会播放在古巴拍摄的照片，但为什么先看那些画呢，为什么职业惯性思维和艺术会先于生活呢，为什么不呢，在艺术与生活那永恒的牢不可破的爱恨交织的对话中，后者对前者说，为什么不先看索伦蒂纳梅的画呢，它们也是生活，一切都是相同的呀。

弥撒的照片被投影了出来，准确地说，由于播放时的错误，照片看起来很糟糕，孩子们竟然在充足的光线下玩耍，牙齿洁白极了。我兴趣索然地按着切换键，我原本想仔细观赏每张充满回忆的照片，那被海水和警察包围的索伦蒂纳梅的脆弱小世界，那个男孩也被这样包围着，我看着他，觉得不可思议，我按下了切换键，他就出现在了照片的中景，清晰至极，他的脸宽而光滑，似乎充满了怀疑和惊讶，与此同时，他的身体向前倾，额头中心的窟窿清晰可见，军官的手枪划出了子弹的路径，周围的其他军官拿着冲锋枪，房子和树木构成了模糊的背景。

人们倾向于相信自己愿意相信的事，这种想法总是先于人们的理智，并把理智远远地甩在后面。我愚蠢地告诉自己，冲印店的人弄错照片了，他们肯定是把另一个客人的照片给了我，但如果是这样的话，弥撒的照片、孩子们在草地上玩耍的照片又是怎么回事呢。我的手不听使唤地按下了切换键，正午时分一片无边无际的硝石矿区，那里有两三座由生锈金属板制成的棚屋，人们聚集在左边，看着那些仰面朝天的尸体，死者们对着赤裸、灰蒙蒙的天空张开了手臂。必须仔细观察，才能从背景里那个身穿制服、背对着我渐行渐远的队伍中辨认出那辆在山顶等候的吉普车。

我知道，我继续按着切换键，面对这种失去理智的状态，唯一能做的就是继续按动切换键，继续看着柯连特大街与圣马丁大街交汇的街角和那辆黑色汽车，车里有四个人，他们瞄准了人行道，一个穿着黑衬衫和运动鞋的人在人行道上奔跑，两个女人试图躲进停着的卡车后面，有人目视前方，脸上充满了疑惑和恐惧，他把一只手放在下巴上，触摸自己，确定自己还活着，突然出现了一个昏暗的房间，一束浑浊的光从高处安着栅栏的小窗上倾泻下来，桌上有一个仰面朝天、浑身赤裸的女孩，她的头发垂到了地上，那个背对我的黑影将一条电缆伸进女孩张开的双腿之间，两个面对我的男人在交谈，一个戴着蓝色领带，另一个穿着绿色套头衫。我永远无法得知我有没有继续按动切换键，我看见了森林中的一片空地，近景中有一座茅屋和一些树木，一个瘦小的年轻人靠在离他最近的那棵树上，他朝左边看去，那里有一群模糊的身影，有五、六个人靠得很近，用步枪和手枪瞄准他。那个年轻人有一张长脸，一缕刘海落在他黝黑的额头上，他看着他们，一只手半举着，另一只手或许插在了裤袋里，他似乎正在不紧不慢地跟他们说着什么，几乎有些不高兴，虽然照片模糊不清，但是我感觉到了，我明白了，我看见了，那个年轻人是罗基·达尔顿，于是我用力按下切换键，仿佛这样就能把他从死亡的厄运中解救出来，我看见一辆汽车在市中心炸成了碎片，可能是布宜诺斯艾利斯或者圣保罗，我继续按着，按着，鲜血淋漓的面孔和尸体的碎片不断在我眼前闪过，女人和孩子们在玻利维亚或危地马拉的山坡上奔跑，突然，屏幕上盈满了水银的光芒和虚无，还有悄无声息地进门的克劳迪恩投射在屏幕上的影子，她弯下腰，亲吻我的头发，问我照片美不美，问我对它们满不满意，是否愿意让她看看。

我从头开始播放，当人们不知不觉地跨越未知的界限，他们将不知道自己在做什么，也不知道自己这么做的原因。我没有看她，因为她能看懂我的表情，或者只是会感到害怕。我什么也没跟她解释，因为我说不出话来，我站了起来，慢慢地让她坐在我的扶手椅上，我大概跟她说了些什么，我说我去给她拿杯饮料，让她先看照片，我去给她拿饮料的时候，让她先看照片。在卫生间里，我觉得我吐了，或许我只是哭了然后才吐的，又或许我什么都没做，只是坐在浴缸的边沿，任由时间流逝，直到我有力气去厨房给克劳迪恩调制她最喜欢的饮料，往里面加满冰块，那时，我才察觉到了安静，我发现克劳迪恩既没有大叫，也没有跑过来问询，只有安静，还有不时从隔壁公寓传来的甜腻的波莱罗舞曲。我不知道自己花了多长时间才从厨房走到客厅，她看完照片的时候，我也不知道自己盯着屏幕背面看了多久，房间里充满了水银转瞬即逝的反光，随后便陷入了昏暗。克劳迪恩关上投影仪，靠在椅背上喝饮料，她慢慢地对我微笑，愉快得像一只猫，她满足极了。

"你拍得太好了，那幅有微笑鱼的画，还有田野里的母亲、两个孩子和奶牛。对了，还有那幅描绘教堂洗礼仪式的画。快告诉我都是谁画的，这几幅没有署名。"

我坐在地上，没有看她，找到了我的杯子，把饮料一口灌下。我什么都不会告诉她的，现在我能跟她说什么呢，但是我记得，我隐约想问她一个愚蠢的问题，想问她是否在某个时刻看见一张拿破仑骑马的照片。但我没有问她，当然没有。

一九七六年四月于圣何塞、哈瓦那

《船》或《新的威尼斯之旅》

从年轻时起，我就想重新改写某一些文学作品。我既被它们打动，又觉得这些作品的创作手法比不上内在于它们的其他可能性。这种想法一直诱惑着我，我认为这种诱惑被奥拉西奥·基罗加的几篇作品推向了极致，最终在孤寂中被消解，这也是更可取的选择。原本出于爱而做出尝试，往往会被认为是傲慢和卖弄学识。我在孤独中遗憾地接受了这个事实：某些文字达不到它们本身和我内心深处徒然企求的水平。

现在，偶然和一捆旧稿纸给我提供了实现我未竟心愿的机会，而这一次诱惑是合乎情理的，因为那是我自己的文字，一篇题为《船》的长故事。在草稿的最后一页，我找到了这样的批注："真糟糕！这篇故事我一九五四年写于威尼斯；十年后，我重读它，很喜欢，写得真是太糟糕了。"

正文和批注都已经被遗忘，在那十年之后，又过了十二年，现在重读这些文字的时候，我赞同自己批注上的观点，我只想知道，为什么我曾经觉得这个故事很糟糕，现在也觉得，但为什么我曾经喜欢它，现在也喜欢。

接下来，我试图向自己证明《船》的文本写得不好，因为它是虚假的，因为它试图讲述的事实，当时的我无法把握，现在于我而言却显而易见。如果要重写，会消耗大量的精力，而且是对自己的背叛（对此，我不是很确定），那几乎会像是另一个作家的作品，而我则会落入我开头提到的卖弄学识的陷阱之中。我也可以保留它的原貌，同时展现出我现在领悟到的故事的内涵。这个时候，朵拉出场了。

如果朵拉思考过皮兰德娄的作品，那么从一开始她就应该来找作者，斥责他的无知或者他始终不变的虚伪。然而，现在是我在向她走去，让她摊牌。朵拉无法得知谁是故事的作者，她的批判只能针对故事里发生的情节，她在那里存在着。发生的事碰巧是一篇文字，她则是文字中的人物，但这两个事实并不会改变她同样以文字形式持有的权利，面对一篇观点不够充分甚至居心叵测的文字，她有权反抗。

就这样，今天，朵拉的声音不时地打断原来的文本，也就是我一九五四年写于多吉膳宿旅馆的手稿。她所修正的只有一些细节和一些重复的短小段落，因此读者们将在这份手稿里找到一切我认为糟糕的写作手法，以及一切朵拉认为糟糕的故事内容，说到底，这可能又是同种原因造成的不同结果。

旅游业玩弄它的拥趸，将他们安插进虚假的时机，让法国的某个口袋里出现多余的英国硬币，让人们徒劳地在荷兰寻找某种普瓦捷特有的美味。对于巴伦蒂娜来说，四泉路的罗马小酒吧仅仅意味着阿德里亚诺、一杯浓稠马丁尼的味道和阿德里亚诺的脸庞，他把她推到了柜台上，然后向她道了歉。她不太记得那天早上朵拉有没有和她在一块，但她敢肯定朵拉在那里，因为当时她们正在一起"创造"罗马，并且产生了同志情谊，就像在托马斯·库克旅行社和美国运通公司组织的旅行中结成的无数友谊那样，这段友情愚蠢地开始了。

我当然在了。从一开始，她就假装没看见我，只是把我当作一个时而让她舒服、时而让她心烦的龙套角色。

无论如何，巴贝里尼广场附近的那间酒吧就是阿德里亚诺，他也是旅行者，无所事事的人，像所有的游客一样在各个城市里游转，他是人群中的幽灵，人们上班下班，拥有家庭，操着同一门语言，知道当下发生的事情，而非《蓝色旅行指南》中的考古学知识。

阿德里亚诺的眼睛、头发和衣服立即消失了，只剩下他敏感的大嘴，他说完话的时候，倾听别人说话的时候，嘴唇都会轻轻地颤动。"他用嘴倾听。"第一次交谈的时候，巴伦蒂娜这么想。她受邀喝酒吧里著名的鸡尾酒，这是阿德里亚诺推荐的，贝波搅拌着酒里的各种颜色，声称这是罗马的珍宝，是带着所有的特里同与海马钻进酒

杯里的第勒尼安海。那一天，朵拉和巴伦蒂娜觉得阿德里亚诺很可
爱；

　　　　嗯。

他看起来不像是游客（他自认为是旅行者，而且微笑着强调了两者
的区别），中午的对话为四月的罗马又增添了魅力。朵拉马上就把
他忘了，

　　　　错。请区分进退合宜和呆蠢。像我（当然了，或者像巴伦
　　　蒂娜）这样的人绝不可能就这样忘记阿德里亚诺。但是我很聪
　　　明，从那句"走吧"开始，我就知道我的波长和他的并不合拍。
　　　我说的是友谊，不是别的，因为如果是别的事，连电波都无从
　　　谈起。既然不存在任何可能性，那何必浪费时间呢？

她正忙着去参观拉特朗宫和拉特朗圣格肋孟圣殿。这些地方要在一
个下午逛完，因为她们两天后就要离开，托马斯·库克旅行社卖给
她们的是一条复杂的路线。巴伦蒂娜借口说要买东西，她打算第二
天早上去贝波的酒吧。阿德里亚诺住在酒吧隔壁的酒店，她看见他
的时候，两人都没有假装惊讶。阿德里亚诺一周以后去佛罗伦萨，
他们讨论了路线、汇率、旅馆和导游。巴伦蒂娜信任普尔曼式汽车，
但是阿德里亚诺喜欢火车；他们去了苏博拉区的一家餐馆讨论，还
在那里吃了鱼肉，对于像他们这种只会去一次的人来说，里面的环

境优美如画。

他们从旅行指南谈论到个人问题，阿德里亚诺得知了巴伦蒂娜在蒙得维的亚离过婚，巴伦蒂娜知道了他在奥索尔诺附近一所庄园的家庭生活。他们交流了对伦敦、巴黎和那不勒斯的印象。巴伦蒂娜不住地看阿德里亚诺的嘴唇，叉子将食物送进为了迎接它而分开的唇瓣，在这个不适宜的时刻，她毫不掩饰地盯着那副唇。他对此了然于胸，把一块油炸章鱼贴在嘴上，仿佛那是女人的舌头，仿佛他正在亲吻着巴伦蒂娜。

错，因为不够完全。巴伦蒂娜不只是那样盯着阿德里亚诺，她会那样盯着所有吸引她的人。我们俩才刚在运通公司的柜台上认识，她就是那样盯着我看的，我知道，我当时想，她是不是和我一样；那双瞳孔总是有些扩散的眼睛那样盯着我……

我几乎马上就知道她不是。就我个人而言，我并不介意和她亲热，好让这段经历成为旅途中的无人之地[①] 的一部分，但是当我们决定住同一间客房的时候，我明白了事情另有原因，那种眼神可能是源于需要恐惧或者遗忘。面对单纯的笑脸、洗发水和游客的快乐，使用这样的词有些夸张，但是后来……无论如何，阿德里亚诺大概把这当成了殷勤，其实友善的酒保或者卖钱包的女售货员也能得到这样的待遇。顺便提一句，这里还出现了对汤姆·琼斯著名电影桥段的抄袭。

---

① 原文是英语。

那天下午，在他落脚的国民大道的酒店里，在巴伦蒂娜打电话告知朵拉自己不能和她一起去卡拉卡拉浴场之后，他吻了她。

就这样浪费了一通电话！

阿德里亚诺让人端了冰葡萄酒上来，他的房间里有几本英文杂志和一扇正对着西边天空的大窗户。只有床让他们觉得不够舒适，因为它太窄了，但是像阿德里亚诺这样的男人几乎总在窄床上做爱，而巴伦蒂娜对双人床有着太多不好的回忆，这种改变让她很愉快。

就算朵拉产生了怀疑，她也什么都不会说的。

错：我早就知道了。没错：我什么也没说。

那天晚上，巴伦蒂娜对她说自己偶然遇见了阿德里亚诺，而且她们可能还会在佛罗伦萨遇见他。三天后，她们看见他从佛罗伦萨圣弥额尔教堂里走了出来，朵拉似乎是三个人里最高兴的。

在这种情况下必须装傻，好让他们不把我当成傻子。

阿德里亚诺意外地发现自己对离别丧失了耐心。他突然发现自己需要巴伦蒂娜，重逢的承诺，在一起的几个小时也无法让他满足。他嫉妒朵拉，而且几乎没有掩饰自己的嫉妒心，与此同时，相较而言更丑陋、更粗俗的朵拉，专心地反复跟他念叨自己在意大利旅行俱乐部指南手册里读到的内容。

我从来没看过意大利旅行俱乐部指南手册，因为我看不懂。我有法文版的《米其林》就够了。让我们休息吧[①]。

傍晚，他们在阿德里亚诺的酒店里相会，巴伦蒂娜比较了这次约会和在罗马的第一次约会的差别。这一次，他们提前做好了准备，床很完美，在那张镶嵌有奇怪物体的桌子上，有一个裹着蓝纸的小盒子在等着她，盒子里有一颗令人惊艳的佛罗伦萨宝石。过了一会，他们一起坐在床前喝酒，她轻松地把它别在了胸前，熟悉得好比一把钥匙每天都在同一个锁眼里打转。

我无法得知巴伦蒂娜当时的动作，但无论如何都不可能是轻松的。她身上的一切都是解不开的结。晚上，我在自己的床上看见她在睡觉前走来走去，拿起一瓶香水、一管牙膏，又放下，如此往复。她走到窗前，仿佛听见了奇怪的声音，再晚一些，等她睡着的时候，她在睡梦中痛苦地抽泣。她突然叫醒我，把我拉到她的床上，我给她倒了一杯水，抚摸她的额头，直到她再次安宁地睡去。在罗马的第一晚，她走过来坐在我身边，说了些挑衅的话，你不了解我，朵拉，你不知道我内心深处是个

---

①原文是法语。

什么样的人，那个空荡荡的地方装满了镜子，它们向我展示埃斯特角的街道，一个孩子在哭泣，因为我不在那里。她的动作很轻松？至少，从一开始我就明白，除了同志情谊以外，不能在情感上对她抱有任何期待。我很难想象，不管阿德里亚诺由于他的男性特质而表现得多么盲目，他竟然没有怀疑巴伦蒂娜正在亲吻着他嘴里的虚无，竟然没有发现无论是在缠绵前还是缠绵后，巴伦蒂娜依然会在梦中哭泣。

到那时为止，阿德里亚诺都没有爱上过他的情人们。他身上的某种特质让他与她们的情缘短暂得来不及营造出那种氛围、那不可或缺的神秘和欲望的地带，短暂得来不及组织那场或许可以被称为爱情的精神狩猎。他和巴伦蒂娜在一起时也是如此，但是在分开的那些日子里，在罗马和佛罗伦萨之旅的最后几个黄昏，某种异样的东西在阿德里亚诺的内心深处爆发了。当他在佛罗伦萨圣弥额尔教堂金色的昏暗处看见她的时候，他丝毫没有感觉到惊喜，也没有感觉到卑微，几乎没有任何奇迹的色彩，她从奥卡尼亚①的神龛里出现，宛如无数石像中的一座，她从纪念碑上剥离，前来与他相会。或许，直到那时他才明白到，自己正在爱上她。也可能是后来在酒店里，巴伦蒂娜抱着他哭泣却不肯告诉他原因的时候，她任由自己发泄情绪，就像一个需要长期压抑情感的女孩，她找到了慰藉，其中还掺杂着羞耻和自责。

---

① 奥卡尼亚，14 世纪佛罗伦萨画家、雕塑家和建筑家。

巴伦蒂娜因为他们将无法见面而一直哭泣。几天后，阿德里亚诺就会继续他的旅程；他们不会再相遇，因为他们的故事进入了可恶的休止阶段，陷入了酒店、鸡尾酒和仪式性语言的氛围之中。只有身体跟往常一样感到了餍足，片刻间，身体将获得犬类的满足感，在咀嚼完食物以后，一边晒太阳一边满意地哼叫。会面本身是完美的，他们的身体注定会紧紧相拥、紧密相连，还能延长或激发快感。但是，当巴伦蒂娜看着坐在床边的阿德里亚诺（而他用自己的厚唇看着她），她觉得仪式刚刚完成，它缺乏真正的内容，激情的躯体是空洞的，因为没有灵魂在其中栖息。过去，这一切对她来说是可以忍受的，甚至是有利的，然而这一回，她想留住阿德里亚诺，想推延穿衣和出门的时间，这些动作在某种程度上预示着告别。

这里本来想说一些没有说出口的东西，一些没有理解的不准确的谣言。在阿德里亚诺之前，我们在罗马洗澡、穿衣的时候，巴伦蒂娜也曾经那样看着我；我也曾经以为那些持续的裂痕对她造成了伤害，将她抛向了未来。我第一次犯了错，我委婉地说出了这一点，然后靠近她，抚摸她的头发，跟她提议说让人端几杯饮料上来，我们留在这里欣赏窗外的黄昏吧。她的回答干巴巴的，我从乌拉圭来到这里不是为了住旅馆。我单纯地以为，这是因为她还不信任我，她给还未成型的亲昵赋予了精确的含义，就像我误解了她在旅行社里的第一个眼神。巴伦蒂娜只是看着，她自己不清楚为什么；是我们这些其他人屈服于这种隐秘的审问，她仿佛是在寻求什么，而这种寻求与我们无关。

朵拉在市政广场的一家咖啡馆等他们。她刚刚发现了多纳泰罗的雕塑，并且刻意强调了这件事，仿佛她的热情可以化作旅行毛毯，帮助她掩盖某种愤怒。

"我们当然会去看那些雕塑的，"巴伦蒂娜说，"但今天下午我们没去博物馆，太阳太毒了，我们就没去。"

"你们用不着在这儿待很久，省得你们把这一切都说成是太阳的错。"

阿德里亚诺做了一个奇怪的手势，等着巴伦蒂娜说话。他很难了解对于巴伦蒂娜来说朵拉意味着什么，也不明白她们俩的旅行是否已经确定完毕，无法更改了。朵拉又谈起了多纳泰罗的雕塑，没有作品做参考，她的讲解显得极其徒劳；巴伦蒂娜看着市政广场上的塔楼，机械地寻找着香烟。

我认为事实的确如此，阿德里亚诺第一次真正感受到了痛苦，他担心我代表着神圣的旅行、责任，以及火车、旅馆的预订工作。但是，要是有人问他是否存在其他可能的解决方法，他只会想到类似于巴伦蒂娜的东西，而这种东西没有准确的名称。

第二天，他们去了乌菲兹美术馆。为了逃避做决定，巴伦蒂娜固执地让朵拉陪在身边，不让阿德里亚诺有机可乘。朵拉为了欣赏一幅画而落在了他们身后，只有在那短暂的时间里，他才能和她近距离交谈。

"今天下午你来吗？"

"嗯，"巴伦蒂娜回答时没有看他，"四点。"

"我非常爱你，"阿德里亚诺低声说，用自己几乎羞涩的手指摩挲她的肩膀，"巴伦蒂娜，我非常爱你。"

一群美国游客在一位鼻音浓重的导游带领下走了进来。他们空虚而贪婪的面孔将他俩分开，这些人假装对绘画很感兴趣，一个小时后，他们就会吃着意面喝着卡斯泰利罗曼尼葡萄酒，把画忘得一干二净。朵拉也一直在看导览手册，她有些迷惘，因为目录上的数字和挂着的油画并不一致。

当然了，我是故意的。让他们交谈，约定见面的时间、地点，让他们厌倦彼此。不过，他可不会厌倦，我早就知道了，但是她会的。也不是厌倦，准确地说，是再次感受到永恒的逃离的冲动，或许这种冲动会让她更愿意接受我那毫无逼迫感的陪伴方式，我只会在她的身边等候着，即使这样没有任何用处。

"我非常爱你。"那天下午，阿德里亚诺伏在巴伦蒂娜的身体上反复地说着，而巴伦蒂娜正在仰面休息。"你能感觉到的，对吧？这种情感不存在于语言中，说出它、给它命名都与它本身无关。告诉我你的感受，你无法解释它，但是现在你感受到的……"

他把脸埋进她的胸脯，久久地吻她，仿佛在吮吸着巴伦蒂娜皮肤上跳动着的热量，而她用遥远而漫不经心的动作抚摸着他的头发。

　　　　邓南遮在威尼斯生活过，对吧？除非这是好莱坞的编剧编出来的……

　　"没错，你爱我，"她说，"但你像是也在害怕什么，你并不害怕爱我，但是……或许不是恐惧，而是焦虑。你担心接下来会发生的事。"

　　"我不知道会发生什么，我完全不知道。我怎么会害怕虚无呢？我的恐惧就是你，这是一种具体的恐惧，此时此地的恐惧。你不像我爱你那样爱我，巴伦蒂娜，或者你用别的方式爱我，你的爱有限或隐忍，天知道是为什么。"

　　巴伦蒂娜闭着眼睛听他说话。她同意他刚才说的话，慢慢地，她看见了背后的某种东西，某种起初只是一种虚无、一种不安的东西。此时此刻，她觉得自己很幸福，可以忍受细小的瑕疵混入这个完美、纯洁的时刻，欢爱后，他们不愿做任何思考。但她也无法忽略阿德里亚诺的话。她立即衡量了目前不稳定的旅行状况，她在别人的屋檐下，裹在陌生的床单里，她需要面对铁路旅行指南和路线，不同的路线会把他们带往不同的生活，让他们产生未知的、很可能像往常一样矛盾的想法。

　　"你不像我爱你那样地爱我，"阿德里亚诺充满怨恨地重复说，"你利用我，你把我当成了餐刀或者服务员，仅此而已。"

"拜托，"巴伦蒂娜说。"求你了①。"

很难理解他们为什么不快乐了，不久之前他们似乎还很快乐。

"我很清楚我得回家，"巴伦蒂娜说，她没有把手指从阿德里亚诺焦虑的脸上拿开。"我儿子，我的工作，各种责任。我儿子还很小，还没有自我保护的能力。"

"我也得回家，"阿德里亚诺一边说，一边移开了视线，"我也有工作，数不清的事情。"

"你明白了吧。"

"不，我不明白。你要我明白什么？要是你强迫我把它当成旅行中的插曲，那你就让这一切都失去了意义，你像捏死一只蚂蚁那样把一切捏得粉碎。我爱你，巴伦蒂娜。"爱不只是回忆，也不只是将一切变成回忆的打算。

"你不该对我说这些的。不，不该是我。我害怕时间，时间就是死亡，是它恐怖的伪装。你没发现我们对抗时间来相爱吗？你没发现我们得拒绝时间吗？"

"没错，"阿德里亚诺说，他躺倒在她身边，"你后天要去博洛尼亚，我大后天要去卢卡。"

"别说了。"

"为什么？尽管你想让你的时间充满形而上的色彩，但你的时间就是库克公司的时间。而我的时间是按着我的心意、我想要挑选的火车班次定下来的。"

---

①原文是法语。

"现在你明白了吧，"巴伦蒂娜喃喃地说。"现在你明白我们得向现实屈服了吧。还有什么选择呢？"

"跟我走。放弃你的旅行，放弃朵拉吧，她总对自己不知道的事情夸夸其谈。我们一起走吧。"

　　他指的是我对绘画的热情，我们暂且不讨论他说得对不对。总之，他们俩交谈时，简直像是两人面前各摆了一面镜子。真是完美的畅销书式的对话，毫无特点的内容竟然填满了两页纸。没错，不对，时间……对我来说，一切都一清二楚，巴伦蒂娜就是风中的羽毛[①]她神经衰弱，情绪消沉，晚上得服两剂安定剂，在古老、古老的油画里，描绘着我们年轻、年轻时的场景。我和自己打了个赌（我记得很清楚，就是在当时）：在两个糟糕的选择里，巴伦蒂娜会选没那么糟的那个，也就是我。和我一起不会有任何问题（如果她选择我的话）；旅行结束时，再见，亲爱的，一切都非常甜蜜，非常美好，再见，再见。相反，阿德里亚诺……我们俩都有同样的感觉：不能玩弄阿德里亚诺的嘴。那双嘴唇……（我想，她会让它们了解她皮肤的每个角落；有些东西是我无法企及的，这当然是利比多的问题，我们知道我们知道我们知道[②]。）

然而，更容易的是亲吻他，屈服于他的力量，在环绕她的波浪

---

①原文是意大利语。
②原文是英语。

般的身体下面温柔地滑动；更容易的是投降，而不是拒绝他的要求，再次迷失在快感中的他已经忘却的要求。

巴伦蒂娜先起床。淋浴器的水流长久地拍打她。她穿上浴袍，回到了房间，阿德里亚诺还在床上，他微微直起了身体，仿佛在一座伊特鲁里亚石棺里冲她微笑。他慢慢地抽着烟。

"我想在阳台上看日落。"

在亚诺河岸边，最后几缕阳光照射着旅馆。老桥上的灯还没有亮起，河流像一条紫色的绸带，两边的流苏颜色偏浅。小蝙蝠在桥上飞舞，追捕看不见的飞虫；剪刀般的燕子在更高处叽叽喳喳地鸣叫。巴伦蒂娜躺进摇椅里，开始呼吸新鲜空气。一阵甜蜜的倦意袭来，她本来就想睡了，她也许睡了一会儿。但是，在这独自一人的时刻，她依然想着阿德里亚诺，想着阿德里亚诺和时间，单调的词语就像一支愚蠢歌曲的副歌，循环往复，时间就是死亡，是死亡的伪装，时间就是死亡。她看着天空，燕子们玩着天真的游戏，短促地鸣叫着，仿佛打碎了黄昏这只深蓝色的陶器。阿德里亚诺也是死亡。

　　真奇怪。突然间，从虚假的前提跌落至谷底。或许事情总是如此(有一天，在另外的背景下，我这样想道)。令人惊讶的是，那些远离自身真相的人们（当然，巴伦蒂娜比阿德里亚诺离得更远）竟然偶尔也能猜中它。他们肯定没有意识到，不过这样更好，接下来发生的事会证明这一点。(我想说，要是细想的话，这样对我来说更好。)

她坐了起来，身体僵硬。阿德里亚诺也是死亡。此前她想到过这一点吗？阿德里亚诺也是死亡。这毫无道理可言，她把词语组合成了类似于童谣的句子，于是才会产生这种荒谬的想法。她又躺了下去，放松下来，又一次看着那些燕子。或许并没有那么荒谬，无论如何，这种想法只不过是一种比喻，因为她如果拒绝了阿德里亚诺，她内心深处的某种东西就会被杀死，她自身的某个部分就会被撕去，她会被单独留下，和另一个不同的巴伦蒂娜在一起，那个没有阿德里亚诺、没有阿德里亚诺的爱情的巴伦蒂娜——如果这短短几天的情缘是爱情的话，如果对她而言，对那具身体的彻底交付是爱情的话。那具身体将她淹没，将筋疲力尽的她还给荒芜的黄昏。那么没错，这样看来，阿德里亚诺就是死亡。人们拥有的一切都是死亡，因为它预示着失去，它会让虚无降临。童谣，曼坦滴噜哩噜拉①，但她不能放弃自己的旅游路线，和阿德里亚诺在一起。那么，死亡的同谋，我会让他去卢卡，因为事情早晚都会发生的，在那遥远的地方，布宜诺斯艾利斯和她的儿子就像亚诺河上的燕子，它们微弱地鸣叫着，它们在抗议，夜幕逐渐降临，如同黑色的葡萄酒。

"我会留下来的，"巴伦蒂娜低声说，"我爱他，我爱他。我会留下来，总有一天我会带他一起走。"

她很清楚，事情不会这样发展，阿德里亚诺不会为了她而改变自己的生活，不会把奥索尔诺换成布宜诺斯艾利斯。

---

① 童谣 Buenos díassuseñoría（《早安阁下》）里的一句话。

她怎么知道？一切都指着相反的方向，是巴伦蒂娜绝不会把布宜诺斯艾利斯换成奥索尔诺，她安定的生活，她那拉普拉塔河流域的日常生活。事实上，我不认为她会思考别人让她思考的东西；而且，懦弱确实容易让人联想起自己的责任，等等。

她觉得自己仿佛悬在空中，与身体几乎失去了联系，只有恐惧，还有痛苦。她看着那群聚集在河流中央的燕子，它们围成大圆圈飞翔。其中一只燕子离开了燕群，它掉落下来，离巴伦蒂娜越来越近。它似乎要再次起飞，但在它美妙的身体里，某种东西失灵了。它就像一块暗淡的铅块，旋转着，倾斜着坠落，最后闷声打在阳台上巴伦蒂娜的脚边。

阿德里亚诺听见尖叫声，跑了过去。巴伦蒂娜捂着脸，剧烈地颤抖着，躲在了阳台的另一边。阿德里亚诺看见了那只死去的燕子，用脚把它推了出去。燕子落在了大街上。

"过来，快进来，"他一边说一边扶着巴伦蒂娜的肩膀，"没关系的，都过去了。你吓坏了，亲爱的小可怜。"

巴伦蒂娜一声不吭，但是当他挪开她的双手，看见她的脸，他害怕了。他只是反射出了她的恐惧，或许那是在空气中坠落、暴毙的燕子最后的恐惧，那冷漠、残忍的空气突然不再支撑它了。

朵拉喜欢在睡觉前聊天，她说了半个小时关于菲耶索莱和米开朗琪罗广场的新闻。巴伦蒂娜仿佛在遥远的地方听她说话，她迷失在内心的杂音里，无法将这种杂音当作思考。燕子已经死了，它在飞翔中死去。一种预兆，一种通告。似乎是在神智十分清醒的半梦半醒间，她开始分不清阿德里亚诺和燕子，一切变成了一种几近强烈的逃跑和离开的欲望。她不觉得自己有任何过错，但她感受到了过错本身，那只燕子就像过错闷声打在她脚边。

她三言两语告诉朵拉，她要改变计划，接下来直接去威尼斯。

"不管怎样，你肯定会在那里碰到我。我只不过是提前几天去，我真的很想自己单独待几天。"

朵拉似乎并没有很惊讶。那么巴伦蒂娜会错过拉韦纳和费拉拉，真是太遗憾了。总之，她理解她更愿意独自直接前往威尼斯。最好细致地游览一座城市，而不是走马观花地游览好几座……巴伦蒂娜已经不再听她说话了，她心不在焉，她想逃离当下，逃离亚诺河上的阳台。

在这里，人们几乎总是从错误出发才得到了正确的答案，这既讽刺又好玩。我承认，当时我的确不觉得很惊讶，我用必要的甜言蜜语让巴伦蒂娜冷静了下来。不知道的是，我之所以不觉得惊讶是由于其他原因，巴伦蒂娜用带着恐惧的嗓音和表情向我讲述了阳台上的插曲，除非你能与她感同身受，否则你会觉得这段插曲被夸大了，这是毫无逻辑的预兆，也正是因此而无法阻挡。当时，我还产生了一种愉快而残忍的怀疑，巴伦蒂娜或许弄错了恐惧的原因，把我当成了阿德里亚诺。那天晚上，她礼貌地保持距离，飞快地洗漱、睡下，不给我任何机会与她共享卫生间的镜子，共同洗澡，裸露乳房的时间／两件衬衫之间的时间①。阿德里亚诺，没错，我们就这么假设吧，是因为阿德里亚诺。但为什么她要背对着我躺下？她还用手臂遮住自己的脸，要求我尽快关灯，让她可以睡觉，除此之外她什么都没说，连旅伴之间轻轻的晚安吻都没有。

她在火车上进行了更深入的思考，但恐惧依然还在。她在逃避什么呢？人们很难接受慎重的解决方案，很难因为及时切断了联系而表扬自己。恐惧之谜依然存在，仿佛阿德里亚诺，可怜的阿德里亚诺是魔鬼，仿佛真正地爱上他的诱惑就是那座空虚之上的阳台，是那无法遏止的纵身一跃的邀请。

巴伦蒂娜模糊地想，她是在逃避自己，而不是阿德里亚诺。甚至连在罗马时委身于他的速度都证明了她对一切认真的感情、对一切根本的变化的抗拒。最根本的一切都留在了大洋彼岸，变成了永恒的碎片，现在是进行不羁的冒险的时候，正如那些旅行前和旅途中的冒险那样，她可以不做任何道德分析和逻辑分析就接受各种状况。朵拉偶然的陪伴源自一家旅行社的柜台，而她在另一个柜台得到了阿德里亚诺的陪伴，一杯鸡尾酒的时间或是一座城市，那些时刻与欢愉是如此模糊，如同酒店房间里的家具逐渐被抛在了身后。

偶然的陪伴，没错。但我更愿意相信，在一段关系中会有

---

① 原文是法语，法国诗人保罗·瓦莱里的诗句。

更丰富的东西，至少应该让我和阿德里亚诺成为三角形的两边，而第三条边是柜台。

然而，佛罗伦萨的阿德里亚诺已经向她走去，他要求恢复他作为拥有者的权利，他已经不再是罗马的地下情人。更糟糕的是，他要求回应，他等待她，催促她。或许恐惧由此而来，那只不过是因俗世难题而产生的肮脏且糟糕的恐惧，布宜诺斯艾利斯还是奥索尔诺，人们，儿子，共同生活和独自生活是截然不同的。或许并非如此：在这背后，永远存在着其他事物，就像飞翔的燕子那样难以捕捉。突然间，某种东西就可能扑到她身上，一具尸体就可能击中她。

嗯。为什么她和男人们相处不好？当她像往常那样，按照叙述者的思路思考的时候，就出现了某种东西被困住的画面：深刻的真理被无法弃置的墨守成规的谎言包围了。小可怜，小可怜。

在威尼斯的前两天，天色是灰的，几乎有些冷。但是到了第三天，太阳早早升起，天气马上热了起来，游客们激动地离开旅馆，涌入圣马可广场和梅尔契里埃，不同的色彩和语言欢快地交织在一起。
巴伦蒂娜喜欢自己被那条有节奏的长龙从梅尔契里埃带往里亚尔托桥。每个拐角，巴瑞特利桥，圣萨尔瓦多教堂，德国商馆阴暗的邮局，它们带着毫无个性的冷静迎接她，威尼斯就是这样迎接它的游客，它与热情的那不勒斯和好客的罗马截然不同。威尼斯深藏不露，再次隐藏起了自己真实的面孔，毫无个性地微笑着，等到了恰当的时机，它才会愿意把真实的自己展现给优秀的旅行者，用她的忠诚弥补他。巴伦蒂娜在里亚尔托桥上看到了壮美的大运河，她惊讶地发现，自己与令人愉快的河水与贡多拉①离得非常近。她走进巷子里，经过了每个街区的教堂和博物馆，来到码头上，从那里她可以看见被铅绿色的时间侵蚀的雄伟宫殿的正面。尽管她知道自己的反应是机械的，甚至有些勉强，就像别人没完没了地给我们展示家庭相片的时候我们得不停地称赞，但她看着这一切，仍然觉得钦佩不已。某种东西——血脉，焦虑，或者仅仅是活下去渴望——似乎被抛在了身后。巴伦蒂娜突然开始讨厌关于阿德里亚诺的回忆，阿德里亚诺的狂妄自大让她厌恶，他犯了爱上她的错。他的缺席让他变得更加可恶，因为他犯的那种错误只能被当面惩罚，或者被当面原谅。威尼斯

选择已经做出，叙述者让巴伦蒂娜按照他的喜好思考，但是，如果考虑到她的确选择了独自前往威尼斯，那其他的选择也是有可能实现的。像讨厌、厌恶这样夸张的词汇真的适用于阿德里亚诺吗？只是换了个地方，巴伦蒂娜在威尼斯游荡时思考的对象就已经不是阿德里亚诺了。因此，在佛罗伦萨的时候，我有必要表现出善意的不忠，我们得继续把阿德里亚诺置于行动的中心，或许这样，或许在旅行快要结束的时候，我就能重新回到故事的开端，那时，我像还抱有希望似的等待着。

---

①威尼斯特有的尖舟。

在她面前就像一个没有演员、没有参与的活力、却令人惊叹的舞台。这样更好，但也可能更糟；在巷子里游荡，在小桥上徘徊，小桥如眼睑遮盖了河道的美梦，一切开始变得像是一场噩梦。醒来，以任何方式醒来，但巴伦蒂娜觉得，只有类似于被鞭打后产生的痛觉才能让她醒过来。她接受了一位贡多拉船夫的邀请，他建议穿过内部的河道，把她送到圣马可广场。她坐在放着红色坐垫的旧座椅上，感到威尼斯开始轻轻地摇晃，它穿过她，而她如同一只专注的眼睛，她看着威尼斯，执着地看着它。

"黄金宫。"船夫打破了长久的沉默，伸手给她指了指宫殿的正面。然后，贡多拉驶进了圣菲尼斯河，钻进了一个阴暗、沉寂的迷宫，那里有苔藓的气味。跟所有的游客一样，巴伦蒂娜十分钦佩船夫完美无瑕的精湛技术，他熟练地计算着弯道，躲避各种障碍。她觉得他就在自己身后，她看不见他，但他活生生地存在着，几乎悄无声息地把桨沉入水中，有时会和岸上的人说几句方言。上船时，她几乎没有看他，她觉得他和大多数的贡多拉船夫一样，身材高挑、苗条，穿着黑色的窄裤，夹克似乎是西班牙式的，黄色草帽上系着红带子。准确地说，她记得他的声音，甜美但不卑微，他叫卖着：贡多拉，小姐，贡多拉，贡多拉①。她漫不经心地接受了价格和路线，但此刻，当这个男人让她观看黄金宫的时候，她不得不回头看他，她注意到了他面部线条的力量，鼻子有些霸道，眼睛小而狡猾；他是傲慢与

①原文是意大利语。

精明的结合，他上身毫不夸张的活力和相对较小的头部也体现了这一点，或许因为有节奏的划桨动作，他头部与颈部的衔接处有一块形状像蝰蛇的肌肉。

巴伦蒂娜再次向船头看去，她看见一座小桥在靠近。之前她就曾经想过，钻入桥底的那一刻会是多么美好，在长满苔藓的拱桥下迷失片刻，想象着桥上的行人，而现在，她看着那座桥越来越近，竟然感到略微的焦虑，仿佛那是一个巨大的弧形盖子即将在她头顶关闭。她强迫自己在这段短暂的行程中睁着眼睛，但她觉得很痛苦，当那条狭窄、明亮的天空再次出现在头顶的时候，她做了一个模糊的感谢手势。船夫正在指给她另一座宫殿，只有从内部的河道上才能看见这种宫殿，行人们不会发现其中暗藏的玄机，因为他们只能看见正门，而正门与其他建筑物的大门相比并无特别之处。巴伦蒂娜也想评论一番，想对船夫不断提供的信息表现出兴趣，突然间，她需要接近某个活生生却又陌生的人，需要融入对话之中，让自己远离缺失，远离危害她生活的虚无。她站了起来，坐到了更靠近船头的横梁上。贡多拉摇晃了一会儿，

如果"缺席"的就是阿德里亚诺，我找不到巴伦蒂娜之前的行为与毁了她贡多拉之旅的那份焦虑之间的联系，更何况乘坐贡多拉一点都不便宜。我永远无法得知她在威尼斯的酒店里是如何度过长夜的，无声的房间，没有人谈论一天的见闻，或许，巴伦蒂娜深深感受到了阿德里亚诺的缺席，但又一次，这仿佛是另一段距离的面具，另一种缺席的面具，她不想或不能面对

它。（或许这是我的一厢情愿。但是，那著名的女人的直觉呢？那天晚上，我们同时拿起了一只奶油罐，我的手放在了她的手上，我们看着彼此……为什么我没有把那偶然发生的爱抚进行到底呢？不知怎的，一切似乎都悬浮在空中，悬浮在我们俩之间，而众所周知，乘坐贡多拉游览会让人精神恍惚，激起人们的怀旧情愫，引人回想起充满悔恨的往昔。）

但是船夫似乎并没有对乘客的行为感到惊讶。她微笑着问他说了些什么，他把那些信息又重复了一遍，还添上了许多细节，他为自己激发了她的兴趣而感到得意。

"岛的另一边有什么呀？"巴伦蒂娜操着简单的意大利语问道。

"另一边？小姐，是新沿岸大街吗？"

"如果是叫这个名字的话……我想说的是另一边，游客们不会去的那一边。"

"没错，就是新沿岸大街，"船夫说，现在他划得很慢，"嗯，船从那里出发，前往布拉诺岛和托尔切诺岛。"

"我还没有去过那两座岛呢。"

"那里很有意思，小姐。花边厂。但是那一边就没那么有意思了，因为新沿岸大街……"

"我想去那些游客不多的地方，"巴伦蒂娜认真地重复了一遍所有游客的愿望，"新沿岸大街还有什么呀？"

"对面就是墓地，"船夫说，"没什么意思。"

"在岛上吗？"

"对，就在新沿岸大街的对面。您看，小姐，这是圣约翰和圣保罗。美丽的教堂，太美丽了……这是柯莱奥尼骑马像，是韦罗基奥的作品^①……"

"游客，"巴伦蒂娜想，"他们和我们，前者负责解释，后者负责让前者相信自己听懂了。总之，让我们看看你们的教堂吧，让我们看看你们的纪念碑吧，非常有趣，没错^②……"

毕竟，这是多么简单的技巧啊。一旦涉及蠢事、沉默或者几乎总是让人误解的归因方式，叙述者就会让巴伦蒂娜说话和思考。我们为什么不听一听巴伦蒂娜在睡觉前的喃喃自语？为什么我们只了解她孤独的身体和她每天早晨打开旅馆窗户时的眼神？

贡多拉停靠在了斯拉夫人堤岸，旁边有一个人流如织的小广场。巴伦蒂娜饿了，一想到自己要单独吃饭她就觉得无聊。船夫扶她下了船，微笑着接受了钱和小费。

"如果小姐还想再游览一次的话，我一直都在那里。"他指着远处的停泊处，那里被四根挂着小灯笼的长杆标记了出来。"我叫蒂诺。"他一边说一边摸着草帽上的带子。

"谢谢。"巴伦蒂娜说。她本来要走了，淹没在尖叫和拍照的人群之中。而唯一跟她说过几句话的人将被她留在身后。

---

①原文是意大利语。

②原文是意大利语。

"蒂诺。"

"小姐？"

"蒂诺……在哪里可以好好地吃顿饭？"

船夫坦诚地笑了，他看着巴伦蒂娜，似乎理解了这并不是游客的傻问题。

"小姐，您知道大运河上的那些餐厅吗？"他随便提了个问题，试探她。

"我知道，"巴伦蒂娜说，其实她并不知道那些餐厅，"我指的是一个安静的地方，不要有太多人。"

"不要有太多人？像小姐您这样的人吗？"男人粗鲁地说。

巴伦蒂娜被逗乐了，她对他笑了笑。至少，蒂诺不是个傻瓜。

"没有游客，没错。就像……"

"就像你和你的朋友们吃饭的地方。"她想，但她没有说出口。她感觉到男人把手指放在了她的手肘上，他微笑着请她上船。她任由自己被他带走，有些害怕，蒂诺把桨扎进了湖底，动作干脆明了，推动着贡多拉前进，让人几乎注意不到他花费了多少力气。蒂诺的动作扫净了让她无聊的阴霾。

她无法记住路线。他们经过了叹息桥，但后来的一切都很模糊。巴伦蒂娜不时地闭上双眼，任由自己的脑海里浮现出其他模糊的画面，这些画面与她拒绝观看的景色同时出现。正午的太阳让河道升起了难闻的蒸汽，一切都在重复着，远处的尖叫声，拐弯处实用的标记。这个区域的街上和桥上人流稀少，威尼斯正在吃午餐。蒂诺用力地划桨，最后，他把贡多拉驶进了一条狭窄、笔直的河道，隐约可以看见河道尽头的灰绿色湖泊。巴伦蒂娜想，新沿岸大街应该就在那里，在对岸，那个无趣的地方。她感觉到小船停在了长满苔藓的台阶旁，正要回头提问，蒂诺吹了个悠长的口哨，二楼的窗户被无声地打开了。

"那是我妹妹，"他说，"我们住在这里。您想和我们一起吃饭吗，小姐？"

巴伦蒂娜的接受先于她的惊讶乃至她的愤怒。以这个男人的厚颜无耻，他无法容忍半途退出；巴伦蒂娜原本可以用她刚才接受邀请的勇气拒绝他。蒂诺扶她走上台阶，他给贡多拉下碇的时候，让她在一旁等待。她听见他低沉的嗓音低声用方言哼唱着。她感到背后有人，于是转过身去；一个年龄难辨的女人从门口探了出来，她衣冠不整，穿着粉色的旧衣服。蒂诺飞快地跟她说了几句听不懂的话。

"这位小姐彬彬有礼，"他用托斯卡纳语说，"让她进门吧，罗莎。"

她当然会进去了。只要能继续逃避，继续撒谎，怎样都行。生活，谎言[1]，这难道不是尤金·奥尼尔塑造的人物吗？他证明了生活和谎言差不多只有一个无辜的字母的差别[2]。

他们在一间天花板低矮的房间里吃饭，巴伦蒂娜很惊讶，因为她已经习惯了意大利宽敞的空间。黑木桌子能够坐下六个人。蒂诺换了件衣服，但这样也不能消除他身上的汗味。他坐在巴伦蒂娜的

---

①原文是英语。
②指的是英文单词 life 和 lie 只相差一个字母。

对面，罗莎坐在他的左边。他的右边坐着他们心爱的猫咪，它的美貌帮助他们打开了最初的僵局。有意大利干面，一大瓶葡萄酒和鱼肉。巴伦蒂娜觉得所有的菜肴都很可口，虽然她被削弱的理智仍然认为这是疯狂的举动，而她却几乎为此而满足。

"小姐的胃口不错，"罗莎说，她基本不说话，"吃点奶酪吧。"

"好的，谢谢。"

蒂诺狼吞虎咽地吃着饭，更多时候他都在盯着餐盘，但是巴伦蒂娜能感觉到，他在以某种方式观察她。他什么都没有问；甚至都没问过她的国籍，而几乎所有的意大利人都会提出这个问题。巴伦蒂娜想，如此程度的荒谬最终必定会爆发。等到吃完最后一口食物，他们会说些什么呢？那可怕的陌生人饭后交谈的时刻。她摸了摸那只猫，让它尝尝奶酪块。蒂诺笑了，他的猫只吃鱼肉。

"您做贡多拉船夫多长时间了？"巴伦蒂娜问，试图寻找话题。

"五年了，小姐。"

"您喜欢这份工作吗？"

"这份工作不算糟吧。[1]"

"总之，这不像是一份很辛苦的工作。"

"对……这份工作不算辛苦。"

"也就是说，他还干着别的活。"她想。罗莎又给她倒了一杯葡萄酒，虽然她不肯再喝了，但是兄妹俩笑着坚持让她喝，把酒杯斟满了。"猫不喝酒。"蒂诺一边说，一边长久地注视她的眼睛，这是

---

①原文是意大利语。

他第一次这么做。三人都笑了起来。

罗莎出去拿了一盘水果回来。然后，蒂诺接过一支骆驼牌香烟，他说意大利烟草质量低劣。他靠在椅背上眯着眼睛抽烟；汗水沿着他紧绷的古铜色脖子滑落。

"这里离我的酒店很远吗？"巴伦蒂娜问，"我不想再继续打扰你们了。"

"事实上，我应该为这顿午饭买单。"她想，她思考着这个问题，但不知道该如何解决。她说出了酒店的名字，蒂诺说他会送她回去的。罗莎不在餐厅里已经有一会儿了。躺在角落里的猫咪在午后的热气里昏昏欲睡。有河道的气味，老房子的气味。

"嗯，你们非常客气……"巴伦蒂娜说，她挪动了托斯卡纳式座椅，站了起来，"真可惜我不太会说意大利语……还好您能听懂我说话。"

"哦，当然了。"蒂诺说，他纹丝不动。

我本来想和你妹妹打声招呼，但是……

"哦，罗莎。她大概已经走了。她总是在这个时间离开。"

巴伦蒂娜想起了吃午饭时有一段她听不懂的简短对话。那是他们唯一一次说方言，蒂诺还跟她道了歉。不知为何，她觉得罗莎的离开是因为那次对话，她有些害怕，而且因为害怕而羞愧。

蒂诺站了起来。那时她才发现他很高。他的小眼睛看向门，那扇唯一的门。那扇门朝向卧室（兄妹俩带她来到餐厅的时候经过了那里，他们还向她道了歉）。巴伦蒂娜拿起了她的草帽和提包。"他有一头美丽的头发，"她想，但她没有说出口。她有些不安，但同时又觉得安全，感觉自己被填满。这种感觉比那整个上午苦涩的空虚感要好得多。就这样填了点东西，她安心地面对着某个人。

"很抱歉，"她说，"我本来想和你妹妹打个招呼的。感谢你们所做的一切。"

她伸出手，他接住了她的手，但是没有握住，立刻就把它松开了。面对这粗鲁、羞涩的动作，巴伦蒂娜觉得那隐约的不安消散了。她朝门走去，蒂诺跟在她身后。她走进了另一个房间，在昏暗中她勉强能看清里面的家具。通向走廊的出口不是在右边吗？她听见身后的蒂诺刚刚关上了餐厅的门。房间变得更阴暗了。她不情愿地回过头，等他上前。在蒂诺的手臂野蛮地抱住她之前，一股汗味就已经将她包围。她闭上眼睛，艰难地反抗着。如果可以，她会马上把他杀死，她会不停地打他，打烂他的脸，撕烂他的嘴，他正在吻着她的脖子，一只手在她紧绷的身体上游走。她试图挣脱，她突然向后仰，倒在了一张阴暗的床上。蒂诺放肆地在她身上滑动，锁住她的腿，用他被葡萄酒浸润的嘴唇亲吻她的嘴。巴伦蒂娜再次闭上了双眼。"他至少应该先洗个澡。"她一边想，一边放弃了抵抗。蒂诺又像对待俘虏那样控制了她一会儿，似乎因为她放弃了而感到讶异。然后，他喃喃自语，亲吻她，他伏在她身上，用笨拙的手指寻找她上衣的拉链。

太棒了，巴伦蒂娜。正如盎格鲁撒克逊人的智慧教给人们的那样，这样可以避免许多由于勒掐而造成的死亡，在这种情况下，唯一明智的做法就是那句名言所说的："放松，好好享受吧①。"

四点,太阳仍然很高,贡多拉停在了圣马可广场前。和之前一样,蒂诺伸出前臂,让巴伦蒂娜扶住,他保持着这个动作,似乎在等待着,他看着她的眼睛。

"再见②。"巴伦蒂娜说,接着她开始离开。

"今晚我会在那里,"蒂诺指着停泊处说,"十点钟。"

巴伦蒂娜直接回了旅馆,她需要洗个热水澡。什么都没有这个重要,洗去蒂诺的气味还有弄脏她的汗渍和口水。她愉快地呻吟了一声,滑进烟雾弥漫的浴缸里,有好一会儿,她都无法将手伸向那块绿色肥皂。然后,随着她思维的节奏逐渐恢复,她开始认真地清洗身体。

回忆并不痛苦。在面对事情本身的时候,一切肮脏的准备似乎都被抹去了。他们欺骗了她,引诱她掉入了一个愚蠢的陷阱,但她足够聪明,明白是她自己织成了那张网。在错综复杂的记忆里,最让她厌恶的就是罗莎,那个躲躲闪闪的同谋,根据发生的一切分析,很难相信她是蒂诺的妹妹。更准确地说,她是他的奴隶,是需要取悦他的情人,她想以此挽留他更久一些。

她在浴缸里伸了个懒腰,觉得身上很疼。蒂诺表现出了他的本色,他疯狂地寻求快感,没有任何顾虑。他一次又一次像占有动物一样占有她,她显得很笨拙,但是,要是他表现出了丝毫温柔,她

---

① 原文是英语。
② 原文是意大利语。

也不至于这样。巴伦蒂娜并不后悔，她也不在意乱糟糟的床铺的陈旧气味、蒂诺急促的喘息声和他后来含糊尝试的和解（因为蒂诺害怕了，他思考着强奸外国人可能造成的后果）。事实上，只要冒险中不缺乏享受，她就不会后悔。或许，即使真的缺乏享受她也不会后悔，野蛮在这里就像是流行菜肴里的大蒜，是不可或缺的美味佐料。

她有些歇斯底里地想，

不对，完全没有歇斯底里。只有我能看见巴伦蒂娜此时的表情，那天晚上我和她讲了我同学南希在摩洛哥发生的事，南希的情况和她的很类似，但还要糟糕。强奸她的是个穆斯林，他发现南希正处在经期，他非常失望，他扇她耳光，用鞭子抽打她，强迫她给他让出另一条通道。（我不明白自己告诉她这件事的目的是什么，我看见她瞪大了眼睛，但只持续了一瞬间，之后她像往常一样以疲倦和睡意为借口，拒绝再谈论这个话题。）要是阿德里亚诺像蒂诺那样敏捷而俊美，而且没有大蒜和汗味的话……要是我没有让她进入梦乡，而是……

蒂诺用他极其笨拙的双手试着帮她穿衣服的时候，他试图表现出情人的温柔，但这种温柔实在太怪诞了，连他自己都没法相信。这种想法让巴伦蒂娜觉得很有趣。在圣马可广场和她道别时的约定也很荒谬。他想象她会回到他家，镇定地把自己交付给他……她丝毫没有觉得不安，她相信蒂诺是一个好人，他没有在强奸她之后偷她的东西，而这本来是很容易的事。这件事发生的时候，她说话的语气比跟阿德里亚诺见面的时候还要正常、还要有逻辑。

你明白了吧，朵拉，你明白了吧，傻瓜？

可怕的是，她意识到蒂诺离她是多么遥远，他们完全无法交流。伴随着最后的快感结束，沉默、混乱和荒谬的喜剧开始了。归根结底，这是一种优势，她不用像逃离阿德里亚诺那样逃离蒂诺。没有任何坠入爱河的风险，当然了，他也不会爱上她。多自由啊！尽管险途布满青苔，但她并没有觉得厌恶，特别是在涂上肥皂之后。

晚饭时间，朵拉从帕多瓦抵达了威尼斯，滔滔不绝地说着乔托和阿蒂基耶罗。她发现巴伦蒂娜状态非常好，她说，阿德里亚诺含糊地提到要放弃卢卡之行，但后来她就没见过他了。"我觉得他爱上你了。"她随口说出了这句话，侧过身子笑了起来。虽然她还什么都没有看，但她非常喜欢威尼斯。她吹嘘说，通过服务员和搬运工的举止就能推断出这是座美妙的城市。"一切都太精美了，太精美了。"她一边品尝大虾，一边喋喋不休。

请原谅我的措辞，在我操蛋的生命中，我曾经说过类似的话。这其中究竟蕴含着何种被我忽视的报复啊？或者（没错，我开始这样猜测，开始这样相信）一切都源于一种潜意识，而这种潜意识也促成了巴伦蒂娜的诞生，表面上，它并不了解她，而且总是错误地判断她的行为和行为的理由，但它在不知情的情况下猜中了那潭深水，在那里，巴伦蒂娜并没有忘记罗马和旅行社的柜台，没有忘记她接受了共用一间客房和共同旅行的请求。那些记忆的闪回就像深海里的鱼儿，它们试图探出水面片刻，而在这些闪回中，我是被故意扭曲和被伤害的那个，我说出了叙述者让我说的话，变成了说话者那样的人。

威尼斯之夜①被人称道，但朵拉因为欣赏美术作品而疲惫不堪，她在广场上逛了两圈，就回到了酒店。巴伦蒂娜像往常一样在花神咖啡馆喝了一杯奥波尔图葡萄酒，她打算在那里待到十点。她混在吃冰淇淋和打开闪光灯拍照的人群当中，偷偷地观察码头。那里只有两艘亮着灯笼的贡多拉。蒂诺站在码头上，站在一根长竿旁。他在等待。

"他真的以为我会去。"她几乎有些惊讶地想。一对打扮像英国人的夫妇向船夫走去。巴伦蒂娜看见他摘下了帽子，邀请他们上船。他们几乎立即就上了船。小灯笼在湖泊的夜里颤抖着。

巴伦蒂娜隐约觉得不安。她回了酒店。

早晨的阳光洗净了她的噩梦，但是恶心和食道里的压迫感并没有消失。朵拉在大厅里等她吃早饭，服务员来到桌前的时候，巴伦蒂娜给自己倒了一杯茶。

"小姐的贡多拉船夫已经在外面了。"

---

①原文是英语。

"贡多拉船夫？我没有叫过贡多拉。"

朵拉好奇地看着她，巴伦蒂娜瞬间觉得自己仿佛一丝不挂。她艰难地喝了一口茶，犹豫了片刻之后站了起来。朵拉觉得很有趣，她觉得透过窗户观看现场会很有意思。她看见了贡多拉船夫，看见了迎面向他走去的巴伦蒂娜，男人简短、坚定地打了招呼。巴伦蒂娜跟他交谈的时候几乎没有任何动作，但她看见她举起了一只手，仿佛是在恳求——这当然是不可能的——某种对方拒绝给予的东西。然后，他一边说话，一边用意大利人的方式挥动着手臂。巴伦蒂娜似乎在等他离开，但是对方坚持留下，朵拉看了很长时间，她看到巴伦蒂娜终于看了眼手表，做出了同意的手势。

"我完全忘了这件事，"回来以后，她解释说，"但是贡多拉船夫是不会忘记自己的客人的。你不出门吗？"

"我当然要出门了，"朵拉说，"所有服务人员都像电影里演的那样殷勤吗？"

"当然了，所有服务人员都这样。"巴伦蒂娜毫无笑意地说。蒂诺的大胆让她惊愕不已，她很难控制住自己的情绪。她觉得朵拉可能会提议加入贡多拉之旅，这种想法让她不安。这样做非常符合逻辑，也非常符合朵拉的作风。"但是，这恰恰是解决方法，"她想，"不管他有多么粗鲁，他都不敢做出丑事。他是个歇斯底里的人，这很明显，但他不傻。"

朵拉什么也没说。她对巴伦蒂娜友善地微笑着，巴伦蒂娜却觉得这种友善让她有些厌恶。不知道为什么，她没有提议一起乘坐贡多拉。非同寻常的是，在这几个礼拜里，她在不知道原因的情况下做完了所有重要的事情。

　　说话，我的女儿[1]。他们刚把我排除在了游船之外，看似不可思议的事情就变成了事实。当然了，这并不重要，只不过是一段寻求廉价而有力的安慰的插曲，不存在任何未来的风险。同样的事情再次在难以察觉的情况下发生了，证明了同一个道理：不管是阿德里亚诺还是贡多拉船夫，我再次变成了局外人。这一切值得我再喝一杯茶，思考能否为我在离开佛罗伦萨前就制定好的计划再增加点什么内容——哦，我这么做的时候是多么无知啊——好让它变得完美。

　　蒂诺载着她，沿着大运河行驶，来到了里亚尔托桥之外的地方，他好心地选择了最长的路线。他们在瓦尔马拉纳宫附近驶入了圣阿波斯托利河，巴伦蒂娜执拗地看着前方，又一次看见黑色、密集的小桥一座接着一座地来到她面前。她把后背靠在陈旧的红色垫子上。很难相信自己又来到了这艘贡多拉上。一滴水在船底流淌。运河之水，威尼斯之水。著名的狂欢节。执政官与海洋成亲[2]。威尼斯著名的宫殿和狂欢节。我来找您，因为昨晚您没有来找我。我想带您坐贡多拉。执政官与海洋成亲。完美的清凉。清凉。现在，他带着她坐贡多拉，在进入内部河道之前，他时不时会发出介于忧郁和孤僻

----

①原文是法语。

②过去，威尼斯执政官主持威尼斯与海洋联姻的仪式，执政官亲自从船上向大海扔出一枚戒指，象征威尼斯与海洋和谐共存。

之间的叫声。远处，在仍然很远的地方，巴伦蒂娜隐约看见了那条开阔的绿色的路。又一次，新沿岸大街。可以预见，四级长满苔藓的台阶，她认识这个地方。他马上就会吹口哨，然后罗莎就会探出窗户。

　　真是既诗意又直白。还缺艾斯彭遗稿①、科尔武男爵②和塔齐奥③，英俊的塔齐奥和瘟疫。还得给费尼切歌剧院附近的一家旅馆打个电话，但这并不是任何人的错（我想说的是细节的缺失，而不是电话）。

但是，蒂诺沉默地给贡多拉下碇，他等待着。从上船起，巴伦蒂娜第一次回头看他。蒂诺英俊地微笑着。他有着极美的牙齿，要是能用上一点牙膏，他的牙就会完美无瑕。

"我无药可救了。"巴伦蒂娜想，她没有扶蒂诺向她伸出的前臂就跳到了第一级台阶上。

　　她真是这么想的吗？得注意使用比喻、表达方式或类似的东西。这也源于潜意识；当时，如果我知道的话，或许就不会……但我也无法超越时间。

---

① 美国作家詹姆斯·亨利的短篇小说。
② 英国作家弗雷德里科·罗尔夫的别名。
③ 托马斯·曼的中篇小说《死于威尼斯》中的人物。

当她下船吃晚饭的时候，朵拉在等她，跟她说了一个消息（虽然她没有完全确定）。她在圣马可广场的游客里看见了阿德里亚诺。

　　"他离得很远，在一个集市上。我觉得是他，因为那人穿着浅色、有些紧身的衣服。他可能是今天下午到的……我觉得他在跟踪你。"

　　"哦，我们走吧。"

　　"好的。这可不是他的路线。"

　　"你也不确定那是不是他。"巴伦蒂娜满怀敌意地说。这个消息并没有让她感到奇怪，但她悲观的想法开始活跃了起来。"又来了，"她想，"又来了。"她会遇见他的，这毫无疑问，威尼斯的人们仿佛生活在一只瓶子里，所有人都能在圣马可广场或里亚尔托桥上认出彼此。再次逃跑，但为什么呢。她已经厌倦了逃避虚无，她不知道自己在逃避什么，不知道自己是真的在逃避还是在做着眼前的母鸽子所做的事情，它们假装逃避公鸽子高傲的袭击，最后却抖动着铅灰色的羽毛，温柔地默许。

　　"我们去花神咖啡馆喝咖啡吧，"朵拉提议道，"或许我们会在那里遇见他。他真是个不错的小伙子。"

　　她们几乎立刻就看见了他。他在集市的拱门下面，背对着广场，专注地观赏着几件来自穆拉诺岛的丑陋的玻璃制品。朵拉跟他打了个招呼，他回过头来，几乎没有表现出惊讶。他很有礼貌，巴伦蒂娜松了口气。至少，没有出现戏剧性的场面。阿德里亚诺礼貌而疏远地跟朵拉打了招呼，然后握住了巴伦蒂娜的手。

　　"哎呀，世界真是小。谁都无法避开《蓝色指南手册》收录的地方。"

"至少我们没有避开。"

"我也没有避开威尼斯冰淇淋。我可以请你们吃吗？"

朵拉几乎马上就开始发表长篇大论。她比他们多逛了几座城市，自然得意地列举了他们错过的所有景观。巴伦蒂娜希望她的话题永远不要终结，或者，她希望阿德里亚诺最终能直视她，毫不留情地斥责她，她希望那双眼睛严肃地盯着她的脸，他的眼神里包含的往往不仅是指责或训斥。但是他要么专心地吃着冰淇淋，要么歪着脑袋——他那颗美丽的南美人的脑袋——抽烟，认真地倾听朵拉说的每一句话。只有巴伦蒂娜才能发现他夹着香烟的手指在轻轻地颤抖。

我也发现了，亲爱的，我也发现了。我一点都不喜欢这样，因为这种平静中隐藏着某种到目前为止我都不觉得十分强烈的情感，压紧的弹簧似乎在等待着将它绷开的扳机。这种情感与他冷冰冰的语调和电话中的冷静截然不同。眼下，我被排除在了游戏之外，我无能为力，无法让事情按照我预想的方式发展。别让巴伦蒂娜……但是，我得把一切都展示给她看，我得回到那几晚的罗马，当时她犯了错，她离开了，让我独自享用淋浴和肥皂，她背对我躺下，低声说她很困了，已经快睡着了。

谈话又回到了起点，他们说起了博物馆和旅途中的小波折，他们接着吃冰淇淋，接着抽烟。他们说起了明天早上一块游览威尼斯城的事。

"或许，"阿德里亚诺说，"我们会打扰巴伦蒂娜吧，她更愿意一个人待着。”

“为什么把我包括进来？”朵拉笑着说，“我和巴伦蒂娜互相之间并不了解，而我们正是在此基础之上相处的。她不会和别人共享她的贡多拉的，而我也有几条只属于我的河道。您试着这样和她相处吧。”

“试一试总是好的，”阿德里亚诺说，“总之，我十点半到旅馆，那会儿你们可能已经做出决定了，或者到时候再决定也行。”

上楼的时候（她们的房间在同一层），巴伦蒂娜把手搭在了朵拉的手臂上。

那是你最后一次碰我。和过去一样勉强。

“我想求你一件事。”

“没问题。”

“明天上午，让我单独和阿德里亚诺出门吧。就这一回。”

朵拉搜寻着落在皮包底部的钥匙。她花了很长时间才找到它。

“一切说来话长，”巴伦蒂娜说，“但是请你帮我这个忙。”

“当然了，”朵拉说着打开了门，“你也不愿意跟我分享他。”

“我也不愿意分享他？要是你以为……”

“哦，我只是开个玩笑。晚安。”

现在已经不重要了，但是关上门的时候，我真想用指甲戳自己的脸。不，现在已经不重要了，但如果巴伦蒂娜仔细分析

277

的话……那一句"我也不愿意分享他"就是端倪；她完全没有发现，她正在经历的混乱让她忽视了这一点。当然，这样对我更好，但或许……总之，现在真的已经不重要了；有时候，吃片地西泮就很管用。

　　巴伦蒂娜在酒店大堂里等他，阿德里亚诺甚至都没想到问为什么朵拉没来。就像在佛罗伦萨或者罗马的时候一样，他对她的存在似乎不太敏感。他们沿着奥尔索罗大街行走，隐约能看见那个小小的内湖，到了晚上，贡多拉船都在那里停泊。他们往里亚尔托桥的方向走去，巴伦蒂娜走在前面，穿着浅色的衣服。他们只说了几句客套话，但是，刚走进一条小巷（他们迷路了，两人都没有看地图），阿德里亚诺就走到了巴伦蒂娜的前面，拉住了她的手臂。

　　"太残忍了，你知道吗。你做的事情太卑鄙了。"
　　"没错，我知道。我会用更恶劣的词。"
　　"你就这样卑鄙地走了。就因为一只燕子死在了阳台上，你就歇斯底里地走了。"
　　"承认吧，"巴伦蒂娜说，"这是个诗意的理由。"
　　"巴伦蒂娜……"
　　"啊，够了，"她说，"我们去个安静的地方，一次说清楚。"
　　"去我的酒店吧。"
　　"不，不去你的酒店。"
　　"那去咖啡馆吧。"
　　"咖啡馆里都是游客，你知道的。得是一个安静的、无趣的地方……"她犹豫了一会儿，因为那句话让她想到了一个名字。"我们去新沿岸大街吧。"

"那是什么地方？"

"那是另一条河岸，在北边。你有地图吗？往这边走，没错。我们走吧。"

走过马里布兰歌剧院之后，出现了没有商店的街道，道路两边的大门永远紧闭，一个衣衫不整的小孩坐在门槛上玩耍，他们来到了福莫大街，看到闪闪发亮的湖泊已经离他们很近了。昏暗的街道突然汇入了阳光明媚的海滨大道，那里有很多工人和流动商贩。几家其貌不扬的咖啡馆宛如一颗颗扇贝，紧贴着那些漂浮着的小房子，开往布拉诺岛和墓园的水上巴士正是从这些小房子里出发的。巴伦蒂娜立刻看到了墓园，她回忆着蒂诺的讲解。那座小岛是一个平行四边形，能看见的部分都被红墙环绕。墓园里树木的树冠就像深色的花环，十分显眼。人们可以清楚地看见停船的码头，但此时的小岛似乎只能容纳死者；没有一艘船，码头的大理石石阶上空无一人。在十一点的阳光下，一切都在干巴巴地燃烧着。

巴伦蒂娜犹豫不决地往右边走去。阿德里亚诺脸色阴沉地跟着她，他几乎没有观察四周的景象。他们经过了一座桥，桥下的内部河道与湖泊相连。天气十分炎热，热气扑面而来。他们又经过了一座白石桥，巴伦蒂娜站在桥拱上，倚靠着栏杆，向城里望去。如果他们需要在某个地方交谈的话，她希望是在这样一个毫无特点的、无趣的地方。她的背后是墓园还有深入威尼斯的河道，它将丑陋、荒芜的河岸分隔开了。

"我离开了,"巴伦蒂娜说,"因为这一切没有意义。你让我把话说完。我离开了,因为我们两人中总得有人离开,你正在把事情变复杂,你很清楚,我们两人中得有人离开。有什么区别呢?只不过是时间问题。要么早一个礼拜,要么晚一个礼拜……"

"对你来说没有区别,"阿德里亚诺说,"对你来说完全没有区别。"

"要是我能跟你解释清楚的话,就好了……但你不会明白的。你为什么跟踪我?这有什么意义吗?"

如果她提出了这些问题,那么我至少可以知道,她并没有把阿德里亚诺出现在威尼斯和我联系起来。当然,这背后隐含着永恒的苦涩:她倾向于忽略我,她甚至没有怀疑过有第三个人参与游戏。

"我知道这没有意义,"阿德里亚诺说,"仅仅是这样而已。"

"你不该来的。"

"你不该就那么走了,你抛弃了我,把我当成……"

"请你别用这么夸张的词。你怎么能把正常的结果说成抛弃呢?要是你觉得更容易接受的话,你可以把这叫作回归正常。"

"对你来说,一切都很正常。"他愤怒地说。他的嘴唇颤抖着,双手紧紧抓住栏杆,仿佛想要通过接触冷漠的白色石头来让自己冷静下来。

巴伦蒂娜看着河道的尽头。她看见了一艘贡多拉，比普通的贡多拉更大，它在远处航行，看不清模样。她害怕看见阿德里亚诺的眼睛，她唯一的希望就是他能离开，如果必要的话，他可以痛骂她一顿，然后离开。但是阿德里亚诺依然留在那里，他痛苦万分，延长着他们自以为是解释的谈话，实际上那只不过是两段独白。

　　"这太荒唐了。"最后，巴伦蒂娜低声说道，她一直盯着那艘逐渐向他们靠近的贡多拉。"为什么我就得像你一样？难道你还不明白吗？我不想再见你了。"

　　"在内心深处，你是爱我的，"阿德里亚诺面目可憎地说，"你不可能不爱我的。"

　　"为什么不可能？"

　　"因为你和其他女人不一样。你不像她们那样容易屈服，你不是一个在旅途中无所事事的歇斯底里的女人。"

　　"你觉得我屈服了，但是我得说，屈服的人是你。你那些关于女人的老观念，当……"

　　　　诸如此类。

　　但是这样我们什么都得不到，阿德里亚诺，一切都是徒劳的。要么你现在让我单独待着，要么我马上离开威尼斯。

　　"我会跟着你的。"他几乎有些傲慢地说。

　　"这样会让我们俩都难堪的。难道不应该……"

　　这场无意义的对话里的每个单词都让她难受，甚至恶心。在对话的表象之下，某种无用的、腐朽的东西如同河道里的死水，停滞不前。话说到一半的时候巴伦蒂娜开始意识到，那艘贡多拉和其他的不一样。它更宽，就像一艘驳船，四名船夫站在横梁上，那里似乎竖立着一座黑金色的灵柩台。由于那是一座灵柩台，船夫们穿着黑衣，没有戴上欢快的草帽。船抵达了码头，码头边有一座灰暗、死气沉沉的房子。在类似于小教堂的建筑前，有一个装船点。"医院，"她想，"教堂般的医院。"人们从里面走出来，一个男人拿着花圈，漫不经心地把花圈扔到了灵船上。其他人和棺材一同出现，开始装船。阿德里亚诺似乎也怔住了，在上午的阳光下，在这个无趣的、游客不宜的威尼斯，发生着令人毛骨悚然的事情。巴伦蒂娜听见他在喃喃自语，或许那是被压抑住的抽泣声。但她无法把视线从那艘船上移开。四名船夫将船桨扎进水里，等待着其他人把棺材抬进挂着黑色窗帘的墓室。船头有一个亮闪闪的雕像，却没有安上贡多拉上通常会有的齿状装饰。那似乎是一只巨大的银质猫头鹰，做得栩栩如生，但是当贡多拉沿着河道行驶的时候（死者的家属站在码头上，两个小伙子搀扶着一位老太太），人们发现，那只猫头鹰实际上是一只银球和一个银色十字架，这是整艘船上唯一清晰、唯一闪亮的东西。船向他们驶来，即将穿过桥洞，也就是他们的脚下。只需往下跳就能落在船头，落在棺材上。桥仿佛在轻轻地向船移动（"难道你不跟我走吗？"），巴伦蒂娜极专注地看着那艘贡多拉，船夫们划桨的速度似乎都因此而变慢了。

"不，我不去。你让我一个人待着，你让我安静一会儿。"

她原本有许多话可说，可她偏偏选择了这么一句。她感觉到阿德里亚诺的手臂在颤抖，他的手臂紧贴着她的，她听见他重复了那个问题，听见他艰难地呼吸，仿佛是在喘气。但她只能看着离桥越来越近的那艘船，它即将穿过桥洞，几乎要撞上他们；它会从另一边出来，驶向开阔的湖泊，像一只缓慢的黑鱼抵达死人之岛，然后抬下棺材，将死者堆放在红墙后面寂静无声的村落里。

她看见其中一名桨手是蒂诺，她几乎并不觉得惊讶，

这是真的吗？这也太巧了吧？事情已经无从知晓了，同样也无法得知为什么阿德里亚诺没有斥责她那场低贱的冒险。我认为他斥责她了，那场承上启下、毫无意义的对话不是真实的，真实的对话是关于别的事情，如果不是这样的话，故事的结局就显得太极端、太恐怖、太不可思议了。谁知道呢，或许为了不揭发我，他隐瞒了一些他知道的事，没错，但是，他的揭发会有什么意义呢？既然几乎马上就……巴伦蒂娜，巴伦蒂娜，巴伦蒂娜，要是你能训斥我，要是你能骂我，要是你能狠狠地骂我一顿，要是冲我大叫的人是你，那该多好啊。如果能重新见到你，巴伦蒂娜，如果你能扇几个我耳光，在我脸上吐口水的话……那会是多大的安慰啊。（这回，吞一整颗药丸。现在就吞，亲爱的。）

他是船尾最高的那个人，蒂诺看见了她，也看见了她身边的阿德里亚诺，他看着她，不再划桨，那双狡猾的小眼睛看着她，眼神里充满了疑问，可能（"请你别再坚持了"）还有疯狂的嫉妒。贡多拉就

在几米远的地方，她看见了银色船头的每颗钉子、每朵花和棺材上朴素的铁皮（"你弄疼我了，放开我"）。她感觉到阿德里亚诺的手指紧紧地按着她的手肘，这让她觉得无法忍受，她闭上了眼睛，她觉得他要打她。那艘船仿佛在她的脚底消失了，蒂诺的脸（脸上充满了惊讶，她好笑地想，这个可怜的白痴也有不切实际的幻想）迅速地滑过，消失在了桥下。"我来了。"巴伦蒂娜想，她躺进那口棺材里，远离了蒂诺，远离了那只野蛮地按着她的手臂的手。她觉得阿德里亚诺做了一个掏东西的动作，可能是香烟，他用这个动作争取时间，不计任何代价地把时间延长。不管是香烟还是别的什么都已经不重要了，她已经搭上了这艘黑色贡多拉，毫无畏惧地前往她的岛屿。最终，她接受了那只燕子。

与红圈的会面

致博尔赫斯[①]

　　我觉得，哈科沃，那天晚上您大概觉得很冷，威斯巴登连绵不断的雨让您下定决心走进萨格勒布餐厅。又或许您太饿了，这才是主要原因。您已经工作了一整天，是时候在一个安静、没人说话的地方吃晚餐了，倘若萨格勒布餐厅不具备其他的优点，它至少符合这两项要求，而您——我想，您耸着肩，仿佛是在嘲笑自己——决定在那里吃晚餐。无论如何，有些许巴尔干风格的昏暗大厅里摆着许多张餐桌，能把湿透的雨衣挂在旧衣架上、找到那个餐桌上点着绿色蜡烛的角落，真是件好事。烛光轻轻摇动着烛影，微微照亮了

[①]本故事曾被列为委内瑞拉画家哈科沃·博尔赫斯展览的展品。故事标题来自画家的一部画作。

旧餐具和一只高脚杯，光线宛如一只鸟躲在杯子里。

最先是在空无一人的餐厅里通常会有的感觉，介于烦闷与释然之间。从外观看，这应该是一间不错的餐厅，但这个时间却没有客人用餐，难免引人疑惑。但是在一座外国城市里，这种思虑不会持续很久，毕竟您对当地的习惯和作息时间不够了解，重要的是温暖，还有带给人惊喜和熟悉菜肴的菜单。那个大眼睛、黑头发、身材娇小的女人仿佛从虚无中走来，突然出现在了白桌布旁，带着淡淡的微笑等待着。您想，或许按照这座城市的日常作息，这会儿已经很晚了，但您还没来得及抬头露出游客式质疑的眼神，苍白的小手就摆好了纸巾，把盐瓶放回原位。您点了洋葱红椒肉串，还点了一瓶浓稠、香气浓郁、毫无西方风味的葡萄酒，这是理所当然的选择，跟我过去一样，您也不喜欢酒店的餐食，对当地过于典型或充满异域风情的食物的恐惧让您觉得它们寡淡无味，您甚至点了黑面包，也许黑面包并不适合和肉串一起吃，但那个女人立刻就把它端了上来。您抽起了第一支香烟，直到那时您才开始仔细地观察这个"特兰西瓦尼亚飞地①"，它为您挡雨，让您免受这座不太有趣的德国城市的伤害。寂静、无人的空间和烛台上微弱的火光几乎成了您的朋友，他们让您远离剩下的一切，完美地和您的香烟、您的疲倦独处。

给高脚杯斟酒的那只手上长满了毛发，您吓了一跳，花了一秒钟打碎那荒谬的逻辑枷锁，明白了那个苍白的女人已经不在您身边，

---

① 如今位于罗马尼亚，中世纪是一个独立公国。特兰西瓦尼亚原受匈牙利王国统治，在土耳其攻占布达佩斯后，成为匈牙利贵族的避难所。在传说和文学作品中，被称为"吸血鬼的故乡"。

取代她的是一名黝黑、沉默的男服务员，他邀请您品尝葡萄酒，动作中似乎只有一种机械的等待。要是有人觉得这酒不好，那才是怪事，服务员把酒杯斟满，仿佛那次中断只不过是无足轻重的插曲。几乎在同一时间，另一位服务员端上了热气腾腾的餐盘，飞快地端走了肉串。奇怪的是，他与之前那名男服务员长得很像，典型的服装和黑色的鬈发让他们显得整齐划一。客人说着糟糕的德语，这在意料之中，而服务员的德语也很糟糕，他们之间只进行了极少的、必要的交流。昏暗大厅里的宁静和困倦再次将他围绕，雨水拍打街道的声音变得更加清晰。雨声突然停止了，您刚转过身，就发现大门已经打开，又有一位客人走了进来，那大概是一个近视的女人，不仅因为她戴着厚厚的眼镜，还因为她盲目又自信地穿过所有的桌子，坐在了大厅另一头被一两支蜡烛勉强点亮的角落里，她经过的时候，烛光颤抖起来，将她模糊的身影与桌椅、墙壁和大厅尽头厚厚的红色窗帘融合为一，似乎这个角落是与一座预料之外的房子连在了一起。

吃饭的时候，那位英国女游客（从她的雨衣和露出的介于紫红色和番茄色之间的上衣来看，她不可能来自别的国家）全神贯注地看着那份她完全看不懂的菜单，黑色大眼睛的女人站在餐厅的另一个角落里，那里有一个装着镜子、摆着干花花环的柜台，准备等女游客看明白了再上前接待，这样的场景隐约让您觉得有趣。男服务员们站在柜台后面，站在那个女人旁边，也在旁观，他们如此相像，旧镜子里他们的背影似乎是假的，就像是奇怪、虚假的四重身。他们都在看着那个英国女游客，她似乎完全没有留意到时间的流逝，依然把脸贴在菜单上。当您掏出第二支烟的时候，他们又等了一会儿，然后那个女人走到您的桌前，问您需不需要来碗汤，希腊式羊奶酪怎么样，她的每个提问都会被礼貌地拒绝，奶酪很不错，那要不尝尝当地的特色甜点。您只想点一杯土耳其咖啡，菜量很足，您觉得困了。那个女人似乎有些犹豫，仿佛是在给您机会，让您改变主意、点一盘奶酪。但您没有，于是她机械地重复了一遍土耳其咖啡，您说没错，土耳其咖啡，她急促地吸了一口气，向男服务员们举起了手，然后走到了英国女游客的餐桌前。

　　和先前迅速上桌的晚餐不同，咖啡很久都没有端来，您有充裕的时间再抽一支烟，还能慢慢地把那瓶葡萄酒喝完。与此同时，您饶有兴致地看着那位英国女游客，她戴着厚厚的眼镜扫视整个餐厅，但什么都没有留意。她身上有着某种笨拙的、或者说羞涩的东西。她艰难地活动了好一会儿，然后才决定脱下那件被雨淋得亮晶晶的雨衣，把它挂在离她最近的衣架上，当然了，等她再次坐下的时候，她肯定会弄湿自己的屁股，但她似乎并不担心这一点。她继续毫无目的地观察大厅，然后不安地盯着桌布。男服务员们已经回到了柜台后面的位置上，那个女人在厨房的小窗旁等待着，他们三人都看着英国女游客，看着她，仿佛在等待着什么，等她叫他们继续点菜或更换菜肴，或是离开，您认为他们看她的方式过于激烈，无论如何都是不合理的。他们已经不再服务您了，两名男服务员又开始叉着手旁观，那个女人低垂着脑袋，又长又直的头发挡住了她的眼睛，或许她才是那个目不转睛地盯着女游客的人，您觉得这样十分让人讨厌，而且很不礼貌，但那只可怜的鼹鼠什么都没有发现，这会儿，她正在翻自己的皮包，从里面拿出了什么东西，在昏暗的灯光下没法看清那是什么，但是，可以通过鼹鼠擤鼻涕时发出的声音判断。其中一名服务员给她端上了一道菜（似乎是炖牛肉），然后立即回到了他的固定位置上。他们刚完成自己的工作就又起手旁观的癖好本来是挺有趣的，但不知为何并非如此，同样并不有趣的还有那个女人的行为，她站在离柜台最远的角落里，专注地观察着您喝咖啡的动作，咖啡很香醇，您喝得很慢。突然，注意力的中心发生了变化，因为那两位男服务员也在看您喝咖啡，在您喝完以前，那个女人上前问您要不要再点一杯，您几乎是有些迷惑地答应了，因为这一切——虽然这一切什么也不是——蕴含着某种您无法理解的东西，您本想理解得更深入一些。比如说，那个英国女游客，为什么服务员突然间似乎很着急地希望她吃完离开，在她刚刚吃完最后一口食物的那一刻就撤走了餐盘，把摊开的菜单贴在她脸上，一名服务员端着空盘离开了，另一名服务员等待着，似乎在催她快点决定。

　　总是这样，您无法确定自己是在哪一刻开窍的。在下棋和爱情之中，都会有这种云开雾散的时刻，您明白了下一步该怎么走，而在一秒钟前，一切还都扑朔迷离。您还没有形成一个连贯的想法就已经嗅到了危险的气息，您想着，不管英国女游客要花多少时间吃完饭，您都得留在那里抽烟、喝酒，直到这个无依无靠的鼹鼠决定套上那身塑料罩、再次走到大街上。您一直喜欢运动和荒诞不经的事，因此觉得怀着这种心态去等待英国女游客很有趣，您的胃却不这样认为。您示意服务员过来，又点了一杯咖啡和一杯巴拉克白兰地，后者是餐厅的推荐饮品。您还剩三支香烟，您觉得它们能撑到英国女游客决定点一份巴尔干式甜点的时候。她当然不会喝咖啡，通过她的眼镜和上衣就能看出来；她也不会点茶，因为有些事情，人们在祖国之外的地方是不会去做的。运气好的话，十五分钟后她会买单离开。

您的咖啡端上来了，但巴拉克白兰地还没有上桌，那个女人从浓密的头发里露出了眼睛，摆出因为拖延而感到抱歉的表情。他们正在酒窖里找新的酒，先生请您再耐心等待几分钟。虽然她的发音很糟糕，但她清楚地说出了这句话。但是，您注意到，那个女人依然在关注另一张餐桌，在那里，其中一名男服务员机械地递上账单，伸长胳膊，一动也不动，保持着一种完美的、毕恭毕敬的无礼。女游客最后仿佛明白了，开始笨手笨脚地翻自己的皮包，很可能找出了梳子或者镜子，但没有找到钱，最后，钱大概是露了出来，因为就在那个女人端着巴拉克白兰地走到您餐桌前的时候，服务员突然离开了那张桌子。您也不是很清楚为什么您在这时也提出了要买单。现在您可以确定，女游客会先一步离开，您本来也可以专心地品尝这杯巴拉克白兰地，抽完最后一支烟。或许您是意识到了您会再次单独留在大厅里，刚来的时候您因此觉得非常愉快，但现在不同了，柜台后面仿佛双重影像的服务员，面对订单似乎犹豫不决的女人——仿佛匆忙是一种无礼——背对着您回到了柜台，三个人又站在了一起，等待着。毕竟，在这样一间餐厅工作应该是一件很压抑的事，餐厅空荡荡的，远离光亮和纯净的空气，他们筋疲力尽，只有苍白的皮肤和机械的动作去回应这些不断重复的无数漫漫长夜。女游客用手拍打着雨衣，她回到餐桌前，似乎觉得自己忘了什么，又弯腰去看座椅底下。于是，您慢慢地起身，您无法再多待一秒。途中您遇到了其中一名服务员，他向您伸出了银质托盘，您没看账单就往里面放了一张纸币。服务员在红色马甲的口袋里寻找零钱的时候，风声响起，您知道女游客刚刚打开了大门，您没有再等下去，举起手跟那名服务员和一直在柜台后看着您的其他人告别。您准确地估算了距离，边走边取下了雨衣，走到街上。雨已经停了。这时您才开始真正地呼吸，仿佛在这之前您一直都在无意识地屏息。这时您才开始真正地感到害怕，同时又松了口气。

女游客在几步之外的地方，慢慢地走回她的旅馆，您跟着她，有点担心她突然想起落了别的东西，又想回餐厅去。现在已经不是理解不理解的问题了，只不过是一整块聚合起来的形状，一个毫无道理的事实：您救了她，您得确保她不会回去，确保这个钻进了湿漉漉雨衣的笨拙鼹鼠毫不知情地愉快地回到旅馆，她的房间，在那里没人会像餐厅里的那些人那样看她。

她在街角拐了弯，虽然您已经没有理由着急了，但您想，是不是走近跟着她更好，免得这笨拙的鼹鼠因为看不清路又绕回那个街区。您急忙赶到街角，看见一条昏暗的空荡荡的街道。两道长长的石墙，远处有一扇大门，女游客不可能已经走到那里了，只有一只因为下雨而兴奋不已的蟾蜍，从一条人行道蹦到另一条。

您感到一阵突如其来的愤怒，这个蠢货怎么能……然后，您倚在一面墙上，等待着，但这几乎是在等待您自己，等待着某种必须在最深处打开并启动的东西，只有这样，这一切才会有道理。蟾蜍在石墙边找到了一个洞，它也等待着，可能有只虫子在洞里面安了家，也可能那是通向花园的通道。您永远无法得知自己在那里待了多久，也不会知道自己为什么回到了餐厅所在的街道。玻璃窗黑漆漆的，但是那扇窄窄门依然露着门缝。那个女人站在那里，毫不惊讶地等着您，对此您也几乎不觉得奇怪。

"我们觉得您会回来的，"她说，"现在您明白了吧，您不必走得那么急。"

她把门打开了一点，然后退到了一边。即便在那时，您也完全可以不回答她的话就转身离开，但那条石墙和蟾蜍的街道仿佛拆穿了您所有的想象，拆穿了您一度认为是无法解释的任务的那一切。不知怎的，尽管您打了个寒噤，退缩了，但是您觉得进门或离开都已经无所谓了。您还没有做出决定就已经进了门，那天晚上，没有一件事是您能决定的。您听见，在您的背后，门和门闩发出了摩擦声。两个服务员离得很近，大厅里只亮着几盏烛台。

"来吧，"那个女人在某个角落里说，"一切都已经准备好了。"

您觉得自己的声音听起来很遥远，像是从柜台镜子的另一边发出来的。

"我不明白，"您说，"她就在那里，但突然……"

其中一名服务员笑了起来，那只是一声勉强的干笑。

"哦，她就是这样的，"那个女人说，她走到您面前，"她尽全力避免这件事发生，她总是试图这么做，真是个可怜虫。但是，你们无能为力，你们只能做一些事情，而且总是做得很糟糕，你们和人们想象中的太不一样了。"

您感觉到那两个服务员就在您的身边，他们的马甲摩擦着雨衣。

"我们几乎要替她感到遗憾了，"女人说，"她来了两次，她不得不离开，因为事情的结果并不好。她什么事都做不好，只要见到她您就明白了。"

"但她……"

"珍妮。"女人说，"这是我们认识她以后，只知道了这一件关于她的事，她叫珍妮，除非当时她喊的是别人的名字，后来就只有尖叫声，叫得这么厉害，真是荒谬。"

您一言不发地看着他们，您明白，就算看着他们也是徒劳，我替您惋惜，哈科沃，我怎么能知道您究竟是怎么想我的呢，怎么能知道您会试图保护我呢，我就是为此而出现在那里的，为了让他们放您走。您和我之间有着太遥远的距离和太多的不可能性，我们玩了同一场游戏，但是您还活着，没人能让您明白。从现在起，如果您愿意的话，事情会有所不同，从现在起，我们俩都会变成雨夜里到来的人，或许这样会更好，或者说，至少会是这样，至少雨夜里我们会是两个人。

奖章的两面

> 致某天会读到它的人，和通常一样
>
> 已经迟了。

欧洲核子研究中心的办公室对着一条阴暗的走廊，哈维尔喜欢走出办公室，抽着烟来来回回地走动，想象着左边那扇门后面的米雷耶。三年来，这是他第四次来日内瓦当临时工，他每次回来的时候，米雷耶都会热情地和他打招呼，邀请他和另外两名工程师、一名秘书、一名来自南斯拉夫的打字员兼诗人一起在五点的时候喝茶。我们很喜欢这个小仪式，它并非日常，因而并不机械，每隔三四天，当我们在电梯里或走廊上相遇的时候，米雷耶会邀请他和她的同事们在茶歇时间会面，这是他们在她的办公桌前临时决定的。或许她觉得哈维尔很可爱，因为他不会掩饰自己感受到的无聊和对于终止合同返回伦敦的希望。很难理解为什么会雇用他，总之，他对工作如此鄙夷，他在计算和设计时用日式收音机播放轻音乐，这些无不让米雷耶的同事们惊讶不已。当时，我们互相并不了解，米雷耶会在她的办公桌前待上好几个小时，为了见到她，哈维尔要在走廊里走上三十三个来回，徒劳地做着荒谬的尝试。但是，如果她出来，他们也只会随意地说几句话，米雷耶不会想到他在走廊上徘徊是因为他希望能看见自己出来，他如同游戏般徘徊着，好奇在游荡到三十三次之前，自己见到的会是米雷耶还是又一次失败。我们基本不熟，在欧洲核子研究中心，人与人之间几乎不存在真正的了解，大家每周必须共处好几个小时，织成了友谊或敌意的蛛网，任何一阵假期或失业的大风都能把它吹散。在每年的那两周里，我们都会玩这个游戏。但是，对于哈维尔来说，回到伦敦还意味着艾琳，以及某种曾经带来过欲望和愉悦的东西在缓慢却无法遏止地堕落，艾琳，她是一只能爬上小木桶的猫，她在厌倦和习惯之间玩着撑竿跳。和她在一起的时候，他仿佛是在城市里进行着野外游猎，艾琳陪他去皮卡迪利圆环猎羚羊，去汉普斯特西斯公园露营、生篝火，一切仿佛是一部快进的默片，直到最后那场在丹麦或罗马尼亚进行的爱情奔跑，突然出现他们熟悉却不愿承认的分歧，在纸牌游戏中调换位置后改变胜率的卡片。与音乐会相比，艾琳更喜欢电影院，哈维尔正好相反；哈维尔独自一人去找唱片，因为艾琳得洗头，她只有在真正无所事事的时候才会洗头，她抱怨着卫生问题，拜托你帮我洗下脸，我的眼睛里进了洗发水。欧洲核子研究中心第一份合同寄到的时候，他们之间已经无话可说，只剩下伯爵宫的公寓依然伫立，重复着清晨的日常，爱情如同热汤或《泰晤士报》，如同罗莎姨妈和她在巴斯农庄度过的生日，如同燃气发票。这一切都已经变成了一团混沌的虚无，一个不断重复、自相矛盾的逝去的现在，当哈维尔在办公室走廊上徘徊时萦绕着他，二十五次，二十六次，二十七次，或许在第三十次以前，门会打开，米雷耶会出来说声嗨，她可能会去小便，或者去找那个鬓发花白的英国统计员查数据。皮肤黝黑、沉默寡言的米雷耶，高领上衣下面的脖子那里应该有某种东西在缓慢地跳动，一只生活没有起伏的小鸟，一位遥远的母亲，一段不幸的、无疾而终的爱情，米雷耶已经算得上是大龄未婚女性了，她有些像文员，但有时她会在电梯里吹口哨，吹的是马勒的曲子；她从不随便穿衣服，几乎总是穿着深色的衣服或者套装，这与她的年龄过于匹配，一种过于沉闷的谨慎。

这些只是两人中的一人写下的，但是无所谓。虽然我们已经永远不会在一起了，但这就像是我们共同写下的文字。米雷耶会继续住在日内瓦郊区的小房子里，哈维尔则会周游世界，然后带着苍蝇般的执着回到伦敦的公寓，这只苍蝇上百次地停在他的胳膊上，停在艾琳身上。我们写下这些文字，如一块奖章在同一时刻既是它的正面又是它的背面，它们只在生活相对放置的两面镜子里见过彼此，往后再也不会相见。我们永远不可能知道，究竟哪一方会更深刻地感受到对方不在场。每一方都有自己的方式，米雷耶有时会一边听勃拉姆斯的五重奏一边哭泣，她独自一人待在傍晚的客厅里，深色屋梁，乡村风格的家具，花园里玫瑰的芳香不时地飘进屋里；哈维尔不会哭泣，他的眼泪情愿浓缩成噩梦，残忍地把躺在艾琳身边的他叫醒，他喝白兰地、写作，以此摆脱噩梦，他的文字本身与噩梦无关，但有时未必如此，有时他会把它们写成无用的文字，有时他会变成主人，决定哪些内容会被记录，哪些内容会逐渐滑入第二天虚假的遗忘之中。

我们俩以自己的方式明白，有错误出现了，那是一个可以挽回的错误，我们却无力挽回。我们可以肯定，我们从没有评判过对方，事情就这样发生，我们单纯地接受了，我们已经竭尽全力。我不知道当时我们有没有思考过骄傲、放弃、失望等等的力量，是不是只有米雷耶或者哈维尔思考过，而另一方却接受了它们，认为它们是无法避免的，并向容纳他们、压迫他们的体系屈服了。现在可以轻而易举地说，一切取决于瞬间的背叛，取决于点亮床头灯的动作（当时米雷耶不想让床头灯亮着），取决于让哈维尔整晚留在她身边的决定（当时他正在找衣服，准备重新穿上）。很容易就能将过错归结于行事谨慎，或者无法表现得粗鲁、固执或者慷慨。这种事情不会发生在最单纯或最无知的人身上，或许一记耳光、一声辱骂中包含着慈悲和正确的道路，尊严却礼貌地禁止我们走向它。我们对彼此的尊重源于一种生活方式，这种生活方式拉近了我们的距离，近得就像奖章的两面；作为奖章的两面，我们接受这个事实，米雷耶沉默不语，她冷漠而沮丧，哈维尔低声和她说着自己荒谬的希望，最终，句子还没写完的时候，最后的信写到一半的时候，他停了笔。毕竟，那时我们只剩下、现在也只剩下那悲凄的任务：继续做个体面的人，继续带着那徒劳的希望生活，希望遗忘不要彻底将我们遗忘。

一天中午，我们在米雷耶家里见面，她几乎是迫不得已地邀请他和其他同事一起吃午饭：他们在米雷耶的办公室里喝茶的时候，加布里埃拉和汤姆提到了这顿午饭，她不能把他排除在外。哈维尔觉得，米雷耶邀请他只是出于社交压力，这让人难过，但他已经买了一瓶杰克丹尼威士忌，而且已经很熟悉日内瓦郊外的那座木屋、那座小玫瑰花园和烧烤架，汤姆在那里喝鸡尾酒，播放着一张披头士的唱片。这张唱片不是米雷耶的，它肯定不会出现在她严肃的唱片柜上。加布里埃拉已经开始转圈了，对于她、汤姆和半个欧洲核子研究中心来说，如果没有这种音乐，空气将变得无法呼吸。我们没有说很多话，突然，米雷耶把他带到了玫瑰花园，他问她喜不喜欢日内瓦，她只是看着他，耸了耸肩。他看见她忙着清理杯盘，听见她说了句脏话，因为她手中出现了火花，记忆的碎片逐渐聚拢，也许那是他第一次渴望她，刘海划过她黝黑的额头，蓝色牛仔裤凸显出了她的腰线，那把有些严肃的声音大概会唱民谣，她只需用那仿佛长满苔藓的低声细语，就能说出重要的话来。周末，他回到了伦敦，而艾琳在赫尔辛基，桌上放着一张纸条：一份报酬丰厚的工作，三个星期，冰箱里还有鸡肉，爱你。

　　他下次来实习的时候，欧洲核子研究中心如火如荼地举办了一场高水平的会议，哈维尔不得不认真工作。他在五楼和街道之间哀怨地把这事讲给她听，米雷耶似乎替他感到遗憾，她提议去听一场钢琴演奏会，他们去了，两人都喜欢舒伯特，但其中一人不喜欢巴托克，他们去了一家几乎空无一人的咖啡馆，她有一辆旧英国车，把他送回了宾馆，他送给她一张牧歌唱片，他很高兴她没有听过，这样他就不用再换一张了。星期天，田野，极具瑞士风格的下午清新透明，我们把汽车停在一座村庄，在麦田里穿行，突然，哈维尔对她说起了艾琳，只是作为一种谈资，他其实没有这么做的必要。米雷耶沉默地听着，她没有对他表示同情，也没有发表评论，然而，他倒是莫名地希望她能这么做，因为他期待她显露出与自己相似的情绪，他想温柔地吻她，把她抵在树干上，熟悉她的嘴唇、她的嘴。回去的路上，我们几乎没有聊关于自己的事，我们沿着小路随意行走，每拐一个弯就会有新的风景，蘑菇，奶牛，银白色云彩点缀的天空，一张美好周日的明信片。但是当我们沿着架满篱笆的山坡往下奔跑的时候，哈维尔感觉到米雷耶的手离自己的手很近，他握住了它，他们继续奔跑，仿佛在互相推搡。他们坐在汽车里，米雷耶邀请他去自己的木屋喝茶，她喜欢管那座房子叫木屋——因为虽然它完全不是木屋，却有许多木屋的特点——还喜欢听唱片。时间停顿了，一根线条突然停止作画，直到找到了新方向，它才会在画纸的另一边重新开始。

那天下午，我们做了清晰的总结：马勒可以，勃拉姆斯可以，整个中世纪的音乐都可以，爵士不行（米雷耶），爵士可以（哈维尔）。我们没有交流其他的音乐类型，文艺复兴时期、巴洛克时期、皮埃尔·布列兹和约翰·凯奇（虽然他们还没有聊过他的作品，但是米雷耶肯定不喜欢凯奇，她很可能不喜欢音乐家布列兹，但会喜欢指挥家布列兹，这可是重要的差别）的音乐都亟待探索。三天后，我们去听了一场音乐会。我们在老城区吃晚饭，收到了艾琳寄来的明信片和米雷耶母亲的信，但我们并没有讨论它们，一切依然是勃拉姆斯和勃拉姆斯喜欢的白葡萄酒，我们敢肯定，勃拉姆斯一定喜欢喝白葡萄酒。米雷耶送他回了宾馆，他们亲吻了彼此的脸颊，不像平常亲吻脸颊的时候那样迅速，但依然只亲吻了脸颊。那天晚上，哈维尔回复了艾琳的明信片，米雷耶在月光下给她的玫瑰浇水，这并不是出于浪漫主义情怀，因为米雷耶并不浪漫，只是因为睡意迟迟不来。

我们没有谈论过政治，只有零星的评论慢慢显示出我们的差异，而且显露得仍不完整。或许我们并不想面对这种差异，因为懦弱吧，有可能。办公室的茶歇时间将矛盾激化了，打字员兼诗人恶狠狠地批判了以色列人，加布里埃拉觉得他们很不错，米雷耶只说了句他们有权利这么做，真见鬼，哈维尔冲她微笑，并没有嘲讽的意思，他发现同样的话恰好也可以用来形容巴勒斯坦人。汤姆希望他们能够与维和部队和其他国家达成国际协议，剩下的事就是茶水和一周工作的预报。我们会严肃地谈论这一切，但现在我们只想看着对方，保持各自良好的情绪，想着我们很快就会迎来维多利亚音乐厅的贝多芬音乐会。我们在木屋里谈论这场音乐会，哈维尔带了白兰地和一个可笑的玩具，他以为那个玩具米雷耶肯定会很喜欢，她给它上了发条，和善地看着它做出奇怪的动作，然后把它放进了柜子里，尽管如此，她还是觉得它愚蠢至极。那天下午播放的是巴赫的音乐，还有罗斯托罗波维奇的大提琴曲，日光渐渐下沉，像盈满泡沫的酒杯里的白兰地。那默契的沉默最能体现我们的本性，在此之前，我们从不需要否定彼此的想法，也不需要保留自己的意见。后来，换了张唱片，他们才开始交谈。哈维尔说话的时候看着地面，他只问了句，能不能知道她了解了关于自己的哪些事情，他的伦敦和他在伦敦的艾琳。

没错，她当然可能知道了，但她并不知道，无论如何，现在她并不知道。年轻的时候，有一回，没有什么可说的，只有一句"好吧，有时候一切都非常沉重"。哈维尔在暗处，他觉得他听到的话似乎是潮湿的，瞬间的退让，但是她已经用袖子的反面擦干了眼睛，没有留给他时间继续提问或者道歉。恍惚间，他用手臂环抱住她，发现她并没有露出拒绝他的表情，但她似乎身处别的时空。他想吻她，但她躲开了，低声说着温柔的借口，再喝点白兰地吧，不用管她，不用坚持。

一切都慢慢地混在了一起，我们不会记得这几周之前或之后的细节，不会记得散步或音乐会的顺序，也不会记得博物馆里的约会。或许，米雷耶更能理清这些顺序，哈维尔只是摊开了自己手上为数不多的几张牌，他即将返回伦敦，艾琳，音乐会，他从一句话就听出了米雷耶的宗教，她的信仰和价值观，对他而言，这些只不过是对总有一日会成为过眼云烟的当下所抱有的期待。在一间咖啡馆里，我们笑着为谁买单而争吵，像老朋友一样看着对方，突然成了彼此的同志，我们说了些无意义的脏话，如同两只熊在打斗玩耍。回到木屋里听音乐的时候，我们拥有了另外一种交谈方式，那双手用另外一种亲昵的方式推着对方的腰进了门，哈维尔拥有了自己找杯子的权利，还可以要求不放泰勒曼的曲子，先放洛蒂·雷曼的，还可以要求在威士忌里加很多很多的冰块。一切似乎都被微妙地搅乱了，哈维尔感觉某种东西让他心烦意乱，他却不清楚原因。事情在发生之前就已经发生了，过去没有人赋予他这种权利。播放音乐的时候，我们从不看对方，只需坐在旧皮革沙发上等待夜幕降临，倾听洛蒂·雷曼的音乐。他寻找她的嘴巴，他的手指揉擦着她隆起的乳房，米雷耶一动不动，任由他亲吻自己，她回应了他的吻，她只屈服了一瞬间，唇齿交融，但她一直没动。他把她从扶手椅上抱了起来，她没有任何反应，他含糊地说着自己的请求，他要带她经历在第一级楼梯上、在属于他们的整个夜晚里即将发生的一切，而她沉默不语。

他也在等待着，他以为自己明白了，于是道了歉，但在此之前，他的嘴仍然贴着她的脸。他问她为什么，问她是不是处女，米雷耶低头否认，对他笑了笑，仿佛这个问题愚蠢而且毫无价值。他们吃着甜点，喝着酒，又听了一张唱片，天色完全黑了下来，他得离开了。我们同时起身，米雷耶任由他抱着，仿佛失去了所有的力气，他再次低声向她倾诉自己的欲望，而她什么都没有说。他们走上了狭窄的楼梯，在楼梯平台处分开，房门打开，灯光亮起，此时出现了一阵停顿，等待的要求，长久的消失，与此同时，哈维尔在卧室里觉得仿佛离开了自己，他无法说服自己不该让这件事发生，这样做是不行的，中途的等待，可能的措施，几乎有些卑鄙的步骤。他看见她裹着白色海绵浴袍回来了，她走到床边，手向床头灯伸去。"别关。"他求她，但米雷耶摇头拒绝了，她关上了灯，任由他摸黑脱衣服，在床边摸索，在黑暗里贴着她静止不动的身体。

我们没有做爱。我们还差一步，哈维尔用他的双手和嘴唇熟悉那副在黑暗中等待他的沉默的身体。欲望是另一回事，他想借着灯光看她，看她的乳房和腹部，抚摸她的背脊，他想看见自己的手滑过米雷耶身上，想将快感之前的快感分割成数千份。在彻底的沉默和黑暗中，他从看不见的、沉默的米雷耶那里感受到了距离和羞涩，一切都屈从于一种半梦半醒间的不真实感，其实，他也无法面对她，无法从床上起来开灯，无法再次寄予必要而美丽的愿望。他隐约地想，等她熟悉他之后、等真正的亲密行为开始之后会怎样，但沉默、黑暗和衣柜上闹钟的嘀嗒声依然会继续。他含糊地说了一个借口，她用朋友的亲吻让他安静了下来，他压着她的身体，觉得筋疲力尽。他或许睡着了一会儿。

或许我们睡着了，没错，那个时候，我们或许已经放弃了，我们迷失了自己。先起床的是米雷耶，她开了灯，裹着浴袍再次去了洗手间；哈维尔机械地穿着衣服，他无法思考，嘴里似乎很脏，白兰地的余味灼烧他的胃。他们几乎没有说话，也没有看对方，米雷耶说没关系，这条街上总会出租车，她陪他下了楼。他无法打破因果的铁律，无可避免的规则在他们背后要求他低下头，要求他在深夜里离开木屋。他只是觉得第二天他们就会更加冷静地交谈，他会试着让她明白，但是明白什么呢。他们的确去了常去的那间咖啡馆聊天，米雷耶又说没关系，无所谓，下次会更好，不用想太多。三天后，他要回伦敦，他求她，让他陪她回木屋，她说不要，最好不要。我们不知道该怎么做，也不知道该说些什么，甚至不知道该如何保持沉默，该如何在街角拥抱对方，该如何对视。米雷耶仿佛在期待着哈维尔做些什么，哈维尔却期待米雷耶能做这件事，这是谁主动或者谁优先的问题，是男人行动女人服从的问题，由他人决定的、从外部接收的顺序无法更改。我们沿着一条路前进，在这条路上没人愿意强迫对方前行，打破和谐的平衡，现在也一样，在得知走错路之后，我们可以大喊一声，可以把台灯点亮，可以超越无用的仪式和浴袍冲动行事，然后，没关系，你不用担心，下次会更好。那么，最好马上接受这件事。我们最好一起重复：小心翼翼地／我们会失去生命。诗人会原谅我们以"我们"自称。

　　我们几个月都没有见面。哈维尔当然写信了，他准时收到了米雷耶的回信，亲切而疏远只有寥寥几句。于是，他开始在晚上给她打电话，几乎总是在周六，他想象她独自一人待在木屋里，很抱歉打断了你听四重奏或者奏鸣曲，但米雷耶总说自己在看书或者照看花园，说这个时间打电话没有问题。六周后，她去伦敦探望一位生病的姨妈，哈维尔给她预定了宾馆，他们在车站相见，一起参观了博物馆、国王路，愉快地观看了一部米洛斯·福尔曼的电影。这段时光就像往昔的岁月，在白教堂的一家小餐馆里，彼此的双手满怀信任地握在了一起，消弭了不快的回忆，哈维尔觉得好一些了，也这样对米雷耶讲了，他告诉她，自己前所未有地渴望她，但他不会再跟她谈论这件事，一切都取决于她，取决于她决定什么时候回到第一晚的第一级台阶，她只需要对他伸出手臂。她没有看他，默许了，她既没有表示同意也没有表示拒绝，她只是觉得他不断地拒绝日内瓦给他的合同这件事很荒谬。哈维尔陪她回到了宾馆，米雷耶在大堂里和他告别，她没有让他上楼，但她微笑着轻轻地吻了他的脸颊，轻声说："待会见。"

我们知道很多事，知道算术是假的，一乘一不总是等于一，而是等于二或零，我们有充裕的时间翻阅那本装满了紧闭的窗户和无声无味的信件的千疮百孔的相册。日常的办公室，艾琳深信不疑地挥霍着幸福，时间飞逝。日内瓦的夏天再次来临，湖边的第一次散步，艾萨克·斯特恩的演奏会。此时，在伦敦，玛利亚·艾莲娜纤细的影子依然在游荡，哈维尔在酒吧喝鸡尾酒的时候认识了她，她带给他三周的轻浮时光，除了快感本身之外，剩下的就是和玛利亚·艾莲娜一起消磨的白昼里亲密的空虚，他不知疲倦地打网球，听滚石乐队的歌，最后一个纵情享受的周末如同一场毫不悲伤的告别，然后，一声毫不忧伤的再见。他把这件事告诉了米雷耶，他不需要问她就知道她不会有类似的经历，她在办公室和她的朋友们在一起，她总是在木屋听她的唱片。虽然他没有告诉她，但他很感激米雷耶严肃、专注、安静又体贴地听他说话，让他握住自己的手，一起看着湖面的黄昏，决定吃晚饭的地点。

　　然后是工作，极少见面的一周，罗马尼亚餐厅的夜晚，温柔似水。话说完了，在斟酒或缓缓对视的动作里，又出现了他们从没有谈论过的某种情愫。哈维尔遵守了自己的承诺，他等了一个小时，他认为自己没有权利等这一个小时。但是，伴随着其他诸多情愫一同出现的温柔，米雷耶低头、揉眼睛时的表情，她只对他说了句，她会陪他回旅馆的。在汽车上，他们又接了吻，就像木屋里的那晚，他环抱住她的身体，一只手向上抚摸，在这种抚摸之下，她张开了大腿。他们走进了房间，哈维尔已经等不及了，他站着把她抱了起来，迷失在她的嘴唇和头发里，抱着她一步一步朝床铺走去。他听见她喃喃地说了声"不"，她让他等一会，他感觉到她与自己分开，寻找着卫生间的门，门被关上了，时间，沉默，流水，时间，与此同时，他掀开了床罩，只留了角落里的一盏灯，他脱下了鞋子和上衣，犹豫着是脱光衣服还是再等等，因为他的浴袍在卫生间里，如果亮着灯，如果米雷耶回来的时候看见他赤身裸体地站着、可笑地勃起，会怎样呢，要是背过身去，不让她看见自己这副模样，那就更加可笑，她肯定会看到的，现在她裹着浴巾进屋，低垂着眼睛，向床边走去，而他身上穿着裤子，他必须脱下裤子，脱下内裤，于是他拥抱她，扯下她的毛巾，让她躺在床上，他看着金黄色的、黝黑的她，再次深深地吻她，用手指爱抚她，他或许弄疼了她，因为她低吟了一声，往后退缩，躲进了最远的角落，她对着灯光眨眼，再次要求他关灯，但他不会同意的，因为他什么都不会给她，他的阳具突然失灵了，它徒劳地寻找着她提供的通道，却无法穿过，愤怒的双手试图挑起她和他自己的欲望，米雷耶逐渐地拒绝了他机械的动作和语言，她僵硬而疏远，他明白了，现在也不行，对她来说永远都不行，温柔和这一切已经无法和解，她的许可、她的欲望只不过让自己又一次留在了停止抗争的身体旁边，它紧贴着她，一动不动，甚至都没有尝试重新开始。

　　我们可能睡着了，我们太遥远，太孤独，太肮脏，事情再次发生，宛如镜子里的影像，只不过现在穿衣离开的是米雷耶，他陪她走到车旁，感觉到她告别时没有看自己。脸颊上轻轻的吻，在寂静的深夜里启动的汽车，他回到旅馆，甚至不知道该如何哭泣，不知道该如何自缢，只有沙发，酒精，夜晚和黎明的嘀嗒声，九点的办公室，艾琳的卡片，接通中的电话，有时需要拨打这个内线号码，因为有时得说一些话。好的，你别担心，好吧，七点咖啡馆见。告诉她这些，你别担心，七点咖啡馆见，在漫长的车程结束后回到木屋，躺在冰冷的床上，服下一片无用的安眠药，重新观看渐入虚无的每个场景，他们在餐厅里起身，她说她会陪他回旅馆，这个重复的瞬间让她觉得恶心，卫生间里飞快的动作，围在腰间的毛巾，拉着她，让她躺下的温热、有力的手臂，那个低声说话的影子伏在她身上，爱抚还有某种坚硬抵着她的腹部和大腿的那种灼热的感觉，徒劳地抗议亮着的灯光，突然，虚无，双手盲目地滑动，嗓音低声诉说着推延，徒然的等待，睡意，一切再次重现，这一切是因为什么，温柔是因为什么，同意是因为什么，旅馆是因为什么，然后是无毒的安眠药，九点的办公室，委员会的特别会议，不可能缺席，一切都不可能，除了不可能的事之外。

　　我们绝不会谈论这些，今天，想象如同当时的现实，徒劳地将我们聚在了一起。我们绝不会一起寻找过错、责任，或尝试重新开始——也许这并非无法想象。哈维尔只觉得愧疚，但是当人们相爱、相互渴望的时候，愧疚意味着什么呢，曾经幸福近在咫尺，而现在，糟糕的回忆却不断涌现，为什么存在着艾琳、玛利亚·艾莲娜或者多丽丝的现在总是包含了存在着米雷耶的过去，这个过去用它沉默和鄙夷的尖刀深深地将他刺穿。尽管每每想起这些回忆他都觉得恶心，每次恶心的时候他都会想起鄙夷，但实际上存在的只有沉默，因为他并不鄙夷米雷耶，沉默确实存在，还有悲伤，他想，她或他，但还有她和他，他想，并非所有的男人都能在做爱的时候完成任务，也不是所有的女人都能在所有的男人身上找到男人的影子。他们还得和解，还剩下最后的计划，哈维尔邀请她一起旅行，去随便哪个遥远的地方生活两个星期，打破这个魔咒，尝试多种方式，最终在没有毛巾、没有等待、没有延迟的时候，以另一种方式结合。米雷耶说好的，以后再说，让他从伦敦给她打电话，或许她能请两周假。他们在火车站告别，她也坐火车回到了木屋，因为汽车出了点小问题。哈维尔已经无法亲吻她的嘴，但他紧紧地抱着她，再次请求她接受旅行的邀请，他看着她，直到那眼神让她难过，直到她低下头，又说了声好，一切都会好起来的，让他安心回伦敦，最后一切都好起来的。我们也是这样和孩子说的，然后我们会带他们去看医生，或者对他们做一些让他们觉得痛苦的事情。奖章这一面的米雷耶已经没有任何期待了，她也不会再相信任何东西，她只是回到了木屋，回到了唱片身边，甚至没有想过以另一种方式跑向他们无法企及的目的地。他从伦敦给她打来电话，提议去达尔马提亚海滩，告诉她日期还有具体的细节，他的细致透露了他对拒绝的恐惧；米雷耶回答说，她会给他写信的。奖章另一面的哈维尔只能说好的，他会等，仿佛他已经知道那封信会是简短而礼貌的，她拒绝了，已经无法挽回的事情就无须再重新开始了，还是做朋友吧。信只有八行，然后就是米雷耶的拥抱①。每人各占一面，谁都无法摧毁那枚奖章。哈维

---

①西班牙语信件一般会以“拥抱”、“亲吻”等结束。

尔写了一封信，他本想展示那条仅存的、他们可以一起设想的路，唯一一条不由别人设计、不为用途和规则而存在的路，他们不必经过楼梯或电梯就能抵达卧室或酒店，他也不必与她同时脱衣服。但他的信只不过是一张湿透的手帕，他甚至无法写完，他在未完的句子里署了名，没有通读一遍就把信装进了信封里。米雷耶没有回复，日内瓦的工作机会被礼貌地拒绝了，奖章存在于我们之间，我们彼此疏远，再也不会给对方写信，米雷耶在她郊区的小房子里，哈维尔在周游世界，他带着苍蝇般的执着回到公寓，这只苍蝇上百次地停留在他的手臂上。一天傍晚，米雷耶听勃拉姆斯的五重奏的时候哭了起来，但是哈维尔不会哭泣，他只会做噩梦，他写作，以此摆脱噩梦，而那些文字试图变成噩梦，在噩梦里，没有人拥有真实的姓名，但或许拥有自己的真相，在那里，不存在具有正反面的奖章，也不存在必须攀爬的台阶；不过，当然了，那些只是文字。

有人在周围走动

致古巴钢琴家埃斯贝兰萨·马查多

天刚黑，希梅内斯就下了船，下船地点离港口很近，他们做好了面对各种风险的准备。他们自然是坐电动游艇来的，因为这种游艇可以像魔鬼鱼一样无声地滑动，然后再次消失在远处。希梅内斯在灌木丛里待了一会儿，等待眼睛习惯周围的环境，让每种感官再次适应内陆炎热的空气和声响。两天前，感官要适应的则是灼热沥青的臭味和城里的油炸丸子，还有大西洋酒店的大厅里几乎难以遮盖的消毒水气味，他们所有人都试图用波本威士忌掩盖朗姆酒的回忆，这种补救方法几乎是可悲的。现在他很紧张，保持着警惕，勉强能思考，东部的气味侵袭着他，只听得见夜鸟别具一格的呼唤。它或许在欢迎他。最好把这当作一种咒语。

起初，约克觉得希梅内斯在如此靠近圣地亚哥的地方下船很不明智，违反了一切原则。基于同样的原因，再加上希梅内斯比任何人都熟悉那里的地形，约克接受了这次冒险，并安排了电动游艇的有关事宜。关键在于不能弄脏鞋子，要像游览祖国的外省游客那样抵达汽车旅馆。一旦到了那里，阿方索就会负责把他安顿下来，其他事情几个小时内就能完成，在合适的地方安装塑料炸药，然后回到海岸上，电动游艇和阿方索会在那里等他。遥控器在船上，一旦远离海岸，被引爆的炸弹和熊熊燃烧的工厂就会光荣地和他们告别。眼下，他得沿着一条老路往上走到汽车旅馆，自从北边的新公路造好之后，这条小路就荒弃了，还剩最后一段路的时候，他会休息一会儿，以免有人发现手提箱的重量，然后，希梅内斯会遇见阿方索，他会友善地接过手提箱，避开殷勤的门童，把希梅内斯带到汽车旅馆位置最好的房间。这是最危险的部分，但是，必须穿过汽车旅馆的花园，这是唯一的入口。有了好运，有了阿方索，一切都会顺利的。

　　在那条灌木丛生的废弃小路上，自然不会有人，只有东部的气味和飞鸟的哀鸣，这种哀鸣不时地让希梅内斯感到愤怒，仿佛他的神经需要找到借口松弛一些，这样他才会不情愿地承认自己孤立无援。他的口袋里连支手枪都没有，因为在这一点上约克非常坚决，任务要么完成要么失败，无论哪种情况，手枪都是没有用的，反而还有可能毁了一切。约克对古巴人的性格有着自己的想法，希梅内斯了解他的想法，他一边沿着小路往上爬，一边在内心深处咒骂约克，为数不多的几栋房子和汽车旅馆的灯光渐渐亮起，宛如最后几丛灌木间的黄色眼睛。但是，咒骂并不值得，一切都会像娘娘腔约克说的那样，按照计划进行。阿方索在汽车旅馆的花园里大叫一声，真该死，你把汽车停哪了小伙子，两名职员看着他，竖起了耳朵，一刻钟前我就在等你了，没错，但是我们迟到了，车子还在一位女性朋友那里，她去探望家人了，把我留在了弯道那里，哎哟，你总是这么绅士，别扯淡了，阿方索，在这附近散步可真惬意，手提箱轻盈、完美地送到了对方手里，肌肉紧绷，动作却轻如羽毛，走吧，我们去拿你的钥匙，然后去喝一杯，你怎么能扔下乔莉和孩子们呢，他们可有些伤心呀，老兄，他们想来的，但是你知道，学习还有工作，这回我们的时间凑不到一块去，运气不好。

　　他迅速冲了澡，确认门已经锁好。另一张床上放着打开的手提箱；衣柜的抽屉里，在衬衫和报纸间放着绿色包裹。吧台上，阿方索已经点了特干酒，里面加了很多冰块，他们一边抽烟一边聊着卡马圭①，还有史蒂文森②最近的一场比赛，虽然钢琴师就在吧台尽头，但琴声似乎是从远处传来的，她非常温柔地弹奏着哈巴涅拉舞曲，然后弹了一首肖邦的曲子，接着是丹松舞曲和一支电影里的老歌，是黄金年代艾琳·邓恩③曾经唱过的。他们又喝了一杯朗姆酒，阿方索说，明天早上他会过来带他游览一番，让他看看那些新街区，圣地亚哥有许多值得看的东西，人们为了完成和推进计划而艰苦地工作，那几个小组真是该死，阿尔梅达会过来再建两座工厂，而在这附近的其中的一座工厂里，连菲德尔都来过，同志们兴致勃勃、众

---

① 古巴的一个省。
② 指古巴拳击手特奥菲洛·史蒂文森（Teófilo Stevenson, 1952–2012）。
③ 艾琳·邓恩（Irene Dunne, 1898–1990），美国女演员、歌星。

志成城。

"圣地亚哥人都不睡觉。"酒保说，他们笑着表示赞同，餐厅里的客人稀少，希梅内斯被安排坐在窗户旁边的一张餐桌上。阿方索又提到了明天早上的约会，然后道了别；希梅内斯伸着腿，开始研究那封信。一种不止源自身体的疲倦让他不得不对每种动静都保持警惕。一切都祥和而热烈，还有肖邦，此时又是他的曲子，钢琴师舒缓地弹奏着序曲，但是希梅内斯感受到了潜在的威胁，微小的失误和那些笑脸都将变成仇恨的面具。他了解这种感觉，知道该如何控制它们。他点了一杯莫吉托消磨时间，让服务员推荐食物，那天晚上，鱼比肉好。餐厅里几乎空无一人，吧台上有一对年轻的情侣，稍远处有一个外国人，他喝着酒，但没有看酒杯，他的眼睛在女琴师身上迷失了，她反复地演奏艾琳·邓恩那首歌的主旋律，现在，希梅内斯听出来了，是《烟雾弥漫你的眼》，往日的哈瓦那，钢琴又开始演奏肖邦的曲子，少年时，在大恐慌之前，他学过钢琴，弹奏过其中一首练习曲，那首练习曲缓慢而忧郁，让他回想起家里的客厅、死去的奶奶，让他不太情愿地回忆起了他弟弟的模样，尽管父亲下场悲惨，但他弟弟还是留了下来，小罗贝尔托没有为了重新获得真正的自由而努力，他像白痴一样死在了吉隆滩[1]。

他颇有胃口地吃了饭，这让他有些惊讶，他品尝着没有被记忆遗忘的味道，自嘲般地想，这边的食物比他们在那边吃的蓬松食物要好，这也是这边唯一的优势。他不困，而且他喜欢音乐，女琴师

---

①指吉隆滩之战，又称猪湾之战。1961 年 4 月 17 日，美国向古巴革命政府发动入侵，菲德尔·卡斯特罗亲自出战。最终美军以失败告终，菲德尔·卡斯特罗的政权得到巩固。

年纪尚轻，而且很美丽，她似乎是在为自己演奏，决不向吧台望去。吧台旁，那个外国人模样的男人的双手依旧忙碌着，他又喝了一杯朗姆酒，又抽了一支烟。喝完咖啡以后，希梅内斯想，如果待在房间里，等待的时间会更加漫长，于是他向吧台走去，准备再喝一杯。酒保很喜欢聊天，但他很尊重那位女琴师，压低了说话的音量，几乎成了窃窃私语。他似乎明白那个外国人和希梅内斯很喜欢这些音乐，现在弹奏的是华尔兹，肖邦在简单的旋律里加上了某种类似于慢雨的元素，像是相册里的箔片或干花。酒保没有理会那个外国人，或许是因为他的西班牙语很糟糕，或许是因为他沉默寡言，餐厅的灯光逐渐熄灭了，人们得回去睡觉了，女琴师还在弹奏一首古巴乐曲，希梅内斯渐渐走远，他又点燃了一支香烟，一边说着晚安，一边向门口走去，走进稍远处等待他的一切，四点整，他的时间和游艇上的时间已经同步。

走进房间之前，他让自己的眼睛先适应花园里的阴暗，确保能顺利地完成阿方索和他解释过的事情。一百米外的羊肠小路，通往新公路的岔道，小心地穿过它，然后继续往西走。从汽车旅馆的位置他只能看见小路起点所在的阴暗区域，但是侦察区域尽头的光亮和左边的两三点灯光很有利于形成距离的概念。往西走七百米就是工厂区域，他会在第三根水泥柱旁找到洞口，钻过这个洞口就能穿过铁丝网。一般来说，哨兵们很少会在这边站岗，他们每隔十五分钟就要巡逻一次，但是之后他们更愿意待在另一边聊天，那里有灯光和咖啡。总之，要是衣服弄脏了也不要紧，他得爬过灌木丛，抵达阿方索跟他具体描述过的地点。回程没有了绿包裹会轻松很多，也不会有直到那时都围绕着他的那几张脸。

他几乎立马就躺在了床上，关了灯，安静地抽烟。他甚至可以睡一会儿放松身体，他有准点醒来的习惯。但在这之前，他先确定了门已经从里面锁好，他的东西原封未动。他哼着那首印在脑海里的华尔兹舞曲，把过去和现在都融入其中；他费劲地把这首曲子抛到了脑后，换成了《烟雾弥漫你的眼》，但是那首华尔兹舞曲（或序曲）重新出现了，睡意逐渐袭来，但这些曲子挥之不去，他依然能看见女琴师白皙的双手，她倾斜着脑袋，就像是自己的专注听众。夜鸟再次鸣唱，在灌木丛里，或许在北边的棕榈树上。

某种比黑暗的房间更黑暗的东西让他醒了过来，那种东西更漆黑，更沉重，隐隐约约地伫立在窗边。他梦见了菲莉丝和流行音乐节，灯光和声音是如此强烈，睁眼就意味着跌入一个没有边界的空间，一口充斥着虚无的水井。同时，他的胃告诉他并非如此，其中的一部分是不同的，它拥有另一种结构和另一种阴暗。他用手拍打开关。吧台的那个外国人正坐在床边，毫不慌张地看着他，仿佛一直在守护他的梦境。

行动和思考都是不可思议的。五脏六腑，纯粹的恐惧，一种没完没了又或许是一瞬间的沉默，两座视线的桥梁。手枪，最先冒出的无用想法，如果他至少能有把手枪……一声喘息，时间重新开始流动，他否认了最后一种可能性，这并不是存在着菲莉丝、音乐、灯光和酒精的梦境。

"没错，就是这样。"外国人说，希梅内斯觉得那浓重的口音仿佛渗入了他的皮肤，他的口音证明了他并非来自这里，就像希梅内斯第一次在吧台上见到他的时候，他的脑袋和肩膀透露出的信息。

他慢慢直起身子，试着至少和对方保持同样的高度，他的姿势完全处于劣势，他只能表现出惊讶之情，但也无济于事，他已经提前落败了。他的肌肉不会有任何反应，如果有人突然推他一把，他的双腿就会失去平衡，对方也明白这一点，他安静、放松地待在床边。希梅内斯看见他取出一支香烟，然后把另一只手伸进裤子口袋里寻找火柴。他知道如果自己向他扑过去，那会是浪费时间；对方没有理睬他，也没有防守，他的姿态中包含了太多不屑。更糟糕的是他的防范措施，反锁的门，插好的门闩。

"你是谁？"他听见自己荒谬地问道，这不可能是梦境，但也不可能是现实。

"这不重要。"外国人说。

"但是阿方索……"

他发现自己被某种东西注视着，它似乎拥有不同的时间和空洞的距离。火柴的火焰映在扩散了的栗色瞳孔里。外国人熄灭了火柴，看了会儿自己的双手。

"可怜的阿方索，"他说，"可怜啊，可怜的阿方索。"

他的话里并没有怜悯，这只是一种无情的证实。

"你他妈到底是谁？"希梅内斯大喊道，他明白这是歇斯底里，他失去了最后的自制。

"哦，我是在这周围走动的人，"外国人说，"只要有人演奏我的音乐，我就会来，特别是这里，你明白。我喜欢听他们这里的演奏，用这些简陋的钢琴演奏。在我的时代完全不同，我总是得在远离故土的地方聆听这些音乐。所以，我喜欢来这里，就像是一种和解、一种正义。"

希梅内斯紧咬牙关，试图控制浑身的颤抖，他想，唯一理智的做法就是判定这个男人是个疯子。无论他是怎么进来的、怎么知道的，都已经不重要了，因为他当然知道了，但他是个疯子，这是希梅内斯唯一可能的优势。那么，争取时间，顺应形势，问他和钢琴、音乐有关的事。

"她弹得很好，"外国人说，"但是，当然了，只不过是你听到的那些曲子而已，都很简单。今天晚上，我原本希望她能演奏那首被人们称为革命的练习曲，我应该会很喜欢的。但她弹不了，小可怜，她没有演奏这种音乐的手指。得用这样的手指才行。"

那双手举了起来，与肩膀同高。他向希梅内斯展示了那几根分开的、修长的、紧绷的手指。只有他的喉咙感觉到了它们，在此之前，希梅内斯只有一秒的时间看清它们。

一九七六年于古巴

"黄油"之夜

主意是佩拉尔塔想出来的，他一贯不会向任何人详细解释，但是这一回，他坦诚了一些，说这就像是那个失窃的信的故事①。埃斯特维斯起初没明白，他看着佩拉尔塔，期待着更多的信息。佩拉尔塔无可奈何地耸了耸肩，递给他拳击比赛的入场券，埃斯特维斯清楚地看见了黄色纸条上硕大的红色数字"3"，下面是"235"；但在此之前，他就看到了那几个醒目的字：蒙松对战纳波莱斯②。他们会把另一张门票交给沃尔特，佩拉尔塔说。你得在比赛开始前进去（他绝不会重复这些指示，埃斯特维斯一边听，一边把每句话牢记在心），

①指爱伦·坡的短篇小说《失窃的信》。
②指阿根廷拳击手卡洛斯·蒙松（Carlos Monzón，1942－1995）和古巴与墨西哥裔拳击手何塞·纳波莱斯（José Nápoles，1940－），后者由于其流畅的拳击风格，亦被称作"黄油"。这场比赛发生于 1974 年 2 月 9 日。

沃尔特会在第一场预赛的中途赶到，他的座位在你的右边。当心那些会在最后时刻冲上来、寻找更好位置的人，跟他说点西班牙语，确保是他。他来的时候会带上一只嬉皮士用的手提包，如果座椅是一条长木凳的话，他会把包放在你们俩中间，如果是单人座椅的话，他会把包放在地上。别跟他谈论比赛之外的事情，仔细观察周围，肯定会有墨西哥人或者阿根廷人，确定好他们的位置，方便你之后把包裹放进手提包里。沃尔特知道手提包必须敞开放吗？埃斯特维斯问道。他知道，佩拉尔塔回答时的模样就像是在揪出翻领里的苍蝇，你需要等到最后一刻，等到没人开小差的时候。有蒙松在，观众很难开小差，埃斯特维斯说。有"黄油"在也一样，佩拉尔塔说。记住，别聊天。沃尔特先走，你等观众逐渐离场了再从另一扇门出去。

在乘坐地铁去拉德芳斯区的路上，他又开始回想这一切，仿佛是在做最后一次温习。从外表看，乘客们也都是去看比赛的，三五成群的男人们，明显是法国人，由于蒙松两度击败让－克劳德·布捷[①]，他们想替他复仇，但或许他们已经被秘密地征服了。佩拉尔塔的主意真是太棒了，给了他这项任务。既然是佩拉尔塔布置的，那这项任务肯定很关键，而且佩拉尔塔还让他坐在前排观看一场似乎是为百万富翁准备的比赛。他已经明白了失窃的信的隐喻。谁会想到沃尔特和他会在拳击场里碰面？实际上这不是碰面的问题，因为碰面能在巴黎成千上万的街角发生；这其实是佩拉尔塔责任的问题，他要仔细地斟酌每个环节。对于那些可能跟踪沃尔特或

---

①让－克劳德·布捷（Jean-Claude Bouttier, 1944－），法国演员、拳击手。

者跟踪他的人来说，电影院、咖啡馆或者一座房子都是潜在的会见场所，而对于任何一个足够有钱的人来说，观看这场拳击比赛就像是一种义务，如果那些人跟踪他们到那里的话，面对阿兰·德龙搭建的马戏团帐篷，他们会失望透顶的。在那里，如果没有黄色小纸条，谁都进不去，而且门票一周前就已经售罄，所有的报纸都刊登了这个消息。而且，更有利于佩拉尔塔的是，就算他们一直跟踪他或者沃尔特到那里，也不可能在入口和出口看见他们俩在一块，成千上万名观众里的两个拳击爱好者，人群从地铁和巴士里涌出，仿佛无数股烟雾，他们接踵摩肩，往同一个方向前进，时机也越来越近。

阿兰·德龙，真有他的，他在荒地上搭起了一座马戏团帐篷，人们穿过一座小桥，沿着几条用木板临时搭成的小路直走就能抵达。前一天晚上下雨了，人们都走在木板路上，他们从地铁口出来，沿着几个巨大箭头指示的方向行走，箭头上鲜艳地写着"蒙松－纳波莱斯"。阿兰·德龙，真有他的，尽管他花了不少钱，但他能把自己的箭头安进地铁的神圣领地。埃斯特维斯不喜欢这个人，他用无人能敌的方式自己出钱举办了这场世界锦标赛，他搭了一座帐篷，观众得先付钱，天知道得花多少钱，不过，不得不承认，还是有回报的，不仅有蒙松和"黄油"出场，还有地铁里的彩色箭头，像一位主人在迎接他的宾客，给拳击迷们指明方向，免得他们迷失在地铁出口和遍布水坑的荒地上。

埃斯特维斯按照要求到达那里，帐篷里已经有了不少人，出示入场券的时候，他看了会儿那几辆警车和巨大的拖车，从外面看，拖车里面是亮着的，但车窗上拉着深色的窗帘，拖车和帐篷通过封闭的通道连接了起来，这些通道像是给喷气式飞机准备的。拳击手们就在里面，埃斯特维斯想，那辆崭新的白色拖车肯定是亲爱的卡洛斯的，我可不会把这辆拖车和另外几辆弄混。纳波莱斯的拖车应该在帐篷的另外一边，这样做很科学，而且完全是临时的决定，一片荒地上的大面积帆布和几辆拖车。钱就是这么赚来的，埃斯特维斯想，得有主意和胆量，伙计。

　　他的座位在台边区的第五排，那是一条长木凳，上面标着巨大的数字。阿兰·德龙的礼仪似乎已经用尽了，除了台边区的座椅，其余的地方就像个马戏团，而且还是个糟糕的马戏团，全都是长木凳，但是几个穿着迷你裙的引座员让人一进场就打消了抗议的念头。埃斯特维斯自己验了座，那个女孩微笑着给他指了指数字235，就像他不识字似的。他坐下来，开始翻阅报纸，这份报纸后来变成了他的坐垫。沃尔特会坐在他右边，因此埃斯特维斯把装着钱和几份文件的包裹放在了大衣左边的口袋里，这样，时机来临的时候，他就能用右手取出这些东西，立即把它们挪往膝盖的方向，自然而然地悄悄塞进身边敞开的手提包里。

　　他觉得等待很漫长，他有时间想念玛丽莎和孩子，他们大概刚刚吃完晚饭，孩子快睡着了，玛丽莎在看电视。或许电视台会转播这场比赛，她可能会看，但是他不会告诉她自己来过这里，至少现在不行，或许等事情平息之后再告诉她吧。他兴致索然地打开报纸（要是玛丽莎正在看比赛，而他却什么都不能跟她说，但他又十分想告诉她，倘若她谈论起蒙松和纳波莱斯，那他就更想说了，这种想法让他觉得好笑），他读着越南的新闻和警方的消息，帐篷逐渐被填满了，他身后有一群法国人，正在谈论纳波莱斯获胜的概率。在他的左边，一名纨绔子弟刚刚坐下。起初，他带着某种恐惧长久地观察长木凳，他那条完美的蓝裤子可要遭殃了。再往下是一些情侣和成群结队的友人，其中的三个人说话可能是墨西哥的口音。尽管埃斯特维斯对口音并不敏锐，但是那天晚上应该不乏支持"黄油"的拳击迷，这位挑战者只想要蒙松的王冠。除了沃尔特的座位之外，还有一些位置还空着，但是帐篷的几个入口都挤满了人，女孩们不得不全力以赴，安顿好所有人。埃斯特维斯发现拳击台上的灯光非常刺眼，音乐也过于流行，但这会儿，第一场预赛快开始了，观众们不再浪费时间评头论足，他们兴致勃勃地观看了一场纯粹是暴击和缠抱的糟糕比赛。沃尔特坐到埃斯特维斯身边的时候，埃斯特维斯得出了一个结论，这些并不是真正的拳击观众，至少他周围的人都不是。他们势利地接受一切，只要能观看蒙松或者纳波莱斯的表演。

"抱歉。"沃尔特在埃斯特维斯和一个肥胖女人中间坐下，那个女人半搂着她那同样肥胖的丈夫，他似乎是个拳击行家。

"您得让自己坐得舒服点，"埃斯特维斯说，"这可不太容易，这些法国人总是按照瘦子的尺寸计算空间。"

沃尔特笑了，与此同时，埃斯特维斯往左轻轻地挪了挪，免得冒犯那个穿蓝裤子的男人。最终，沃尔特有了充足的空间把那个蓝布手提包从膝盖放到了长木凳上。第二场同样糟糕的预赛已经开始了，人们尤其喜欢拿拳击台外发生的事情当作消遣，一大群戴着骑手宽檐帽、穿着奢华衣服的墨西哥人出现了，他们是包下整架飞机从墨西哥赶来给"黄油"捧场的富豪，身材矮胖，屁股翘起，有着潘丘·维拉式的相貌，他们几乎是极其典型的墨西哥人，把帽子抛向空中，仿佛纳波莱斯已经登上了拳击台，在挤进台边区的座位之前，他们一直都在大声讨论。阿兰·德龙大概已经预料到了这一切，因为扬声器里只播放着科里多舞曲，这些墨西哥人看起来对这种音乐并不怎么熟悉。埃斯特维斯和沃尔特讥讽地对视了一眼，此时，以五六个女人为首的一群人通过最远的入口鱼贯而入，那几个女人身材矮胖，穿着白色套头衫，大喊着"阿根廷！阿根廷！"；与此同时，后面的人举起了一面巨大的国旗，这群人贴着引座员和座椅给自己开了路，他们决定坐在拳击台边，但是他们门票上标明的位置绝对不在那里。在令人疯狂的尖叫声中，引座员们对两排坐得稀稀疏疏的长木凳上的观众做了解释，在几个笑容满面的保镖的帮助下又安排出了一排座位，埃斯特维斯看见那几个女人的套头衫背面写着黑色的大字"蒙松"。这一切都让观众感到相当愉悦，对他们来说，拳击手的国籍并不重要，因为他们俩都不是法国人。阿兰·德龙似乎并没有在无价值的事情上花大钱，但第三场比赛将是艰难的，双方将势均力敌，两头鲨鱼在各自的拖车里大概已经做好了准备，这是人们唯一在意的事。

气氛瞬间改变了，某种东西爬进了埃斯特维斯的喉咙。扬声器里播放着一首由管弦乐队演奏的探戈曲，很可能是普格列斯的曲子。直到那时，沃尔特才面带同情地仔细观察他，埃丝特维斯想，他会不会是自己的同胞。除了评论拳击台上发生的事情之外，他们几乎没有说过别的话，他或许是乌拉圭人或者智利人，但是不能提问，佩拉尔塔明确说过，两人在拳击比赛场地相遇，碰巧都说西班牙语，别再聊了。

"好的，现在开始了。"埃斯特维斯说。尽管有抗议和口哨声，但是所有人都站了起来，左边出现了一阵喧哗与骚动，骑手宽檐帽在掌声中飞舞，"黄油"登上了突然变得更加闪亮的拳击台。人们开始往右边看去，但那里什么也没有发生，掌声变成了充满期盼的窃窃私语，从沃尔特和埃斯特维斯的座位上看不见拳击台另一边的入口，安静和突然爆发的叫喊声是唯一的信号。突然，靠在围绳上的白袍出现了，蒙松背对着观众，和他的同伴说话。纳波莱斯向他走去，他们在闪光灯中勉强打了个招呼，裁判等待着工作人员送话筒下来，人们逐渐重新坐好，最后一顶骑手宽檐帽渐渐在很远的地方停了下来，而且因为单纯的恶作剧，它从另一个方向被送了回来，就像是一只晚归的回旋镖，由于现在是表演和问候的时间而被无视，乔治斯·卡彭铁尔[①]，尼诺·本维努蒂[②]，法国冠军让－克劳德·布捷，照片，掌声，拳击台逐渐空了下来，墨西哥国歌，更多的宽檐帽；阿根廷国旗展开，国歌奏响，埃斯特维斯和沃尔特没有起身，虽然埃斯特维斯感到有些心痛，但现在不是犯傻的时候，总之，这样他可以知道自己的身边没有同胞，擎着国旗的那群人唱完了国歌，拼命地摇晃着那块蓝白相间的布，那几个保镖不得不跑过来询问原因，裁判宣布了姓名和体重，助手退场。

"你有什么预感？"埃斯特维斯问。他很紧张，激动得有些幼稚，

---

① 乔治斯·卡彭铁尔（Georges Carpentier，1894－1975），法国拳击手。
② 尼诺·本韦努蒂（Nino Benvenuti，1938－），意大利拳击手。

因为他们打完招呼之后就开始摩拳擦掌，蒙松面朝前方，摆出了警惕的姿势，但并不像是在防守，他的手臂又长又瘦，面对"黄油"，他的身影几乎有些虚弱，"黄油"更矮一些，肌肉发达，他已经打出了开场的两拳。

　　"我一直都支持挑战者。"沃尔特说。后面的一个法国人解释着，身高差对蒙松有利，巧妙的击拳，蒙松毫不费力地进退，这必然是一个势均力敌的回合。所以他喜欢挑战者，当然了，他不是阿根廷人，因为那样的话……但是，他的口音，他肯定是乌拉圭人，如果他问佩拉尔塔的话，他肯定不会回答的。总之，他在法国的时间应该不长，因为那个搂着妻子的胖男人和他评论了几句，胖男人完全听不懂沃尔特的回答，他摆出了气馁的神情，开始和下面的人说话。纳波莱斯出拳凶狠，埃斯特维斯不安地想，他看见蒙松两次后退，反应有些慢，或许他被打疼了。"黄油"似乎明白增加出拳次数是他唯一的机会，对蒙松使用以往的策略是不会有效果的，他奇迹般的速度似乎遇到了空洞，对方转身，拳头扑了空，冠军一次、两次击中他的脸，后面的那个法国人焦虑地说，看到了吧，看到了吧，他的手臂帮了他大忙，第二个回合也许是属于纳波莱斯的，观众很安静，只有分散的、不受欢迎的几声尖叫，第三轮，"黄油"全力以赴，因此得到了他理想的结果，埃斯特维斯想，现在就看下一回合了，蒙松靠在围绳上，像是一棵摇晃的柳树，左右移动的速度极快，致命的缠抱，他力图离开围绳，直到本回合结束，双方都相持不下，那些墨西哥人从座位上站了起来，后面的人们要么大声抗议，要么干脆站起来看。

"真是场漂亮的比赛，伙计，"埃斯特维斯说，"值了。"

"没错。"

他们同时掏出了香烟，微笑着彼此交换，沃尔特先把打火机递了过来。埃斯特维斯看了一会儿他的侧脸，然后是他的正脸，他们无须长久对视。沃尔特头发花白，但看起来很年轻，穿着蓝色牛仔裤和棕色网球衫。他是学生还是工程师？像许多人那样逃离，投入战斗，朋友们死于蒙特维的亚或布宜诺斯艾利斯，也可能是在圣地亚哥，尽管以后他肯定再也不会见到沃尔特，但他还是得问问佩拉尔塔，他们俩都会记得两人在"黄油"之夜相遇，而第五回合的"黄油"正在奋力搏斗，此时，观众都站了起来，几近疯狂，阿根廷人和墨西哥人被一阵巨大的法国狂潮吞没，他们更关注比赛而不是拳手，仔细观察拳手们的反应和步伐，最后，埃斯特维斯发现，几乎所有人都深刻地理解这项运动，只有极少数人因为一记华而不实的出拳而愚蠢地欢呼，却错过了拳击台上的真实情况，蒙松凭借极快的速度进退，"黄油"的速度越来越跟不上，他已经累了，而且受了伤，面对那株长臂柳树他全力搏斗着，对方又在围绳上摇晃，以便再次灵活、精准地出击。锣声响起的时候，埃斯特维斯看了沃尔特一眼，沃尔特又一次掏出了香烟。

"好吧，就是这样，"沃尔特一边说，一边把烟盒递给他。"如果不行的话，那就是不行。"

很难在嘈杂的环境里交谈。观众们明白，下一回合将是决定性的，纳波莱斯的拳击迷给他加油的时候，似乎是在和他告别，埃斯特维斯满怀同情地想，他的同情并不是违心的，因为此时，蒙松正在挑起搏斗，他成功了，在漫长的二十秒里，他攻击对方的脸和身体，与此同时，"黄油"就像一个闭着眼跳进水里的人，试图缠抱。他撑不了多久的，埃斯特维斯想，他努力将视线从拳击台上收了回来，看着长木凳上的手提包，得等到所有人都在休息时间坐下的时候行动，必须是在这个时候，因为之后，大家又会重新站起来，手提包又会孤零零地待在长木凳上，纳波莱斯再次试图缠抱，而他的脸连续两次受到来自左边的攻击，蒙松不在缠抱的距离之内，他在等待机会，冲对方脸上打出一记精准的勾拳。现在关键是腿，得特别关注腿，埃斯特维斯在这方面很在行，他看着疲倦不堪的"黄油"冒险前进，完全没做他非常擅长的调整动作，与此同时，蒙松的双脚向侧面或者后方滑动，这完美的节奏让最后一次从右边发出的攻击精准地落在了对方的肚子上，在歇斯底里的叫喊声中，很多人都没有听到锣声，但是沃尔特和埃斯特维斯听见了。沃尔特先坐了下来，他没有看手提包就把包扶直了，埃斯特维斯紧随其后，但动作要更慢一些，刹那间，他就让包裹滑进了手提包里，然后重新举起了那只空荡荡的手，在蓝裤子男人的眼皮底下兴奋地做着手势，那个男人似乎并不是很明白发生了什么。

"这就是冠军，"埃斯特维斯流露了真情，因为无论如何，在这震耳欲聋的叫喊声中，谁也听不见他的话，"小卡洛斯，真屌。"

他看见沃尔特在安静地抽烟，那个男人开始认输了，他能怎么办呢，如果不行的话，那就是不行。所有人都站了起来，等待第七轮的钟声，突然是一阵充满怀疑的沉默，然后，人们看到尼龙布上的毛巾，发出了一致的哀号。纳波莱斯一直待在角落里，蒙松高举着手套前进，从来没有这么像一名冠军，在迷失于拥抱和闪光灯的漩涡之前，他挥手致意。这是一个缺乏美感但不容置疑的结局，"黄油"认输了，他不愿成为蒙松的沙袋，他失去了所有的希望。他站了起来，向胜者走去，戴着手套的双手举到了他的脸上，那几乎是一次抚摸，与此同时，蒙松把自己的双手放在了他的肩膀上，他们再次分开，这次真的是永远地分开了，埃斯特维斯想，他们再也不会在拳击台上碰面了。

"真是一场漂亮的比赛。"他对沃尔特说，沃尔特正在把手提包背到肩膀上，他移动双脚的样子仿佛是抽筋了。

"原本可以打得更久一些的，"沃尔特说，"纳波莱斯的助手们肯定不会让他离开。"

"为什么？你也看到了，他很痛苦，伙计，他是一名经验丰富的拳击手，他肯定明白自己会输。"

"没错，但是，像他那样的运动员必须全力以赴，总之，结局如何是永远不会事先知道的。"

"他跟蒙松比赛的时候已经全力以赴了。"埃斯特维斯说，他想起了佩拉尔塔的指示，然后热情地伸出手。"好吧，很高兴认识你。"

"我也一样。回见。"

"再见。"

他看见他离开了，他跟着那个和妻子大声讨论的胖子，然后又走在了那个穿着蓝裤子、不慌不忙的男人后面。人群慢慢地往左边移动，从长木凳之间撤离。后面的法国人讨论着技巧，埃斯特维斯看到其中一个女人抱着她的朋友（或许是她丈夫），对着他的耳朵不知喊了些什么，她拥抱他，还亲吻了他的嘴唇和脖子，埃斯特维斯觉得非常好笑。他想，这男人得是个多大的傻瓜才会不明白，她亲吻的是蒙松。大衣口袋里已经没有了包裹的重量，仿佛这样他就能更好的呼吸，能对发生的事情感兴趣，女孩紧紧地贴着那个男人，那些墨西哥人戴着宽檐帽离开，帽子似乎突然变小了，阿根廷国旗半卷着，但依然在摇动，两个肥胖的意大利人心照不宣地对视了一眼，其中一个几乎是庄重地说，把那玩意塞进屁股里吧①，剩下的一个对如此完美的总结表示赞同，几扇大门挤满了人，人群缓慢地撤离，沿着木板铺成的小路走到寒夜里的小桥上，天上下着毛毛雨，最后，小桥不堪重负，咯吱作响，佩拉尔塔和查韦斯倚着栏杆抽烟，他们没有做任何手势，因为他们知道埃斯特维斯会看见他们，他还会装作毫不惊讶，像现在这样一边走来，一边掏出香烟。

"他把他打趴下了。"埃斯特维斯说。

"我知道，"佩拉尔塔说，"当时我也在。"

埃斯特维斯惊讶地看着他，但是他们俩同时转身，在逐渐稀疏的人群中走下了那座桥。他明白自己得跟着他们，他看见他们离开了那条通往地铁的大街，走进了一条更加昏暗的街道，查韦斯只回了一次头，确保他没有跟丢，然后他们直接走到了查韦斯的汽车旁，不慌不忙地坐了进去，但并没有浪费时间。埃斯特维斯和佩拉尔塔一起坐在了后面，汽车向南方驶去。

"所以说，当时你在，"埃斯特维斯说，"我不知道你喜欢拳击。"

---

① 原文是意大利语。

"我他妈根本不关心这些，"佩拉尔塔说，"虽然在蒙松身上花这么多钱很值得。我是因为不放心，所以才在远处观察你，万一发生了什么，不能让你单独面对。"

"好吧，那你看到了。你知道吗，可怜的沃尔特支持纳波莱斯。"

"那不是沃尔特。"佩拉尔塔说。

汽车继续往南驶去，埃斯特维斯隐约觉得，沿着这条路他们到不了巴士底区，他才意识到这一点，因为其他的一切仿佛都在脸上炸开了，仿佛蒙松打的是他，而不是"黄油"。他甚至无法张开嘴，他看着佩拉尔塔，等待着。

"当时已经来不及阻止你了，"佩拉尔塔说，"你出发得那么早，真是太遗憾了。我们给玛丽莎打电话的时候，她说你已经走了，不会回来了。"

"我想在乘地铁前走会儿路，"埃斯特维斯说，"所以呢，说吧。"

"一切都泡了汤，"佩拉尔塔说，"今天上午，沃尔特到奥利机场以后给我们打了电话，我们告诉他需要做的事，他说已经收到门票了，一切都很顺利。我们约好了，出发前他会从卢乔的藏身点给我打电话，以防万一。七点半的时候，他还没有打电话来，我们打给吉维纳芙，她给我们回了电话，告诉我们沃尔特没有去过卢乔的店里。"

"他们在奥利机场出口等着他。"查韦斯说。

"所以，那个人是谁？他……"埃斯特维斯问，他没有把话说完，就突然明白了。他的脖子上冒着冷汗，汗液在衬衫底下滑动，他感觉到胃里一阵绞痛。

"他们有七个小时撬出他知道的东西，"佩拉尔塔说，"证据就是，那个男人知道需要跟你做的事情的每个细节。你知道他们是怎么办事的，连沃尔特都忍受不了。"

"明天或者后天，他就会在某块荒地里被人发现。"查韦斯索然无趣地说。

"现在，你觉得这重要吗？"佩拉尔塔说，"去看比赛之前，我让大家赶紧离开各个藏身点。你知道，当我走进那个破帐篷的时候，我仍然抱有希望，但是他已经到了，什么都做不了了。"

"那么，"埃斯特维斯说，"他带着钱离开的时候……"

"我当然跟着他了。"

"但在这之前，如果你已经知道……"

"什么都做不了，"佩拉尔塔重复道，"不管那个家伙多么没有目标，他肯定会在那里冒险一试，我们所有人都会被捉住，你知道他们有靠山。"

"之后发生了什么？"

"外面还有三个人在等他，其中一个人有类似于通行证的东西，他们很快就坐上了一辆汽车，那辆车停在给德龙的亲朋好友准备的停车场里，有钱人，满头都是白头发。于是，我就回到了木桥上，查韦斯在那里等我们。我记下了车牌号，但是，当然了，这他妈根本没用。"

"我们这是在离开巴黎。"埃斯特维斯说。

"没错，我们要去一个安静的地方。现在你就是个麻烦，你应该已经意识到了吧。"

"为什么是我？"

"因为现在，那个人认识你，他们最后会找到你的。沃尔特出事以后，再也没有藏身点了。"

"那我得走。"埃斯特维斯说。他想起了玛丽莎和孩子，该如何带他们离开，还是让他们单独留下，一切都和森林边缘的树木融在了一起，耳朵里的嗡嗡声，仿佛人群在大喊蒙松的名字，充满疑虑的停顿，毛巾落在拳击台的中心，"黄油"之夜，可怜的家伙。那个人支持"黄油"，现在他觉得很奇怪，他竟然站在失败者一边，他应该支持蒙松才对，像蒙松那样，像那个背过身子、带走一切的人那样把钱带走，甚至他还可以嘲笑失败者，嘲笑那个破了相的可怜虫，或是嘲笑那个伸出手说"好吧，很高兴认识你"的可怜鬼。汽车在树木中间刹了车，查韦斯熄了火。黑暗中，佩拉尔塔为第二支香烟点燃了火柴。

"那我得走，"埃斯特维斯重复道，"如果你觉得没问题的话，我就去比利时，你知道的那个人在那里。"

"如果能到那儿的话，你就安全了，"佩拉尔塔说，"但你已经看到沃尔特的下场了，到处都是他们的人，他们一手遮天。"

"我不会被抓住的。"

"就像沃尔特。谁会抓住沃尔特，还让他招供了呢。你还知道沃尔特不知道的东西，这很不好。"

"我不会被抓住的，"埃斯特维斯重复道，"你看，我只是得顾着玛丽莎和孩子，现在一切都泡了汤，我不能把他们留在这里，他们会报复她的。一天内我就会把一切都处理好，把他们也带到比利时去，我会去见你知道的那个人，然后我一个人去别的地方。"

"一天太长了。"查韦斯说着回到了座位上。佩拉尔塔把香烟送到嘴边，抽了一口，埃斯特维斯的眼睛已经习惯了黑暗，看见了他的侧影和脸庞。

"好吧，我尽快走。"埃斯特维斯说。

"现在就走。"佩拉尔塔说着拿出了手枪。

图书在版编目（CIP）数据

有人在周围走动／（阿根廷）胡里奥·科塔萨尔著；
陶玉平，林叶青译．—— 海口：南海出版公司，2018.9
（科塔萨尔短篇小说集 ; 3）
ISBN 978-7-5442-9393-8

Ⅰ．①有… Ⅱ．①胡… ②陶… ③林… Ⅲ．①短篇小
说－小说集－阿根廷－现代 Ⅳ．① I783.45

中国版本图书馆 CIP 数据核字（2018）第 194216 号

著作权合同登记号 图字：30-2014-132
CUENTOS COMPLETOS by JULIO CORTÁZAR
© JULIO CORTÁZAR, 1969, 1974, 1977, and Heirs of JULIO CORTÁZAR
All Rights Reserved.

有人在周围走动：科塔萨尔短篇小说全集 3
〔阿根廷〕胡里奥·科塔萨尔 著
陶玉平 林叶青 译

出　　版　南海出版公司　（0898）66568511
　　　　　海口市海秀中路 51 号星华大厦五楼　　邮编 570206
发　　行　新经典发行有限公司
　　　　　电话（010）68423599　　邮箱 editor@readinglife.com
经　　销　新华书店

责任编辑　黄宁群
特邀编辑　郑小希　曾琳　庄妍
营销编辑　王玥　李珊
装帧设计　李照祥
内文制作　杨兴艳

印　　刷　北京天宇万达印刷有限公司
开　　本　850 毫米 ×1168 毫米　1/32
印　　张　10.75
字　　数　220 千
版　　次　2018 年 9 月第 1 版
印　　次　2018 年 9 月第 1 次印刷
书　　号　ISBN 978-7-5442-9393-8
定　　价　58.00 元